Fantasy

Herausgegeben von Friedel Wahren

1. Roman: Ulrich Kiesow, *Der Scharlatan* · 06/6001
2. Roman: Uschi Zietsch, *Túan der Wanderer* · 06/6002
3. Roman: Björn Jagnow, *Die Zeit der Gräber* · 06/6003
4. Roman: Ina Kramer, *Die Löwin von Neetha* · 06/6004
5. Roman: Ina Kramer, *Thalionmels Opfer* · 06/6005
6. Roman: Pamela Rumpel, *Feuerodem* · 06/6006
7. Roman: Christel Scheja, *Katzenspuren* · 06/6007

Das Schwarze Auge

USCHI ZIETSCH

TÚAN
DER WANDERER

*Zweiter Roman
aus der
aventurischen Spielewelt*

herausgegeben
von
ULRICH KIESOW

Originalausgabe

24.7.15

WILHELM HEYNE VERLAG
MÜNCHEN

HEYNE SCIENCE FICTION & FANTASY
Band 06/6002

3. Auflage

Redaktion: Friedel Wahren
Copyright © 1995
by Wilhelm Heyne Verlag GmbH & Co. KG, München,
und Schmidt Spiele + Freizeit GmbH, Eching
Printed in Germany 1996
Umschlagbild: Attila Boros
Kartenentwurf (Seiten 8/9): Ralf Hlawatsch
Umschlaggestaltung: Atelier Ingrid Schütz, München
Technische Betreuung: M. Spinola
Satz: Schaber Satz- und Datentechnik, Wels
Druck und Bindung: Presse-Druck Augsburg

ISBN 3-453-08677-5

Inhalt

Vorwort: Aventurien – das Land des
Schwarzen Auges 7

Erster Teil: DER RATTENJÄGER

1. Al'Anfa 19
2. Das *Traumpferd* 30
3. Borons scheinheiliger Priester 46
4. Träume und Geschichten 52
5. Das Reich des Jaguars 61

Zweiter Teil: DER VERBANNTE

6. Verlorene Träume 74
7. Die Suche beginnt 90
8. Ein gewagtes Spiel 96
9. Túans Furcht 110
10. Diamant der Wüste 119

Dritter Teil: DER VERFLUCHTE

11. Die Khom 138
12. Anadis, die Diebin 153
13. In den Amboßbergen 170
14. Das Zeichen des Jaguars 192
15. Der Wanderer 205

Anhang 218

Aventurien – das Land des Schwarzen Auges

Die Weltbeschreibung Aventuriens, seiner Provinzen, Bewohner, magischen Phänomene, Götter und Kreaturen, umfaßt mittlerweile weit mehr als 1000 Seiten, so daß wir hier gar nicht den Versuch unternehmen wollen, Ihnen das Reich des Schwarzen Auges in seiner ganzen Vielfalt zu beschreiben. Diese kleine Einführung kann kaum mehr leisten, als Ihnen ein wenig Appetit auf das Gesamtwerk zu machen. Eine Übersicht über das gesamte bisher erschienene Hintergrundmaterial zu unserem Spiel erhalten Sie bei Ihrem Buch- oder Spielehändler oder (bei Einsendung eines mit DM 3,– frankierten A4-Rückumschlags) direkt bei *Das Schwarze Auge*, Postfach 1165, 85378 Eching.

Geografie

Der Kontinent Aventurien ist eine der kleineren Landmassen auf Dere, einer erdähnlichen Welt, die die meisten Aventurier für scheibenförmig halten. Zwar wurde in neuerer Zeit mehrfach die Hypothese aufgestellt, die Dere sei kugelförmig, aber diese Annahme läßt sich einstweilen nicht beweisen: Bisher ist es keinem aventurischen Seefahrer gelungen, die Welt zu umrunden – im Osten wird der Kontinent nämlich von einem schier unbezwinglichen, mehr als 10 000 Schritt (m) hohen Gebirge begrenzt, dem ›Ehernen Schwert‹. Auf der Westseite des Landes erstreckt sich ein tückischer Ozean, geheißen das ›Meer der Sieben Winde‹. Jenseits dieses Meeres liegt ein sagenumwobener Kontinent namens ›Güldenland‹, und ob die Welt hinter dem Güldenland zu Ende ist oder nicht, entzieht sich der Kenntnis aventurischer Geografen.

Aventurien selbst mißt vom äußersten Norden bis zu den Dschungeln des Südens etwa 3000 Meilen (km) – keine sehr weite Strecke für einen Kontinent, mag es scheinen, aber immerhin würde ein Aventurier gewiß mehr als drei Monate benötigen, um diese Entfernung zu durchreisen. Es kämen jedoch nur wenige Menschen auf den Gedanken, eine solche Reise zu wagen, denn ihr Weg würde sie durch weite Gebiete führen, wo jede Hoffnung, auf eine menschliche Ansiedlung zu stoßen, vergeblich wäre, wo sie aber immer damit rechnen müßten, feindseligen Orks, gefräßigen Ogern oder wilden Tieren zum Opfer zu fallen.

Der äußerste Norden Aventuriens – so er nicht von Eis bedeckt ist –, wird bestimmt von Wald- und Steppengebieten. Ansiedlungen gibt es hier kaum, die wenigen Menschen, denen man begegnen kann, gehören meist zum Volk der Nivesen, den Steppennomaden, die dem Zug der großen Karenherden folgen. Im Nordwesten liegt auch das Orkland, ein von mehreren Gebirgszügen eingeschlossenes Hochland, das – wie sein Name vermuten läßt – hauptsächlich von Orks bewohnt wird. Die zahlreichen Orkstämme liefern sich häufig blutige Fehden um Jagdgründe, Weideland und Sklaven. Nur vereinzelt schließen sie sich zu einem großen Verband zusammen und dringen auf einem blutigen Beutezug weit nach Süden vor, in das Reich der Menschen.

Auf gleicher Höhe mit dem Orkland liegt ganz im Westen des Kontinentes Thorwal, das Reich eines streitbaren und räuberischen Seefahrervolkes. Mit ihren leichten einmastigen Schiffen – ›Ottas‹ oder ›Drachenboote‹ genannt – stoßen die Thorwaler zu allen Küsten Aventuriens vor. Finden sie einen kleinen Hafen unbefestigt und unvorbereitet, wird er überfallen und geplündert; stoßen die rothaarigen Hünen auf überraschenden Widerstand, versuchen sie, mit den Städtern Handel zu treiben.

Im Nordosten des Kontinents erstreckt sich das Bornland, das an seiner Ostseite von den unüberwindlichen Gipfelketten des Ehernen Schwertes begrenzt wird. Das Bornland ist ein sehr waldreiches Gebiet, bekannt für seine strengen Winter und seine zähe und arbeitsame Bauernschaft, die als Leibeigene einer Vielzahl von Baronen, Grafen und Fürsten ein sorgloses Leben ermöglicht. Festum, die Hauptstadt des Landes und Amtssitz des Adelsmarschalls, gilt als eine der schönsten und sinnenfrohesten Hafenstädte Aventuriens.

Im Herzen des Kontinents liegt das ›Neue Reich‹, eine Zone gemäßigten Klimas, relativ dicht besiedelt und mit einem gut ausgebauten Straßennetz ausgestattet. In der langen Zeit der Besiedlung wurden viele Rodungen vorgenommen, aber in der Umgebung der Gebirgszüge finden sich noch immer dichte, undurchdringliche Wälder: Die Gebirge selbst, vor allem Finsterkamm, Koschberge und Amboß, sind von Zwergen bewohnt. Die Hauptstadt des Mittelreiches, Gareth, ist mit etwa 120 000 Einwohnern die größte Stadt Aventuriens.

Südlich an das Mittelreich schließt sich die Khom-Wüste an, die Heimstatt der Novadis, eines stolzen Volkes von Wüstennomaden. Das Gebiet zwischen dem Khoram-Gebirge und den Unauer Bergen wird im Westen von den Eternen und den Hohen Eternen begrenzt. Diese beiden Gebirgszüge schirmen die Khom auch von den Regenwolken ab, die fast ausschließlich mit dem Westwind ziehen.

Ein regenreiches Gebiet ist dagegen das Liebliche Feld; so heißt das reiche Land im Westen, dessen Hauptstadt Vinsalt ist. Das Liebliche Feld ist angeblich das Land, in dem sich die ersten Einwanderer aus dem fernen Güldenland ansiedelten. Das Gebiet um die Städte Grangor, Kuslik, Belhanka, Vinsalt und Silas gilt als der fruchtbarste Bereich des ganzen Kontinents. Hier findet man den intensivsten Ackerbau und die blühendsten Ansiedlungen. Die meisten Städte und Dörfer im Lieblichen Feld sind sehr wehrhaft gebaut, weil die Region ständig von Überfällen bedroht ist: Von der Landseite dringen immer wieder Novadi-Stämme in die Provinz ein, und die Küste wird häufig von den Drachenschiffen der Piraten aus Thorwal heimgesucht.

Südwestlich der Eternen beginnt die aventurische Tropenregion. Das Land ist von dichtem Urwald bedeckt, nur die Gipfelkette des Regengebirges ragt aus dem undurchdringlichen Blätterdach. Die Dschungelregion wird von Ureinwohnern und Siedlern aus Nordaventurien bewohnt. Die Siedler leben in Handelsniederlassungen entlang der Küste, die Ureinwohner – sie sind zumeist kleinwüchsig, haben eine kupferfarbene Haut und werden ›Mohas‹ genannt – wohnen in kleinen Pfahldörfern tief im Dschungel. Die Gifte, Kräuter, Tinkturen und Tierpräparate der Mohas sind in den Alchimisten-Küchen ganz Aventuriens heiß begehrt, und auch die Mohas selbst gelten mancherorts als wertvolle Handelsware.

Vor allem in den südlichen Regionen des Kontinents ist die Sklavenhaltung weit verbreitet, und in vielen reichen Häusern gilt es als schick, sich einen echten ›Waldmenschen‹ als Pagen oder Zofe zu halten. Al'Anfa, der an der Ostküste des Südzipfels gelegene Stadtstaat, ist das Zentrum des Sklavenhandels und hat schon vor langer Zeit den Beinamen ›Stadt des roten Goldes‹ erworben, während es von Gegnern der Sklaverei als ›Pestbeule des Südens‹ bezeichnet wird.

Erbitterter Gegner Al'Anfas ist vor allem das kleine, an der Südküste gelegene Königreich Trahelien, das sich erst kürzlich seine Unabhängigkeit vom Mittelreich erstritten hat, dessen südlichste Provinz es einmal war.

Im äußersten Südwesten läuft der aventurische Kontinent in eine Inselkette aus, deren größte Inseln, Token, Iltoken und Benbukkula geheißen, vor allem als Gewürzlieferanten bekannt sind.

Politik und Geschichte

»*Für den Landmann, sei er Bauer oder Knecht,
gibt's in der Welt nicht Gold noch Recht!*«

Zitiert aus dem Lied ›Der Ritter und die Magd‹,
gedichtet von einem unbekannten Wanderarbeiter
aus dem Lieblichen Feld

»*Im Namen des Herren Praios, seiner Schwester Rondra
   und der anderen unsterblichen Zehn,
im Namen der Ehre, des Mutes und der göttlichen Kraft,
im Namen der Treue, des Reiches und der
   kaiserlichen Majestät,
im Namen der Liebe und der Achtung vor jeglicher
   gutherziger Kreatur,
senke ich diese Klinge auf deine Schultern, die fortan eine
ehrenvolle, aber schwere Bürde tragen sollen. Erhebe dich
nun Ritter...!*«

Die in weiten Teilen Aventuriens
verbreitete Ritterschlag-Formel

Die Zeitepoche, in der Aventurien sich befindet, ist nicht unbedingt mit dem irdischen Mittelalter, sondern eher mit der Frührenaissance vergleichbar, und ähnlich wie die Herrscher in jener Zeit verhalten sich auch die aventurischen Potentaten: Sie bedienen sich aller Mittel, die die Politik schon immer zu bieten hatte – Diplomatie, Korruption, Krieg und Intrige. Dennoch kann man davon ausgehen, daß die meisten von ihnen das Wohl ihres Volkes und Reiches im Auge haben. Die beiden bedeutendsten Staaten in Aventurien sind das ›Mittel- oder Neue Reich‹ und das ›Liebliche Feld‹. Beide werden von einem Kaiser regiert, wobei der Herrscher des Mittelreiches, Kaiser Hal I., jedoch kürzlich auf rätselhafte Weise verschwunden ist (an seiner Statt regiert Prinz Brin I.) und die Regentin des Lieblichen Feldes, Amene III., erst vor einem Jahr wieder den Titel einer Kaiserin angenommen hat (im Lieblichen Feld ›Horas‹ geheißen). Beide Staaten sind nach dem klassischen Lehenssystem organisiert, in dem der Bauer seinem Baron Abgaben zu entrichten hat, dieser dem Grafen, der wiederum dem Fürsten usf., wobei der Kaiser/die Kaiserin jeweils der oberste Lehensherr ist.

Die aventurische Geschichte, auf die wir hier nicht im einzelnen eingehen wollen, ist übrigens mit Erscheinen des Spiels *Das Schwarze Auge* keineswegs zum Stillstand gekommen, sondern befindet sich in stetem Fluß. Der *Aventurische Bote* – das DSA-Magazin – berichtet regelmäßig über die Geschicke der Mächtigen und der Völker; (einige Abenteuer und Romane sind an Wendemarken der Geschichte angesiedelt und ermöglichen den Spielerhelden eine aktive Teilnahme am aventurischen Weltgeschehen. Bei ihren Entscheidungen über den Fortgang der Geschichte war und ist die DSA-Redaktion stets bemüht, Spieleraktionen, -wünsche und -anregungen einzubeziehen, damit die DSA-Spieler in ihrer Gesamtheit einen nicht unbeträchtlichen Anteil an der Entwicklung ihrer Spielwelt nehmen können.

Götterwelt

> *»Denn siehe: Den Götterlästerern und Meuchlern, den Brandschatzern und Brunnvergiftern und was dergleich Gesindel mehr sein mag, den Verstockten und Verhärteten, die nit Reu noch Buße kennen, wird Boron nit den Schlüssel geben, zu öffnen die paradiesisch Pforten.«*
>
> Zitiert aus ›Die Zwölf göttlichen Paradiese‹
> von Alrik v. Angbar, zuletzt abgedruckt
> im Aventurischen Boten, Praios, 17 Hal.

So mächtig einige aventurische Potentaten auch sein mögen, sie sind dennoch nicht die wahren Lenker der Geschicke der Welt und ihrer Bewohner: Eine Vielzahl von Göttern herrscht über Land und Leute. Diese Gottheiten beziehen zwar ihre Macht aus dem Glauben derer, von denen sie verehrt werden, aber sie sind keineswegs reine Idealvorstellungen oder Gedankenbilder, sondern reale, überaus machtvolle Wesenheiten, die sich bisweilen ihren Gläubigen zeigen, Wunder tun oder auf andere durchaus spürbare Weise in das Weltgeschehen eingreifen.

Am weitesten verbreitet ist in Aventurien der Glaube an die Zwölfgötter. Es sind dies Praios (Sonne, Macht, Herrschaft), seine Brüder Efferd (Regen, Meer, Seefahrt), Boron (Schlaf, Tod), Firun (Jagd, Winter), Phex (Handel, Diebeszunft), Ingerimm (Feuer, Schmiedekunst) und die Schwestern Rondra (Krieg, Blitz und Donner), Travia (Gastfreundschaft, Ehe), Hesinde (Künste, Wissenschaft, Zauberei), Tsa (Erneuerung, Jugend), Peraine (Aussaat, Heilkunde) und Rahja (Liebe, Rausch, Wein).

Diese Götter werden im Bornland, dem Mittelreich, dem Lieblichen Feld und an vielen anderen Orten des Kontinents verehrt. Nach ihren Namen sind auch die Monate des am weitesten verbreiteten Kalenders benannt. Die Nomaden der Wüste – Novadis genannt – huldigen dem Eingott Rastullah, die Bewohner der Insel Maraskan beten zu Rur und Gror, einem göttlichen Zwillingspaar.

Zwischen diesen Göttern – zu denen sich noch eine Reihe Halbgötter gesellt – mag es Zwistigkeiten und ernsten Streit geben, möglicherweise auch blutige Fehden, aber sie alle haben ihren stetigen unversöhnlichen Widersacher in einer übersinnlichen Kreatur, die man den ›Gott ohne Namen‹ nennt. Auch dieser, der Inbegriff des Bösen und der Verderbtheit, besitzt eine beträchtliche geheime Anhängerschar in Aventurien, denn er versteht es, seine Gefolgsleute mit Reichtum und Macht auszustatten, wie sie die anderen Götter nicht gewähren wollen (oder können?). Tempel und Bethäuser bestimmen das Straßenbild der meisten aventurischen Städte. Es hat wenig Sinn, in Aventurien ein Leben als Atheist oder Agnostiker zu führen, denn die Gottesbeweise sind zahlreich und greifbar. Außerdem wären die Menschheit sowie die Völker der Elfen und Zwerge längst untergegangen, wenn die Götter ihnen nicht im ewigen Kampf gegen das Reich der Dämonen zur Seite stünden...

Nachbemerkung

Wie schon anfangs gesagt: Viel mehr, als Sie ein wenig neugierig zu machen, konnte dieser kurze Blick auf Aventurien kaum leisten. Wir würden uns natürlich freuen, wenn Sie nun Lust bekommen hätten, sich ein wenig intensiver mit der Welt des Schwarzen Auges auseinanderzusetzen, denn Aventurien – entstanden aus der gemeinsamen Arbeit von mehr als zwei Dutzend Autoren und Hunderten von kreativen Spielerbeiträgen – ist gewiß eine der stimmungsvollsten und interessantesten Fantasywelten, die je geschaffen wurden.

Erster Teil

DER RATTENJÄGER

1. Kapitel

Al'Anfa

Aigolf Thuransson ließ sich gerade das zweite Bier bringen, als er durch einen Tumult empfindlich gestört wurde.

Er war erst vor ein paar Stunden in Al'Anfa eingetroffen, hatte sich nur kurz auf dem Hauptplatz umgesehen und dann auf die Suche nach einem gemütlichen Gasthaus in der Nähe gemacht, um es sich bei einer Mahlzeit gutgehen zu lassen.

Der *Goldene Huf* war laut Aushängeschild erst vor wenigen Tagen eröffnet worden. In blumigen Worten wurde die ausgezeichnete Küche angepriesen, und sie schien auch wirklich gut zu sein, denn fast alle Tische waren besetzt.

Aigolf ergatterte den letzten freien Tisch draußen und sorgte durch günstige Verteilung seiner Habe dafür, daß er auch allein bleiben würde. Ihm lag nicht viel an menschlicher Unterhaltung, erst recht dann nicht, wenn er hungrig war.

Die Schankmaid empfahl ihm frisch zubereitetes Kesselfleisch mit Schwarzbrot und Sauerkraut, und nach einem kurzen Griff in den Münzbeutel stimmte er zu.

Satt und zufrieden bestellte er sich nach dem Essen noch ein Bier, lehnte sich genüßlich in dem Lehnstuhl zurück und legte die langen Beine auf den zweiten Stuhl. Die Stühle hatten nicht zuletzt den Ausschlag bei seiner Wahl gegeben: hier saß man nicht auf einem kaum bearbeiteten Holzklotz, sondern auf einem richtigen Stuhl mit Rückenlehne. Dafür war Aigolf gern bereit, ein paar Kreuzer mehr zu bezahlen. Er zündete sich eine Pfeife an, schloß halb die Augen und schaute dem Treiben auf den Straßen zu.

Es war ein friedlicher, goldener Sommernachmittag, der richtige Ausklang einer langen, anstrengenden Reise. Die Sonne ging allmählich unter und übergoß die bedeutendste Hafenstadt des Südens verschwenderisch mit Farben, die ihr den Anschein von Schönheit und Reichtum gaben. Es war warm, der Lärm auf den Straßen verebbte allmählich, und so dauerte es nicht lange, bis Aigolf eindöste.

Er wurde sofort hellwach, als sich über die normalen Straßengeräusche plötzlich ein lautes Rufen und Schreien erhob. Er sah, wie sich jemand den Weg durch die Menschen bahnte, gefolgt von vier großen massigen Männern, die aufgrund ihrer Statur, Kleidung und vor allem Bewaffnung nur Sklavenjäger sein konnten. Aigolf hätte diese Sorte Söldner selbst als Blinder sofort erkannt.

Die Häscher stießen die Leute rücksichtslos zur Seite oder überrannten sie einfach, und viele Flüche wurden ihnen hinterhergeschickt.

Das Opfer ihrer Verfolgung mußte sehr viel kleiner und vor allem wendig sein, denn es gewann einigen Vorsprung, wie Aigolf an den wellenförmig auseinanderstrebenden Leuten erkannte. Doch da schoß der Verfolgte plötzlich von der gegenüberliegenden Straßenseite aus der Menge heraus, schlug gerade noch einen Haken vor einem schnell heranrasenden Pferdefuhrwerk, machte einen großen Satz und war wie der Blitz unter Aigolf Thuranssons Tisch verschwunden.

Die Pferde stiegen scheuend hoch, wiehernd schlugen sie mit den Vorderhufen aus, und der Fuhrmann hatte alle Mühe, daß sie ihm nicht durchgingen. Durch die ruckartigen Bewegungen rutschten einige Kisten vom Wagen, fielen polternd und berstend auf die Straße und gaben ihren Inhalt preis: frisch geerntete, saftige rote Äpfel, die in alle Richtungen davonrollten. Sofort rannten von überallher aus den Gäßchen, Häusern und sonstigen Verstecken spärlich bekleidete Kinder mit hungrigen Augen und mageren Bäuchen herbei und machten sich über die Beute her. Der Fuhrmann versuchte vergeblich, sie mit der Peitsche auseinanderzutreiben, sie wichen ihm flink wie Wiesel aus und rafften noch während der Flucht Äpfel zusammen.

Die Häscher wurden von dem Chaos aufgehalten; durch nachfolgende Wagen und Sänften war bereits ein regelrechter Stau entstanden, und trotz ihrer Flüche und der drohend geschwungenen Waffen konnten sie sich nicht rasch genug den Weg freibahnen.

Die Leute am Straßenrand und die Gäste des *Goldenen Hufs* betrachteten das Schauspiel unter Gelächter, was die Sklavenjäger nur noch wütender machte. Einer von ihnen, wahrscheinlich der Anführer, versetzte einem Pferd einen so heftigen Schlag auf die Nüstern, daß es schnaubend zusammenbrach, und zog sein Schwert. Da endlich wichen die Leute zurück, und der Anführer der Fänger kam mit wuchtigen Schritten über die Straße auf Aigolf zu.

»Du da«, brüllte er, »was grinst du so dämlich?«

Das erheiterte Grinsen auf Aigolfs Gesicht war allerdings bereits in dem Augenblick erloschen, als das mißhandelte Pferd zu Boden gegangen war. Dementsprechend reagierte er nicht auf die Provokation, sondern griff nach dem Bierkrug und trank in kurzen Schlücken. Er sah den Mann nicht einmal an.

Der Fänger baute sich vor ihm auf, das Schwert leicht angehoben. »Ich rede mit dir!« sagte er laut. »Oder bist du taub?«

Aigolf Thuransson hörte, wie die Stühle um ihn her knarrten und über den Boden scharrten, als sie von ihm weggerückt wurden. Er konnte davon ausgehen, daß ihm jetzt alle Gäste den Rücken zuwandten, und die Leute auf der Straße waren noch mit dem Unfall beschäftigt. Gut, dachte er.

Langsam setzte er den Krug ab und richtete seine grünen Augen ebenso langsam auf den Mann vor ihm.

»Du hast das Pferd geschlagen«, sagte er mit ruhiger tiefer Stimme. »Was hat es dir getan, daß du es quälen mußtest?«

»Nun sieh mal an, ein Tierfreund«, höhnte der Häscher. Er versuchte, Aigolf durch ein Blitzen seiner hellblauen Augen zu verunsichern, nur um dann selbst zu blinzeln. »Hör zu, das ist nur eine Warnung: Stell dich weiterhin so blöd, und dir ergeht es wie dem Vieh. Es war mir im Weg, klar?«

»Ich kann's nicht leiden, wenn Wehrlose gequält werden«, sagte Aigolf leise. »Deshalb *grinse* ich auch nicht. *Du* bist derjenige, der zu blöd ist, Erheiterung von Mißfallen unterscheiden zu können.«

»Gewählte Worte für einen aus dem Schlamm geborenen Bastard«, zischte der Mann neben dem Anführer. »Schlag ihm den Schädel ein, Trang, und laß uns endlich die Sache erledigen! Es wird bald dunkel.«

Der mit dem Namen Trang bezeichnete Sklavenjäger deutete auf Aigolfs Tisch. »Du versteckst den Sklaven. Ich habe genau gesehen, wie er unter deinen Tisch geflüchtet ist, und dort unten hockt er immer noch.«

»Ich verstecke keinen Sklaven«, erwiderte Aigolf. Seine Hand spielte lässig mit dem mächtigen Zweihänder, der neben ihm an einen Stuhl gelehnt ruhte.

Das Gesicht des Fängers wurde puterrot. »Willst du damit sagen, daß da keiner unter deinem Tisch hockt?« brüllte er.

»Keineswegs«, erwiderte Aigolf. »Ich sage nur, ich

verstecke keinen *Sklaven*. Das ist ein großer Unterschied.«

»Jetzt reicht's!« schrie der zweite Mann und griff Aigolf mit erhobenem Schwert an.

Einen Herzschlag später lag er stöhnend am Boden, die Hände über einer blutenden Bauchwunde verkrampft. Die beiden Männer, die hinter ihm gestanden hatten, beugten sich erschrocken über ihn.

Aigolf Thuransson stand ganz ruhig da, ein Kurzschwert in der Rechten. Er hatte sich so schnell bewegt, daß es keiner mitbekommen hatte, und der Kampf war beendet, bevor er begonnen hatte. Mit grimmigem Lächeln wies er auf seinen Zweihänder, der weiterhin unbenutzt am Stuhl lehnte. »Allererste Lektion: *Verlaß dich nie auf die Waffe, die du siehst.*«

Aus dem Augenwinkel sah er, wie der Wirt mit verstörtem Gesicht herbeikam; es war ein kleiner dicker Mann mit Stirnglatze, so wie Wirte zumeist aussehen.

»Bitte, Ihr Herren«, sagte er flehend, »bitte zerschlagt mir nicht die Einrichtung. Ich habe eben erst eröffnet. Ruiniert mir nicht mein Geschäft!«

Trang packte ihn am Hemdkragen und riß ihn grob hoch. »Halt's Maul«, knurrte er, »oder ich schneide dir die Kehle durch.«

»Laß ihn sofort los«, sagte Aigolf scharf, »und dann packt euch, alle miteinander! Ihr habt mich in meiner Nachmittagsruhe und dem Genuß meines Biers gestört, meine Geduld ist jetzt wirklich am Ende.«

Der Sklavenjäger ließ den Wirt tatsächlich fallen und wandte sich mit drohend erhobenem Schwert an Aigolf. Seine Selbstsicherheit war merklich geschwunden, seit Aigolf einen seiner Männer niedergeschlagen hatte und aufgestanden war. Aigolf war nicht nur ein sehr schneller Kämpfer, er überragte Trang auch um Haupteslänge. Dennoch konnte Trang nicht einfach aufgeben. Er würde dabei nicht nur das Gesicht, sondern auch eine Menge Geld verlieren. Und Geld war das einzige, was in Al'Anfa Wert besaß.

»Erst rückst du den Jungen raus«, zischte er.

»Hier ist kein Junge«, widersprach Aigolf. »Ich habe keinen gesehen.«

»Er sitzt unter deinem Tisch.«

»Ich weiß nicht, wer oder was unter meinem Tisch sitzt, und es ist mir auch vollkommen gleichgültig. Ich weiß nur, daß ich endlich in Ruhe mein Bier trinken will. Wenn ihr jetzt nicht sofort verschwindet, werde ich verdammt böse.«

»Bitte, meine Herren!« jammerte der Wirt. Er verkroch sich in die Nähe eines Tischs, kauerte sich zusammen und hielt die Hände schützend über den Kopf. Die meisten Gäste hatten sich inzwischen in sichere Entfernung begeben und betrachteten neugierig die Auseinandersetzung. Vermutlich wurden gerade die ersten Wetten abgeschlossen, denn verschiedene Münzen wechselten den Besitzer, begleitet von leisen Kommentaren.

Der Anführer der Sklavenjäger griff wortlos an. Aigolf duckte sich unter dem Hieb, wechselte das Kurzschwert in die linke Hand, um den Gegenschwung aufzuhalten, und trat Trang mit voller Wucht in den Magen. Während der Sklavenjäger aufjaulend zusammensackte, hatte Aigolf sich schon zum Stuhl gedreht und griff mit der rechten Hand nach dem Zweihänder.

Die beiden anderen Sklavenjäger griffen gleichzeitig an, aber Aigolf hatte sich bereits wieder umgewandt und wehrte die Hiebe mit dem langen Schwert ab; gleichzeitig schlug er mit dem Kurzschwert in der Linken eine tiefe Wunde in die Schulter des linken Kämpfers. Dann ließ er das Kurzschwert fallen, schloß beide Hände um den Griff des mächtigen Zweihänders und ließ ihn kreisen.

Der Anführer der Sklavenjäger war inzwischen wieder auf die Beine gekommen und griff den Bornländer von der einen Seite an, während der zweite von der anderen Seite auf ihn zusprang. Der dritte war wegen der Schulterwunde kampfunfähig. Der vierte Sklavenjäger regte sich nicht mehr.

Aigolf wechselte schnell die Stellung und beantwortete zuerst den Angriff des zweiten Mannes, dessen unbeholfene Schwertführung ihm vorher schon aufgefallen war. Das schwere Schwert traf den Arm des Sklavenjägers knapp über dem Handgelenk und trennte ihn ab. Der Mann sank schreiend auf die Knie; ein Blutschwall ergoß sich über den blankgeputzten Boden.

»So«, sagte Aigolf ganz ruhig, »jetzt sind nur noch wir beide übrig. Du hast zwei Möglichkeiten: Entweder du stirbst, oder du bringst deine Männer hier weg, bevor sie allesamt verbluten.«

»Es gibt nur eine Möglichkeit«, zischte Trang und griff an.

Er war kein schlechter Kämpfer, das mußte Aigolf zugeben, und seine Schwerfälligkeit machte er durch Kraft wett. Er ließ keine Deckung offen, und Aigolf wich seinen Hieben für einige Zeit nur aus, ohne sie zu beantworten. Der Nachteil eines Zweihänders ist, daß er zu keinem schnellen Schlagabtausch taugt; der Vorteil liegt darin, daß er durch seine Größe den Gegner auf Abstand hält – und daß man nur einen einzigen Schlag braucht. Der Krieger, der einen Zweihänder führt, braucht nur eine Lücke in der Deckung abzuwarten, bis dahin kann er sich mühelos verteidigen.

Aigolf beherrschte beide Schwertführungen, doch benutzte er lieber den Zweihänder. Er griff nicht gern an, sondern ließ den anderen an sich herankommen, studierte dessen Kampftechnik und entwickelte daraus seine eigene Taktik. Er kämpfte mehr mit dem Verstand als mit dem Körper, schon seit frühester Jugend. Vielleicht war er deshalb auch noch nie in einem Zweikampf besiegt worden.

Das wußte der Sklavenjäger natürlich nicht. Trang war davon überzeugt, daß er es mit einem Aufschneider oder Tagedieb zu tun hatte, der die hervorragenden Waffen wahrscheinlich auf unredliche Weise an sich gebracht hatte. Deshalb, so vermutete der Sklavenjäger, wagte der Fremde es wahrscheinlich auch nicht anzugreifen. Doch das machte Trang erst recht wütend, es dauerte ihm zu lange, und er wurde ungeduldig. Er mußte es mit einer Finte versuchen.

Während Aigolf einen Schlag beantwortete, täuschte Trang ein Zurückweichen vor, um den Gegner aus der Reserve zu locken. Als Aigolf tatsächlich einen Ausfall machte, sprang Trang nach vorn, um das ungeschützte Herz zu treffen.

Doch sein Hieb ging ins Leere, und er taumelte überrascht nach vorn. Dann mußte er husten, und er spürte ein Brennen in der Brust. Verdutzt schaute er an sich hinab und sah das Blut, das in regelmäßigen Stößen aus seinem Wams hervorquoll. Ihm wurde schwindlig, und er fiel zu Boden.

Über sich sah er die gegen den Abendhimmel dunkle Silhouette des Fremden. »Wer bist du?« flüsterte Trang.

Ein weißes Gebiß blitzte auf, als der fremde Krieger lächelte, und seine Augen wurden von einem seltsamen grünen Feuer erhellt. »Das weißt du nicht?« hörte er die tiefe Stimme durch das Dunkel des Todes, das sich langsam um ihn legte, die Sinne trübte und ihn einschläferte. »Ich bin *der Jäger*. Mein bevorzugtes Wild sind Sklavenfänger. Man nennt mich mancherorts auch *Rattenjäger*.«

Die beiden noch lebenden, mehr oder minder schwer verwundeten Männer ergriffen die Flucht, als sie ihren Anführer fallen sahen. Zurück blieben zwei Leichen.

Aigolf Thuransson warf dem Wirt zwei Silbertaler

hin. »Hier, das sollte für mein Essen und das Saubermachen reichen. Du wirst ja sicherlich dafür sorgen, daß diese Burschen hier ohne Aufhebens weggebracht werden, sonst, fürchte ich, wird dein schönes Geschäft vielleicht doch noch ruiniert werden.«

Der Wirt griff hastig nach den beiden Münzen und rappelte sich hoch. »Keine Sorge«, murmelte er. »Aber Ihr macht, daß Ihr wegkommt. Ich will keinen weiteren Ärger mehr.«

»Wird es nicht geben«, meinte Aigolf gleichmütig. »Doch zuerst trinke ich mein Bier aus, schließlich habe ich dafür bezahlt.«

Während die beiden Leichen fortgeschafft wurden, kehrten die Gäste nach und nach zu ihren Tischen zurück, ohne Aigolf auch nur eines Blickes zu würdigen. Einige zeigten zufriedene Gesichter, die anderen hingegen hatten die Wette und damit ihr Geld wohl verloren.

Aigolf reinigte seine Schwerter gründlich mit einem Lappen und verstaute sie, bevor er sich hinsetzte und erneut an seinem Bier nippte. Es war inzwischen schal geworden, aber er war durstig und daher nicht wählerisch. Vermutlich hätte die Schankmaid ihm auch kein frisches Bier mehr gebracht. Dann fiel ihm der Grund des Streits wieder ein, und er beugte sich nieder, um unter den Tisch zu sehen.

»Nun sieh mal an«, sagte er verwundert. »Da habe ich dem armen Mann doch unrecht getan. Da sitzt tatsächlich ein Junge.«

Der Junge saß noch unverändert in derselben Haltung da, so wie er sich gleich nach der Eroberung dieser Zuflucht zusammengekauert hatte. Er starrte Aigolf aus großen schwarzen Augen verängstigt an.

»Komm schon raus, du!« rief Aigolf ungeduldig. »Ich kann Hunde unter dem Tisch nicht leiden.«

Der Junge kroch unter dem Tisch hervor; seine Arme und Beine mußten schmerzen, da er so lange ihn dieser unbequemen Haltung ausgeharrt hatte, aber er bewegte sich dennoch geschmeidig.

»Ich bin kein Hund«, sagte er, und für einen Moment blitzten seine dunklen Augen auf.

Aigolf betrachtete ihn. Er mochte etwa siebzehn Jahre alt sein, knapp einen Schritt und drei Spann groß, von schlankem, sehr ebenmäßigem Wuchs. Seine blauschwarzen Haare fielen ihm leicht gewellt über die Schultern; sein hochwangiges schmales Gesicht wurde von den großen schimmernden Augen beherrscht. Er trug nur einen Lendenschurz, kurze lederne Stiefel und eine aus Tierknochen fein geschnitzte Kette um den Hals, ansonsten war er unbekleidet. Er sah sehr abgemagert und verstört aus.

»Du bist ein Moha«, vermutete Aigolf.

»Ich bin auch kein Moha«, fauchte der Junge. »Ich bin ein M'nehta und habe mit den feigen, angeberischen Mohas, die meine Feinde sind, nichts gemein.«

Der an diesem Ort verloren wirkende Stolz des jungen Waldmenschen rührte Aigolf auf sonderbare Weise. »In Ordnung, Sohn der M'nehta«, sagte er lächelnd. »Hast du auch einen Namen?«

»Túan«, antwortete der junge Mann.

»Nun gut, Túan aus dem Wald«, fuhr Aigolf Thuransson fort, »du bist frei zu gehen, wohin du willst. Die Männer, die dich verfolgten, sind fort. Und ich kann hoffentlich endlich in Ruhe mein Bier austrinken.«

Er hob den Krug demonstrativ an die Lippen, zögerte jedoch. Der Junge sah mit dem gehetzten Blick eines Rotpüschels um sich, und Verzweiflung verzerrte das Gesicht. Gleichzeitig hörte Aigolf ein grollendes Geräusch, das nur aus Túans Magen kommen konnte.

Aigolf Thuransson, du wirst ein sentimentaler alter Idiot, dachte er. Sieh zu, daß du hier wegkommst. Laut sagte er jedoch: »Warte einen Moment.« Er stand auf, packte seine Sachen zusammen, steckte den Zweihänder in die Scheide auf den Rücken und hob den Wanderbeutel hoch. »Komm mit«, forderte er den Waldmenschen auf. »Zuerst suchen wir uns eine Unterkunft, dann sehen wir weiter.«

Der junge Mann folgte ihm ohne weitere Umstände. Für ihn war ein Weg so gut wie der andere, und solange es jemanden gab, der ihm durch den Dschungel der Stadt half, wollte er zufrieden sein.

2. Kapitel

Das *Traumpferd*

Fürchtest du nicht, daß ich dich sofort wieder auf dem Sklavenmarkt feilbiete?« erkundigte sich Aigolf Thuransson unterwegs.

Sie zweigten nunmehr von der östlichen Hauptstraße ab zum Hafen und betraten eine schmale, wenig belebte Straße, durch die nur ein Fuhrwerk hindurchpaßte. Aigolf kannte sich von früheren Besuchen einigermaßen in Al'Anfa aus, zumindest was die Hafengegend betraf, und er wollte nachsehen, ob es ein bestimmtes preiswertes Gasthaus noch gab.

»Das wirst du nicht tun«, antwortete Túan. »Deshalb habe ich mich ja unter deinem Tisch versteckt.«

Aigolf lagen einige Gegenargumente auf der Zunge, aber er schwieg. Schließlich hatte der junge Mann recht, er würde ihn nicht verkaufen, und er hatte ihn immerhin verteidigt. Ihm war durch die Erzählungen anderer bekannt, daß die Waldmenschen den sicheren Instinkt eines Tiers besaßen, das weiß, wo es Sicherheit und Geborgenheit findet. Auf seiner Flucht hatte Túan innerhalb eines halben Herzschlags erkannt, wohin er sich retten konnte. Insgeheim empfand Aigolf Bewunderung für den Mut, sich so vorbehaltlos dem Risiko des Irrtums zu stellen, denn er mißtraute allem und jedem.

»Du hast trotzdem Glück gehabt«, sagte er nur.

»Ich weiß«, erwiderte Túan ebenso schlicht.

Den Rest des Wegs legten sie schweigend zurück. Aigolf fragte sich, auf welch hirnverbrannte Idee er da gekommen war, sich eines entlaufenen Sklavens anzunehmen.

Bevor er sich weiter über sich selbst wundern konnte, stand er bereits vor dem *Traumpferd*, dem Gasthaus, das er gesucht hatte. Inzwischen war es fast dunkel, die Gassen hatten sich geleert, und die ersten Schatten des Nachtgesindels huschten an den durch Fackeln dürftig beleuchteten Wänden entlang. Der Hafen war nun fast eine halbe Wegstunde entfernt, aber auch hier, in dieser abgelegenen Gegend, war es gefährlich, sich nachts allein hinauszuwagen – ganz gleich, ob man Dukaten besaß oder nicht. Aus den winzigen Seitengäßchen drang der Gestank von Armut und Dreck; dort drinnen mußte die Luft beinahe zum Ersticken sein.

Túan empfand all das mit seinen empfindsamen Sinnen viel eindringlicher als der Krieger, und er drängte sich unwillkürlich ein wenig dichter an ihn.

Aigolf wandte kurz den Kopf in die dampfende Dunkelheit hinein, in der hie und da dunkelrot glühende Funken schwelten, ob von Feuer oder dämonischen Künsten hervorgerufen, war nicht zu unterscheiden. »Das ist nur Abfall«, sagte er beruhigend.

»Aber es sind doch Menschen«, wisperte Túan.

»Warum hast du dann Angst vor ihnen?« erwiderte Aigolf und beantwortete seine Frage gleich selbst: »Ich will's dir sagen, mein Junge: weil von allen Ungeheuern Aventuriens keines so schrecklich und grausam ist wie der Mensch selbst. Glaub mir, ich bin weit herumgekommen, und ich bin vielen Bestien begegnet, doch der Mensch ist unvergleichlich in seiner Bosheit. Mein zugleich vergeblichster und lohnendster Kampf war stets der gegen die Menschen.«

»*Wie meinst du das mit dem lohnendsten Kampf?*« fragte Túan ein wenig kläglich.

»Nun, ich bekämpfe zum Beispiel die Sklaverei. Und ohne mich wärst du wahrscheinlich immer noch ein Sklave, nicht wahr?«

Aigolf drehte sich zur Tür und betätigte den schweren Klopfer. Die meisten Gasthäuser waren um diese Stunde noch geöffnet, doch waren die Türen längst überall geschlossen, um den Schatten, woher sie auch kommen mochten, keine ungewollte Einladung zu erteilen.

Nach einer Weile hörten die beiden Wartenden Schritte auf einer Treppe, dann öffnete sich die Sichtluke der Tür.

Aigolf erkannte im Dämmerlicht, das sich durch den schmalen Spalt von drinnen nach draußen zwängte, zwei funkelnde blaue Augen, überschattet von langen schwarzen Wimpern.

»Selena«, sagte er und lächelte breit. »So bist du also doch noch die Wirtin des *Traumpferds,* wie ich zu hoffen wagte, und läßt die Gäste nur nach persönlicher Betrachtung eintreten.«

Die Frau hinter der Tür stieß einen erstickten Schrei aus, dann rasselte eine Kette, und die Tür wurde aufgerissen.

»Bei Phexens Hort, du bist es wirklich, Aigolf Thuransson!«

Túan wich erschrocken zurück, als eine kräftige, wohlbeleibte Frau den großen Mann an den wogenden Busen drückte und mit rauher Stimme herzlich lachte.

Aigolf hatte Mühe, sich aus den starken Armen zu befreien, und drückte ihr einen liebevollen Kuß auf die Wange. »Selena, ich dachte, du hättest mich vergessen.«

»Ach, wie könnte ich dich vergessen?« keckerte die Frau, die etwa Mitte Fünfzig sein mochte, zwinkerte schelmisch und stieß Aigolf in die Seite, so daß er fast stolperte. »Nun komm erst mal herein und sag mir, was du willst – nein, laß mich raten: Du brauchst ein Quartier, und da denkst du natürlich an deine gute alte Selena und ihr Auskommen im Alter, damit sie« – sie strich liebevoll über den üppigen Bauch – »nicht plötzlich hungern muß.« Dann fiel ihr Blick auf den jungen Waldmenschen. »Nun sag mal, wer ist denn das?« rief sie.

Túan suchte verzweifelt nach einem Ort, um sich zu verstecken, aber die Wirtin hatte ihn bereits am Arm erwischt und zog ihn gnadenlos zu sich heran.

»Schäm dich, Aigolf Thuransson, du denkst immer nur an dich, du hast dich kein bißchen verändert!« tadelte sie, während sie den Jungen an sich schmiegte und liebevoll tätschelte. »Sieh dir dieses magere Bürschlein doch an, völlig ausgehungert ist es!«

»Darüber wollte ich gerade mit dir reden, Selena, aber ich komme ja nicht dazu«, seufzte Aigolf. »Hör zu, gib uns ein Zimmer und laß uns etwas zu essen heraufbringen, sei so gut. Nach Gesellschaft in der Gaststube steht mir der Sinn nicht.«

Selena legte den Kopf auf die Seite und betrachtete Túan nachdenklich. »Verstehe schon«, murmelte sie dann. »Geht hinauf, in den zweiten Stock. Das dritte Zimmer rechts von der Stiege ist noch vollkommen frei, der Schlüssel steckt innen. Ich berechne euch auch nur den Bettpreis von fünf Hellern, denn heute wird ohnehin keiner mehr kommen. Und dann schicke ich Dana mit einer Mahlzeit hinauf. Ich muß zurück zu meinen Gästen.«

Sie schob die beiden Männer zur Stiege und verschwand in der Gaststube.

Nachdem die Gefährten oben angelangt waren und Aigolf die Tür verschlossen hatte, setzte Túan sich auf das Bett neben dem schmalen Fenster. Er sah verstört und niedergeschlagen aus und zitterte leicht.

»Du kannst Selena vertrauen«, sagte Aigolf, während er das Gepäck und die Schwerter verstaute und dann die Kleidung – Schwert- und Leibgürtel, Leinenhemd, zerschlissenes Lederwams, kniehohe Schnürlederstiefel – bis auf die dunkle wollene Hose ablegte. »Sie klingt zwar ein bißchen rauh und benimmt sich derb, aber sie hat ein Herz aus Gold. Sie hat mich einmal gepflegt, als ich verwundet vor ihrer Tür lag.« Er grinste, fast ein wenig verlegen. »Seither hat sie einen Narren an mir gefressen. Sie hat etwas für Abenteurer übrig, da ihr Mann nur ein maulfauler Pantoffelheld ist. Na ja, verwundert bin ich bei dieser Frau darüber nicht...« Er tauchte den Kopf in die Waschschüssel, die auf einer kleinen Anrichte bei der Tür stand, und schüttete sich mit den Händen das kalte Wasser in den Nacken. Dann hob er den Kopf prustend und schüttelte die langen roten Haare, die ihm wie eine Mähne um die Schultern flogen. Danach flocht er die beiden von silbrigen Fäden durchzogenen Schläfensträhnen neu zu Zöpfen und kämmte anschließend den dichten roten Bart mit den Fingern. Die langen Enden des Oberlippenbartes hatte er ebenfalls geflochten.

»Morgen früh werde ich ausgiebig baden«, verkündete er. »Wochenlang habe ich Staub gefressen.« Das Wasser tropfte ihm auf die Schultern und die behaarte, muskulöse Brust herab und zeichnete feine Linien auf die staubbedeckte Haut. Zu der sehnigen, samthäutigen und abgesehen vom Kopf – haarlosen Gestalt des jungen Waldmenschen bildete Aigolf einen krassen Gegensatz. Zufrieden seufzend ließ er sich auf das Bett auf der anderen Seite des Fensters fallen und streckte den langen Körper unter wohligem Grunzen aus.

Túan saß die ganze Zeit still auf seinem Bett, fast wie eine Statue.

Schließlich drehte Aigolf den Kopf zu ihm und sah ihn an. »He, Junge«, sagte er freundlich. »Was ist los mit dir?«

»Nichts«, erwiderte der Waldmensch. »Sag mir jetzt, warum du mich verteidigt hast.«

Aigolf stützte sich mit einem Arm ab, ein wenig verblüfft. »Ich dachte, *du* hättest mich dazu auserkoren.«

Túan schüttelte den Kopf, er war den Tränen nahe. »Ich wußte nur, daß es meine einzige Hoffnung war«, sagte er leise. Er verbarg den Kopf, als es an der Tür klopfte.

Aigolf stand auf, öffnete und nahm dem Mädchen das Tablett mit dem Essen ab, das er dann vor Túan hinstellte.

»Iß!« sagte er, fast streng.

Túan starrte das Essen – ein großes fettes Stück Braten, einen mit Gemüse gefüllten Pfannkuchen, eine dicke Scheibe Brot und eine Scheibe Speck – zuerst ein wenig mißtrauisch an, dann siegte der Hunger. Er löste mit den Fingern ein Stück von dem Pfannkuchen und kostete vorsichtig, nahm dann ein wenig mehr, bis er alles gierig in sich hineinschlang.

Aigolf beobachtete ihn belustigt. »Übrigens gibt es auch noch ein Besteck.« Er wies auf ein Brotmesser und eine einfache Gabel mit zwei Zinken.

»Kann ich nich mit umgehn«, nuschelte der Junge mit vollem Mund. »Im Wald ist das ganz anders.«

»Wie lange bist du schon vom Wald weg?« erkundigte sich Aigolf.

»Weiß nicht genau. Ich brach bei Vollmond auf, bis zum Waldrand brauchte ich nur drei Sonnentage, weil ich lief.«

»Also fast seit einem Monat«, sinnierte Aigolf. »Sie haben dich sofort erwischt?«

Túan nickte. »Schon vor der Stadtgrenze.« Er wischte sich die Hände an dem feuchten Lappen ab, der auf dem Tablett lag, und lehnte sich zurück. Er drückte ein wenig auf dem Bett herum und legte sich schließlich ganz hinein. »Gar nicht schlecht, solche

Ruhelager«, bemerkte er zufrieden. Nun, nachdem sein Magen voll war und er sich ohne Angst und in bequemer Lage ausruhen konnte, wurde er merklich ruhiger. »Ich bin in meinem ganzen Leben nicht so schnell gerannt wie heute. Ich wußte nicht, was aus mir würde, wenn sie mich wieder erwischten. Lieber wollte ich sterben, als noch einmal... in Ketten gehalten zu werden. Ich sah dich für einen kurzen Augenblick und wußte sofort, daß du nicht in die Stadt gehörst und ein Krieger bist. Mir blieb keine Zeit zum Nachdenken. Ich hatte keine Wahl«, sagte er langsam. »Ich bin dir sehr dankbar.«

»Du brauchst mir nicht dankbar zu sein«, erwiderte Aigolf. »Du hast gehört, was ich zu dem Mann sagte: Ich bin der *Rattenjäger*. Ich verfolge die Sklavenjäger schon seit über zwei Jahrzehnten – zum einen, weil ich die Sklaverei verabscheue, zum anderen aber aus persönlichen Gründen. Ich hatte einen Bruder, der in deinem Alter war, als ich ihn verlor.« Er unterbrach sich kurz, und seine Miene verdüsterte sich; sein hochwangiges, gutgeschnittenes Gesicht schien schmal zu werden. »Geboren bin ich im Bornland vor knapp fünfundvierzig Jahren, im Monat Rondra, am dritten Tag«, fuhr er fort. »Ich verlor meinen Bruder, als... sie hatten... das tut nichts zur Sache. Sie schleppten ihn als Sklaven fort. Ich fand ihn nie mehr wieder.«

»Das tut mir leid«, sagte Túan leise.

»Es braucht dir nicht leid zu tun. Es ist lange her. Aber ich habe meinen Schwur, die Sklaverei zu bekämpfen, bis heute gehalten. Es ist ein lohnenswertes Ziel.« Aigolf gähnte und streckte sich wieder aus. »Laß uns jetzt schlafen, Kleiner. Morgen ist auch noch ein Tag für Geschichten.«

»Aigolf, wach auf!« erklang eine gedämpfte Stimme durch angenehme Träume von wilden Gelagen mit schönen Frauen, und der Bornländer fuhr hoch. Normalerweise hatte er, was die Wachsamkeit betraf, die Instinkte eines Tiers: er konnte jederzeit und überall einschlafen, war aber auch bei jeder kleinsten Veränderung der Umgebung sofort hellwach. Doch in Selenas *Traumpferd* hatte er sich stets so geborgen und sicher gefühlt, daß er ganz tief und gelöst schlief. Eine der wenigen Schwächen, die er sich gestattete.

»Was ist los?« fragte er, bevor seine schlaftrunkenen Augen sich an die Wirklichkeit gewöhnt hatten. Zunächst stellte er fest, daß die Sonne noch nicht aufgegangen war – wahrscheinlich war es die erste Stunde vor Sonnenaufgang –, und danach, daß keine unmittelbare Gefahr drohte.

»Ich habe gesehen, daß Truppen die Stadt durchstreifen«, flüsterte Túan.

»Natürlich«, entgegnete Aigolf gähnend. »Al'Anfa ist eine gefährliche Stadt. Es gibt ein paar reiche Leute und fast sechzigtausend arme, jede Menge Sklaven und noch mehr Bewacher.«

»Aber *eine* dieser Wachtruppen kenne ich«, beharrte Túan eigensinnig.

Aigolf schüttelte seine Schläfrigkeit endgültig ab und starrte den Waldmenschen an. Was mochte an diesem jungen Mann so bedeutend sein, daß er noch immer gesucht wurde? Hatte irgendein reicher Freiherr, seiner Ehefrauen und Gespielinnen müde, eine Menge Dukaten für ihn geboten? Möglich. Túan war sehr jung, und er besaß die anmutige Schönheit der Waldmenschen, die so viele aventurische Adelige begehrten.

Dennoch glaubte er irgendwie nicht daran. Etwas anderes mußte dahinterstecken. Es war nur ein Gefühl, das nicht sachlich begründbar war, aber Aigolfs Sinne waren hochempfindlich.

»Weißt du, weshalb sie hinter dir her sind?« fragte er direkt. »Ich kann mir nicht vorstellen, daß sie einen solchen Aufwand nur wegen eines einzigen nicht einmal ausgebildeten Sklaven treiben.«

»Ich weiß es nicht«, antwortete Túan. »Aber ich weiß, daß sie hinter mir her sind. Und es ist nur eine Frage der Zeit, bis sie mich finden.«

Aigolf dachte sehnsüchtig an das Bad, das er heute früh hatte nehmen wollen – bis in den späten Vormittag hinein, mit einem bis drei Humpen Met und vielleicht einem hübschen Bademädchen.

Natürlich konnte er das immer noch haben, wenn er Túan nun einfach fortschickte. Schließlich ging ihn der Junge wirklich nichts an, er hatte schon genug für ihn getan – mehr als notwendig. Doch wie so oft in seinem Leben entschied sich Aigolf für das genaue Gegenteil der Vernunft.

Er schwang die Beine aus dem Bett und griff nach seinem Hemd. »Mach dich fertig, wir brechen umgehend auf«, sagte er. »Ich lege Selena zehn Heller für die Betten und acht Heller für das Essen hin. Das ist mehr als genug, um sie milde zu stimmen. Sie wird es verstehen ... hoffe ich.« Er ging aus dem Zimmer, nicht ohne vorher in den Gang ringsum zu sichern, und winkte Túan. »Komm schon! Aber leise!«

Als sie jedoch unten angekommen waren, fanden sie die Wirtin bereits wieder eifrig bei der Arbeit.

»Schläfst du denn nie, Selena?« fragte Aigolf seufzend.

»In meinem Alter und mit einem gleichaltrigen Ehemann gibt es kaum mehr Gründe, lange im Bett zu bleiben«, erwiderte sie lachend. »Mein Süßer, ich kenne dich gut genug, ich weiß schon, daß du dich fortschleichen willst. Deshalb habe ich euch einen kleinen Vorrat für unterwegs zusammengepackt.«

»Du bist ein Schatz.« Er küßte sie auf die Wange und übergab ihr das Geld, das sie unbesehen in die Rocktasche steckte. »Selena, ich brauche aber noch einen Waffenrock, mein alter taugt nichts mehr. Ich wollte mich heute auf die Suche nach einem Schneider machen, aber die Zeit reicht dafür nicht aus, fürchte ich.«

»Geh zu Meister Borkan, die dritte Gasse westlich von hier«, erwiderte sie. »Zufällig weiß ich von meiner Küchenmagd, daß er für jemanden einen speziellen Waffenrock angefertigt hat, den dieser jedoch nicht mehr abholen kann, weil er gestern in Lusandes *Traumgemach* ... hm ... verschied. Du brauchst Borkan nur ein gutes Angebot zu machen.« Sie schmunzelte ein wenig. »In der Gegend hier weiß jeder alles über jeden, das bringt Abwechslung in unsere Tage.«

Aigolf nickte. »Ich werde zu Meister Borkan gehen und hoffen, daß es nicht zuviel Geschwätz über uns gibt. Komm, Túan, gehen wir.«

Túan nahm zwei Vorratsbeutel in Empfang, lächelte Selena schüchtern an und folgte Aigolf auf die Straße hinaus.

Meister Borkans Schneiderwerkstatt war schnell gefunden, ein großes Schild wies darauf hin, daß er feine Kleidung vornehmlich für feine Herren sowie verstärkte Waffenkleider anfertigte.

Und das hier in dieser abgelegenen Gegend, dachte Aigolf.

»Weil ich nicht alles für jeden anfertige«, erklang eine dröhnende Stimme. Túan fuhr zusammen und machte einen Satz rückwärts. Im Türeingang stand ein Hüne, dem man eher das Krieger- als ein Schneiderhandwerk zugetraut hätte. »Abgesehen davon«, fügte er hinzu, »ist mir in der Oberstadt die Miete viel zu hoch.«

Aigolf lächelte. »Was auch immer du in Wirklichkeit tust, Meister Borkan, ist mir einerlei.« Er ging davon aus, daß Meister Borkan die Schneiderei hauptsächlich als Tarnung betrieb und ansonsten ein Schmuggler war – für allerlei Waren, die auf dem schwarzen Markt an der Stadtsteuer vorbei viel Geld bringen konnten. Solcherlei ›Geschäfte‹ hatte er in jeder Stadt gefunden. »Ich bin nur hier, um dir eine Last abzunehmen. Die Dame Selena schickt uns, weil du etwas anzubieten hast, das der ursprüngliche Käufer nicht mehr abnehmen kann.«

Meister Borkan runzelte die Stirn, und die mächtigen schwarzen Brauen überschatteten seine funkelnden Augen. Er musterte Aigolf eingehend von oben bis unten.

»Kommt herein!« brummte er.

Er ließ die beiden im kleinen Vorraum stehen, während er durch eine schmale Tür, durch die er gerade hindurchpaßte, im Innern des Hauses verschwand. Er hatte wohl mit Absicht den Raum geteilt, um keinen Einblick in seine Werkstatt zu gewähren. Nach einer Weile kam er mit einem Bündel zurück, das in ein dünnes Tuch gewickelt war.

»Hörte da gestern von einer Auseinandersetzung in der Nähe des Sklavenmarktes. Heute kommen sie bis hierher und fragen sich von Haus zu Haus durch«, brummte er und deutete mit dem Daumen auf Túan. »Aber der Junge da kann's nicht sein, nicht wahr? Er sieht nicht so aus, als ob was Besonderes an ihm wäre. In seiner Begleitung soll übrigens ein rothaariger Krieger mittleren Alters und von auffallender Größe sein, aber von denen gibt's ja auch jede Menge.«

»Ja, ich hörte ebenfalls davon«, meinte Aigolf harmlos. »Gäbe bestimmt eine Belohnung, wenn man die beiden erwischen würde.«

Meister Borkan grinste breit. »Darauf kannst du wetten. Vor allem, wenn es stimmt, daß der Rothaarige der *Rattenjäger* ist, wie einige behaupten. Jedenfalls paßt die Beschreibung auf ihn. Dieser Name klingt wie Musik in meinen Ohren, denn ich verabscheue die Sklaverei.« Er rollte das Bündel auf dem Boden aus und präsentierte den beiden einen schwarzbraunen Waffenrock, der auf den ersten Blick sehr unscheinbar wirkte.

Aigolfs Augen leuchteten jedoch sofort auf; fast andächtig nahm er das ungewöhnlich leichte Kleidungsstück in die Hand. Er erkannte mit einem Blick die feinen Drahtfäden, die fast unsichtbaren Metallverstärkungen. Leicht und nachgiebig, aber undurchlässig, würde es nahezu jeden Hieb dämpfen und etliche weitere auffangen können.

Er ließ den Rock jäh fallen und zog eine herablassende Miene. »Feine Arbeit für ein feines Knäblein, das kein Gewicht tragen kann. Sicherlich nichts für einen erfahrenen Krieger.«

Meister Borkan blieb für einen Augenblick die Luft weg. »Offensichtlich habe ich mich doch in dir getäuscht«, knurrte er. »Dieser Rock wiegt nicht mehr als zwanzig Unzen und ist mehr als die dreißig Dukaten wert, die ich von dir verlange.«

Aigolf schnaubte verächtlich. »Dreißig Dukaten! Lächerlich! Für soviel Geld kaufe ich mir eine ganze Rüstung.« Der Rock war tatsächlich mehr als diesen Preis wert, aber dennoch wurde Aigolf schwindlig. Damit schrumpfte sein letzter Sold, den er in den letzten Monaten mühsam gespart hatte, erheblich und schneller zusammen, als er geplant hatte. Aber als Krieger brauchte er eine gute Ausrüstung, und dieser Rock würde auf alle Fälle sehr lange halten und ihn ausgezeichnet schützen. Er mußte ihn haben, daran gab es keinen Zweifel, aber er durfte es nicht so deutlich zeigen.

Túan stand still dabei und hörte aufmerksam zu, als die beiden zu feilschen begannen, immer heftiger stritten und sich schließlich fast an die Gurgel gingen. Dann einigten sie sich plötzlich auf achtzehn Dukaten, und während Aigolf den Waffenrock anlegte, verstaute Meister Borkan das Geld.

»Einen guten Tag noch«, meinte er grinsend zum

Abschied. Wahrscheinlich hatte er sich so heruntergehandelt lassen, weil er etwas für den *Rattenjäger* übrig hatte oder Selena etwas schuldig war – aus welchem Grund auch immer.

Der Waffenrock paßte wie angegossen, und Aigolf wurde nicht müde, immer wieder daran herumzuzupfen, den Sitz zu verbessern und über das feine Gewebe zu streichen. Das war auch ein Grund gewesen, nach Al'Anfa zu reisen: Als bedeutende Hafenstadt Aventuriens am lebhaft befahrenen Perlenmeer bot sie alles an, was es zu kaufen oder zu tauschen gab. Gute, mütterliche Selena; sie hatte wahrscheinlich schon gestern abend mitleidig Aigolfs schäbigen alten Rock betrachtet und überlegt, wo er sich preisgünstig einen neuen besorgen könnte.

»Das verstehe ich nicht«, meinte Túan unterwegs auf der Straße. »Weshalb macht ihr das alles so umständlich?«

»Weil wir keinen Wald um uns herum haben, der uns alles im Überfluß bietet«, antwortete Aigolf gleichmütig.

»Ja, aber... was ist das eigentlich für *Geld*, das du die ganze Zeit über eintauschst?«

»Sold, den ich mir bei meinen letzten Diensten verdient und angespart habe«, antwortete Aigolf. »Wenn ich auf Reisen bin, kann ich als Jäger für mein Auskommen sorgen, aber dennoch muß ich hin und wieder in die Dienste eines kriegseifrigen Adligen treten, um beispielsweise wie jetzt meine Kleidung zu erneuern.« Er schüttelte ein wenig den Beutel, dessen Klimpern schon bedeutend nachgelassen hatte. »Doch in Städten wie Al'Anfa schmilzt der Vorrat dahin wie Butter in der Sonne...« Als er den aufleuchtenden Blick eines Bettlers bemerkte, warf er sich rasch den langen Kapuzenumhang über. Wertvolle neue Dinge sollte man nicht zu offen zeigen. Dieser ausgemergelte kleine Alte würde sich natürlich nicht an ihn heranwagen, aber ein anderer, der ihn aus einer verborgenen Nische heraus beobachten mochte, vielleicht schon eher.

»Aber wie stellst du den Wert dessen fest, was du eintauschst?« fragte Túan weiter, der von dem allen nichts bemerkt hatte. Er trug auch nichts am Leib, was man ihm hätte stehlen können – nicht einmal einen wertvollen Stein an einer Kette oder einen Ohrring.

»Das sind Erfahrungswerte, Junge. Du befindest dich hier nicht mehr in der Abgeschiedenheit deines Waldes. Hier in den Städten treffen alle Völkergruppen Aventuriens zusammen, um zu handeln, reich zu werden oder auch nur um zu überleben.«

»So«, murmelte Túan. »Um das zu verstehen, werde ich wohl noch eine Weile brauchen. Bei uns im Dschungel hat jeder seine Aufgabe, die er für die Gemeinschaft erfüllt. So geht es allen gleich gut, und keiner muß notleiden, wenn er die Naturgeister nicht erzürnt. Wir brauchen so etwas wie Geld und Handel nicht.«

»In einer kleinen Gemeinschaft ist das möglich, doch ich sagte es bereits: Hier, wo so viele Menschen auf einem Haufen leben, braucht man ein anderes System. Aber ich habe jetzt auch eine Frage an dich: Woher kannst du eigentlich Garethi?«

»Meine Mutter brachte es mir bei.«

»Und woher kannte sie es?«

»Ich weiß es nicht. Ich habe sie nie gefragt. Einige Jäger können auch ein wenig Garethi sprechen, es ist nichts Ungewöhnliches. Unsere Sprache ist aber das M'nethi.«

Aigolf runzelte nachdenklich die Stirn. Der Junge konnte fließend Garethi, die Hauptsprache Aventuriens, obwohl er aus der abgelegenen Welt der Dschungelgebiete stammte. Er hatte aus unerfindlichen Gründen seine Heimat verlassen, und nun war ganz Al'Anfa auf den Beinen, um ihn zu fangen. Irgend etwas stimmte ganz und gar nicht mit ihm.

»Weshalb hast du den Wald verlassen?« fragte er direkt.

Túan zuckte die Achseln. »Ich war neugierig.«

Aigolf gab sich damit zufrieden. Túan hatte die Bedeutung der echten Lüge wahrscheinlich noch nicht kennengelernt. Entweder hatte er wirklich nur wissen wollen, was jenseits des Waldes lag, oder er hielt den Grund nicht für bedeutsam genug, um ihn zu erzählen. Doch das war Túans Sache. Er selbst hatte ja auch nicht allzuviel von sich erzählt.

Was nicht bedeutete, daß Aigolf nun nicht mehr am Schicksal des Jungen Anteil nahm. Ganz im Gegenteil sogar, er witterte nun bereits deutlich ein Abenteuer, und einem solchen war er noch nie aus dem Weg gegangen. Irgendwie fühlte er sich auch für den Jungen verantwortlich, seit er ihn vor den Sklavenjägern bewahrt hatte, und nun war noch seine Neugier geweckt.

»Was hast du jetzt vor?« fragte er.

»In den Wald zurückzukehren«, sagte Túan. »Was soll ich sonst tun? Es war falsch, die Heimat zu verlassen. Die Alten warnen davor, und sie haben recht. Diese Welt ist abscheulich.«

»Ich war noch nie im Dschungel«, sinnierte Aigolf. »Ich werde mit dir gehen. Im Augenblick habe ich ohnehin nichts anderes zu tun.«

Der junge M'nehta betrachtete den Bornländer nachdenklich. »Sie werden sich vor dir fürchten«, sagte er. »Rote Haare verheißen Unglück.«

»Die Elfen geben sich – wenn schon mit den Menschen – am liebsten mit Rothaarigen ab, weil man mit denen viel lachen kann«, erwiderte Aigolf grinsend. »Bisher jedenfalls hat sich noch niemand beschwert.«

»In jedem Fall bedeutet es Ärger.« Túan scharrte mit dem Fuß über den Boden. »Es genügt, wenn du mich einfach nur bis zum Dschungel begleitest. Dafür wäre ich dir wirklich dankbar, denn sonst fiele ich wahrscheinlich sofort wieder den Sklavenjägern in die Hände. Sobald ich im Wald bin, finde ich mich zurecht.«

»Vertrau nicht zu sehr darauf, Túan. Sklavenjäger kennen sich auch im Wald gut aus.«

»Wir werden sehen...«

3. Kapitel

Borons scheinheiliger Priester

Aigolf Thuransson war sich darüber im klaren, daß Túan ihm noch nicht vollends vertraute – dazu bestand auch kein Grund. Er war der typische Abenteurer, ein Söldner, der bei Geldknappheit fast jedem diente, der ihn gut bezahlte. Seine Absichten konnten sich rasch ändern – und sein Münzbeutel sah seit dem Kauf des Waffenrocks nicht mehr sehr wohlgenährt aus.

Er ging deshalb auch nicht weiter auf Túans Bitte ein, ihn am Waldrand zu verlassen. Zunächst einmal mußten sie sicher dort angekommen. Der vielleicht nicht ungefährlichste, aber schnellste Weg führte von Al'Anfa aus die Küstenstraße entlang nach Südwesten. Aigolf war noch niemals so weit in den Süden vorgedrungen, aber er besaß einen guten Orientierungssinn und zudem in seinem Gepäck ein paar halbzerfallene Karten.

Zeit wird es, dachte er. Ich werde schließlich nicht jünger, und es gibt immer noch soviel zu sehen.

Schnelle Schritte, die aus einer Seitengasse herüberschallten, rissen ihn aus seinen Gedanken, und er sprang, Túan mit sich ziehend, in den Schatten eines Türeingangs. Der Junge kauerte sich sofort zusammen, während Aigolf vorsichtig um die Ecke lugte.

Wieder eine Truppe. Und ganz sicher keine einfache

Patrouille. Aigolfs Augen wurden schmal. Die Soldaten trugen schwarze Lederrüstungen mit einem Wappen auf der Brust. Das Banner der *Dukatengarde*. Söldner, noch brutaler als die berüchtigte Stadtgarde, im Dienste des Patriarchen. Da das Kriegsrecht niemals aufgehoben worden war, hatte er Anspruch auf eine eigene Garde, die nur seinem Befehl unterstand.

Demnach war der Patriarch selbst auf der Suche nach Túan? Oder sah Aigolf schon Gespenster? »Hast du solche auch schon gesehen?« flüsterte er dem Jungen zu.

»Nein«, wisperte Túan zurück. »Aber die gefallen mir ganz und gar nicht. Denkst du, daß sie hinter mir her sind?«

»Ich weiß es nicht. Wir wollen es nicht drauf ankommen lassen. Sobald sie an uns vorbei sind, verdrücken wir uns.«

Die Gefährten verhielten sich völlig still, und es sah ganz so aus, als würden sie unentdeckt bleiben. Die Männer stampften mit wuchtigen Schritten an ihnen vorbei; sie waren sich ihrer furchteinflößenden Erscheinung genau bewußt. Die Straßen waren bereits leergefegt, die meisten Fensterläden verschlossen.

Sie waren fast vorüber, als einer der Söldner plötzlich stehenblieb und mit dem Speer auf den Türeingang zeigte, in dem sich die beiden verbargen.

»He, ihr da!« rief er laut. »Was habt ihr da verloren? Kommt heraus!«

Aigolf stieß einen unterdrückten Fluch aus. Hastig verschloß er den Umhang und zog die Kapuze über den Kopf und tief in die Stirn hinein. Er packte Túan grob am Arm und zerrte ihn auf die Straße. »Stell dich gepeinigt und erschöpft«, zischte er. Dann nahm er eine gebeugte Haltung ein, ging leicht in die Knie und ließ ein Bein etwas nachschleifen, so daß es aussah, als hätte er ein verkrüppeltes Rückgrat und ein steifes Bein.

Túan sackte sofort zusammen, halb wehrte er sich, halb ließ er sich schleifen, er warf sich Staub über den Kopf und stöhnte kläglich.

Aigolf raffte seinen Umhang in einer bedeutungsvollen Geste nach vorn zusammen. »Wie kannst du es wagen, so mit mir zu sprechen?« keifte er. »Borons Fluch komme über dich, daß du einen Priester nicht von einem gemeinen Stadtstreicher unterscheiden kannst!«

Der Angriff zeigte Wirkung, der Soldat trat erschrocken einen Schritt zurück.

»Ver ... verzeihung, Eure Gnaden«, stotterte er.

Inzwischen war die gesamte Garde stehengeblieben, und der Korporal kam zurück.

»Was geht hier vor?« fragte er.

»Ich werde aufgehalten!« beschwerte sich Aigolf. »Was hat das zu bedeuten, daß die Garde einem Priester Befehle erteilt?«

»Wir sind auf der Suche nach einem Moha, der ungefähr das Alter dieses Jungen da hat«, erwiderte der Söldner ungerührt und deutete auf Túan, der sich scheinbar kaum noch auf den Beinen halten konnte.

»Gnade ... Gnade ...«, wimmerte er.

Der ungefähr das Alter dieses Jungen da hat, äffte der angebliche Priester mit hoher Stimme nach. »Natürlich hat er das Alter, welches Alter soll er denn sonst haben, wenn er als Sklave verkauft werden soll? Geh doch auf den Sklavenmarkt und schau dir an, wie viele solcher Jungen da stehen! Beim Heiligen Raben, selbst mir fiel die Auswahl schwer – diese Mohas schauen doch einer wie der andere aus, vor allem wenn sie so jung und hübsch sind wie der da!« Er riß Túan grob zu sich und drehte den Kopf des Jungen dem Söldner entgegen. »Sieh ihn dir an! Ist es der Junge, den du suchst, ja oder nein?«

Der Söldner betrachtete den Jungen eingehend, aber da Túan mit Staub bedeckt war und schmerzliche Grimassen schnitt, zögerte er. Außerdem hatte er den Gesuchten nie selbst gesehen – und für die Weißen sahen die dunkelhäutigen kleinen Waldmenschen wirklich alle gleich aus. »Ich weiß nicht ...«

»*Ja oder nein?*« schnauzte Aigolf. »Ich lasse nur ein klares *Ja* gelten, alles andere heißt für mich *nein*. Ich weiß nicht, ob das der gesuchte Junge ist, denn für mich sind sie alle gleich. Ich weiß nur, daß ich ihn auf dem Sklavenmarkt auf Geheiß des Tempelvorstehers abholte, weil heute abend eine wichtige Zeremonie stattfindet. Und da unsere Hochwürdigste Erhabenheit, der Patriarch selbst, anwesend sein wird, dürfte es ihn kaum erfreuen, wenn ich ihm Mitteilung über Euch mache – und über die mißlungene Zeremonie, weil ich nicht das richtige Opfer gebracht habe!«

Der Korporal starrte den Söldner finster an. »Nun?«

»Es sah so aus, als wolltet Ihr Euch verstecken!« verteidigte sich der Soldat.

»Was ich tue, geht niemanden etwas an!« kreischte der angebliche Priester. Er sabberte aus dem Mund und stolperte mit seiner Last an der rechten Hand und fuchtelnder Linker auf den Söldner zu, so als wolle er ihn schlagen. »Geht Eurer Arbeit nach!«

»Weitergehen!« befahl der Korporal. Die Garde machte sich rasch auf den Weg; die beiden Zurückgebliebenen hörten, wie sie über den verkrüppelten Priester mit der Vorliebe für hübsche Jungen lachten.

Als sie außer Sicht waren, huschten Aigolf und Túan rasch in eine enge Seitengasse; dort schnappten sie unter Gelächter nach Luft.

»Ich wußte gar nicht, daß du so gut spielen kannst«, grinste Aigolf.

»Das Lob kann ich zurückgeben«, kicherte Túan. »Als du anfingst zu sabbern, konnte ich mich kaum mehr zurückhalten. Wir haben denen ein solches Schauspiel geboten, daß sie gar nicht zum Nachdenken gekommen sind. Nicht einmal unter deine Kapuze wollten sie schauen, ob du wirklich ein Priester bist.«

»Wir sollten als Spielleute weiterreisen, da könnten wir eine Menge Geld verdienen.« Aigolf rückte seine Sachen zurecht, klopfte den Umhang ab und streckte sich ausgiebig. »Noch eine solche Vorstellung, und ich gehe wirklich krumm. Aber jetzt sollten wir machen, daß wir wegkommen, Kleiner.«

Die beiden ungleichen Gefährten atmeten erleichtert auf, als bald darauf die Stadtmauern hinter ihnen lagen. Sie verließen die Hauptstraße und wanderten über die ausgedehnten Plantagen, die den Urwald schon vor langer Zeit zurückgedrängt hatten. Als sie einen kleinen Buschwald erreichten, der als Grenze zwischen den Feldern verlief, entschlossen sie sich, dort zu übernachten. Inzwischen war es schon später Nachmittag, und Aigolf wollte nicht im Dunkeln durch einen Wald laufen, den er nicht kannte. Glücklicherweise mußten sie nicht jagen, da Selena ihnen ausreichend Proviant mitgegeben hatte, und so genossen sie die ausgedehnte Ruhepause. Túan fand einen kleinen, von einem Bach gespeisten Tümpel, in dem sie ausgiebig badeten.

Als es dunkel wurde, zündete Aigolf ein Feuer an, denn er hielt es für unwahrscheinlich, daß sie bis hierher verfolgt würden. Wahrscheinlich hatten die Sklavenjäger die Suche auch in Al'Anfa längst aufgegeben.

»Erzähl mir vom Norden!« bat Túan. »Ist es dort kalt?«

»Allerdings«, nickte Aigolf, »kalt und arm. Viel Steppe, viel Wind. In gewisser Weise ist es ebenso wild wie hier. Die Menschen leben ziemlich abgeschieden in dörflichen Gemeinschaften, die sich über viele Meilen Land erstrecken: hier ein Haus, da ein Haus. Regiert von ein paar adligen Lehnsleuten.«

Túan schüttelte sich. »Das wäre nichts für mich.«

»Es hat seinen ganz eigenen Reiz«, sagte Aigolf lächelnd. »Aber natürlich kaum für einen echten Waldmenschen wie dich. Ich meinerseits kann mir nicht vorstellen, für immer im Dschungel zu leben. Ich brauche die Weite um mich herum. Ich kann keine Grenzen ertragen, gleichgültig welcher Art.«

»Gleichgültig welcher Art? Dann hast du auch niemals daran gedacht, dich niederzulassen und eine Familie zu gründen, obwohl du schon so alt bist?«

»Nein, nie. *Obwohl* ich schon *so* alt bin, du respektloser Knirps! Wenn ich des Landtreibens müde werde, fahre ich zur See.«

»Zur See?« Túans Augen wurden groß und rund. »Du meinst, so richtig – über das Meer?«

»Ja, es ist wundervoll, diese unendliche Einsamkeit, diese grenzenlose Weite um dich herum.«

Der M'nehta war so entsetzt, daß er nur den Kopf schütteln konnte. »Aber... wie kannst du dann den Dschungel ertragen?«

»Ich war noch nie im Dschungel, Túan. Ich muß es ausprobieren.« Aigolf legte die Arme unter den Kopf und schaute zum Himmel hinauf, an dem vereinzelt Sterne blinkten. Das Madamal war noch nicht aufgegangen, und der Nordstern überstrahlte die meisten Sterne. »Ich bin einfach neugierig, verstehst du? Wie du.«

»Du bist ein merkwürdiger Mann.«

»Ja, das mag sein.« Er lachte. »Ich bin ein Weltenwanderer und Gerechtigkeitsfanatiker.«

Túan schnitzte langsam an einem Stock herum und betrachtete den Bornländer über die Flammen des Feuers hinweg. Seine schwarzen Augen glitzerten im Feuerschein, die Pupillen leuchteten leicht rötlich. »Bist du denn nicht manchmal einsam?« fragte er leise.

Aigolf wandte ihm den Kopf zu. Für eine Weile schwieg er, und auch Túan sagte nichts.

»Und wenn schon«, sagte er schließlich. »Einsam sind wir doch alle, oder nicht? Auf die eine oder andere Weise.«

4. Kapitel

Träume und Geschichten

Aigolf schlief längst tief und fest, als Túan endlich in einen unruhigen Halbschlummer fiel.

Das Gespräch beschäftigte ihn noch bis tief in die Nacht; halb wachte, halb schlief er, gequält von wirren Gedanken und Traumbildern. Er war krank vor Heimweh, und im Gegensatz zu Aigolf ängstigte ihn die Einsamkeit. Er war in einer festgefügten Gemeinschaft aufgewachsen, in der jeder seinen Platz hatte. Eigenbrötler gab es da nicht, das Familienleben spielte sich auf dem Dorfplatz ab. Túan war vor zwei Sonnenjahren nach der Mutprobe zum Mann und damit zum Krieger geweiht worden. Mit siebzehn Jahren wurde es Zeit, über die Gründung einer Familie nachzudenken...

So viele Vorstellungen hatte er sich gemacht, wie alle jungen Männer seines Alters. Und dann war er zum Sklaven geworden...

Aber es ist doch wundervoll, ein Sklave deines Herzens zu sein...

Túan erwachte jäh. Plötzlich und unerwartet war diese Stimme in seinem Bewußtsein aufgetaucht. Er träumte. Ja, sicher. Ohne daß er es gemerkt hatte, war er eingeschlafen und hatte geträumt.

Du träumst doch nicht, mein Süßer. Jetzt ganz sicher nicht mehr.

Túan rieb sich die Augen. »Wer bist du?« flüsterte er in die Dunkelheit hinein.

Da sah er sie.

Eine schmale bleiche Silhouette, die sich über ihn beugte, wehendes langes Haar, das ihn wie ein Schleier umgab. Augen, verborgen in der Nacht. Und ein roter Mund mit weichen Lippen, die ihm über Wangen und Stirn strichen. Und schmale Hände mit langen Fingern, die seine glatte Brust ertasteten, jeder Linie nachfolgten, langsam zu seinem Bauch wanderten und noch weiter hinab. O nein, das war kein Traumgesicht. Er spürte sie. Bei Kamaluq dem Mächtigen, und wie er sie spürte.

Ist es nicht wundervoll, ein Sklave der Lust zu sein? wisperte die bleiche Frau in seinem Bewußtsein.

Túan konnte nicht mehr denken, sein Körper reagierte empfindlich auf jede Berührung der zarten Finger. Ihre Lippen brannten auf seinem Mund, und er verlor sich in ihren Küssen. »Weiter...«, hauchte er.

Du möchtest, daß ich dir mehr gebe?

Túan wollte sprechen, aber seine Kehle war wie ausgedörrt. *Gib mir alles*, antwortete er daher nur in Gedanken. *Ich flehe dich an, bleib hier. Laß mich nicht allein.*

Sie zu spüren, in den Armen zu halten. Nicht mehr einsam zu sein. Túans Kopf sank zurück, die schweren Lider schlossen sich. Mit einem Seufzen gab er sich hin.

Ein heftiger Schlag, der einen stechenden Schmerz wie einen Lichtblitz durch die tiefe Dunkelheit jagte, in der er selig schwamm. Noch ein Schlag, schmerzhafter als der erste.

Túan schüttelte den Kopf und versuchte die nächsten Schläge mit fahrigen Bewegungen abzuwehren. Sein Kopf dröhnte, in seinen Ohren war ein unangenehmes Rauschen, durch das ganz langsam, aus weiter Ferne eine Stimme drang.

»Endlich! Los, mach weiter, Túan, du schaffst es! Komm schon zu dir!«

»Was... was ist denn los?« schrie Túan und fuhr hoch. Seine Augen waren weitaufgerissen, doch er brauchte eine Weile, bis er wieder klar sehen konnte.

Es war immer noch Nacht, das Feuer war noch nicht ganz heruntergebrannt, und über ihn gebeugt stand Aigolf.

»Bei allen Siebengehörnten, was...«, begann der Bornländer, weiter kam er jedoch nicht mehr.

Von der Finsternis des Waldes her erscholl ein grauenhafter, schriller Schrei, erfüllt von Wut und Haß. Eine weißleuchtende große Nebelerscheinung, die entfernt an die bleiche Frau erinnerte, flog rasend schnell heran. Nun jedoch bot sie das Zerrbild einer Frau mit entstellter Fratze, rotglühenden Augen und langen weißen Reißzähnen, die aus dem weitgeöffneten Mund ragten. Als sie über Túan war, versuchte sie mit gekrümmten Fingern, die in langen scharfen Krallen endeten, auf ihn einzuschlagen. Aigolf stieß den Jungen aus der Reichweite der Krallen, die zischend die Luft dort zerschnitten, wo gerade noch Túans Kopf gewesen war. Das unheimliche Wesen stieß einen zweiten markerschütternden Schrei aus und setzte zum nächsten Angriff an.

Aigolf warf einen raschen Blick zum Himmel, das Madamal hatte sich gerade groß und weißschimmernd über die Baumwipfel erhoben. Vielleicht gelingt es. Er griff in eine Tasche und hielt einen Gegenstand hoch, den Túan nicht erkennen konnte. Aigolf bewegte den Gegenstand in seiner Hand, bis sich plötzlich ein weißer Blitz von ihm löste, der voll auf das Gesicht des Nachtgeschöpfes traf. Es stieß einen schmerzend hohen pfeifenden Schrei aus und schüttelte sich gepeinigt, als Aigolf noch eine Handvoll Silberstaub in die Luft warf, der feinglitzernd über das Schattenwesen herabregnete. Wimmernd und schluchzend krümmte sich die Kreatur – sie schien plötzlich kleiner zu werden und an Körperlichkeit zu verlieren, die Gesichtszüge verschwammen, und sie floh eiligst in den Wald.

Túan, der das Geschehnis, das nur ein paar Herzschläge lang gedauert hatte, mit offenem Mund verfolgt hatte, kam endlich auf die Beine.

»Was... was... was war denn das?« stotterte er fassungslos. Sein Verstand war immer noch leicht betäubt und entsprechend träge.

»Irgend so ein bedauernswertes Spukgeschöpf«, antwortete der Bornländer wegwerfend. »Zumeist ätherisch, manchmal ein wenig körperlich... eine verlorene Seele, auf ewig dazu verdammt, durch die Welt zu streifen. Sie wollte dir wie ein Vampir die Lebenskräfte aussaugen... vielleicht sogar dein Blut, wenn es ihr geglückt wäre, richtige Gestalt anzunehmen.«

Túan überlief ein Schauer des Ekels. »Sie hat... ich habe... ich dachte, es sei ein Traum... und es war schön...«

»Ja, du bist solchen Wesen ausgeliefert, wenn sie dich als Opfer auserkoren haben. Du hattest Glück, wahrscheinlich streift sie schon sehr lange durch die Wildnis und war entsprechend geschwächt. Sonst wärst du verloren gewesen. Und meine Abwehrversuche hätten auch keinen Erfolg gehabt.«

»Wie bist du aufmerksam geworden?«

Aigolf grinste. »Du hast sehr laut gestöhnt. Ich bin ein mißtrauischer Mensch.«

Túan spürte, wie ihm das Blut in die Wangen schoß. Um Aigolf abzulenken, fragte er: »Was hast du da in der Hand gehabt?«

Aigolf zeigte ihm einen Talisman: ein in Gold gefaßtes Praios-Auge, von Sonnenstrahlen umgeben.

»Es reflektierte das Mondlicht und wandelte es in warmes Licht um. Das schmerzt die empfindlichen Augen dieser Spukgestalten ganz besonders, und das Silber tat ein Übriges. Dennoch haben wir großes Glück gehabt... womit wieder einmal bewiesen ist, daß rote Haare Glück bringen.« Er klopfte dem Waldmenschen lachend auf die Schulter. »Doch jetzt laß uns endlich schlafen, Kleiner, morgen haben wir noch einen weiten Weg vor uns.«

Túan sah sich noch ein paarmal um, während er sich wieder hinlegte. Aber das Nachtgeschöpf schien tatsächlich geflohen zu sein.

Die weitere Nacht verlief ruhig und friedlich, so daß die ungleichen Gefährten kurz nach Sonnenaufgang munter wurden, eine kleine Mahlzeit zu sich nahmen und dann den Weg fortsetzten.

Túan wollte keine Zeit mehr verlieren und legte einen raschen Schritt vor. Aigolf mußte feststellen, daß der Junge ein trainierter und schneller Läufer war. Er hatte zwar keine Schwierigkeiten, mit ihm mitzuhalten, aber das konnte sich ändern, wenn Túan noch rascher laufen sollte.

Die Landschaft änderte sich jetzt. Die Felder zogen sich zurück, und der Wald kam unaufhaltsam näher. Das Gelände stieg leicht an, je näher sie den Ausläufern des Regengebirges kamen. Die Luft wurde feuchter und wärmer, und der Himmel war zumeist von Dunstschleiern überzogen. Ein- bis zweimal am Tag gab es kurze Regenschauer, die jedoch sehr erfrischend waren.

Am Ende des zweiten Tages erklommen sie eine Anhöhe.

»Dahinter beginnt mein Wald«, erklärte Túan. Mit dem sicheren Instinkt eines Tiers hatte er den Weg hierher gefunden. Da sie die ganze Zeit über abseits der Straßen marschiert waren, war es zu keiner Begegnung mit anderen Menschen gekommen, und auch Tiere hätten sie nicht gesichtet. Selenas Vorräte gingen jedoch zur Neige, und an diesem Abend mußten sie auf die Jagd gehen. »Wir sollten diese Strecke schnell hinter uns bringen«, fügte der Junge hinzu.

»Warum so eilig?« fragte Aigolf verwundert.

»Ich fühle mich in meinem Dschungel am sichersten«, erwiderte der Waldmensch.

Als sie auf der Hügelkuppe angelangt waren, blieb der Bornländer stehen. »Bei den Zwölf«, murmelte er ergriffen. »Das muß man gesehen haben! Warte einen Augenblick, Junge!«

Túan, der schon ein gutes Stück vorausgelaufen war, kam nur zögernd wieder zurück. Er versuchte, Aigolf zum Weitergehen zu drängen, aber der hörte gar nicht zu. Unwirsch setzte der Junge sich auf den Boden und zählte die Grashalme zu seinen Füßen.

Vor Aigolf breitete sich eine einzigartige Waldlandschaft mit dichtem Busch- und Blattwerk, Schlingpflanzen und großblütigen leuchtenden Schlingorchideen aus, die sich die Baumstämme weit hinauf ringelten. Über das grüne Dach der Bäume erhoben sich, fast wie Berge so hoch, gewaltige uralte Baumriesen, halb versteinert, wie es schien. Sie waren einzelne, abgeschlossene Welten für sich, blütenüberwuchert und eine Heimstatt für vielerlei Tiere und Pflanzen. In ihrer unstillbaren Sehnsucht nach der Sonne waren sie immer weiter gewachsen und ragten nun fast bis in den Himmel. Am Horizont unterbrachen vereinzelte Berge das dichte Grün.

»Wie ein Meer«, sagte Aigolf. »Wahrhaftig, wie ein Meer liegt der Wald dort unten, der Wind streicht darüber hinweg, so daß sich richtige Wellen bilden. So etwas Wundervolles habe ich wirklich noch nie gesehen, Túan.« Er wandte sich zu dem Waldmenschen um, der in unveränderter Haltung auf dem Boden saß. »Was ist los, gefällt dir der Ausblick nicht?«

»Von hier oben nicht besonders«, erwiderte Túan gelangweilt. »Ich bin lieber dort drinnen, ein Teil des Meeres. Außerdem weiß ich, wie es aussieht.«

Aigolf schüttelte den Kopf. »Du platzt ja fast vor Lebensfreude«, sagte er sarkastisch.

»He, laß mich in Ruhe, ja? Immerhin war ich vor wenigen Tagen noch ein Sklave!« gab Túan giftig zurück. Er sprang auf. »Was ist, gehen wir nun hinunter, oder übernachten wir hier oben? Es wird nämlich allmählich dunkel, falls dir das entgangen sein sollte.«

Der Bornländer zog die dichten Brauen zusammen, und für einen Augenblick sah er so grimmig drein, daß Túan unsicher zurückwich. Aber Aigolf sagte nichts mehr, sondern schulterte sein Gepäck und machte sich an den Abstieg.

Nach Einbruch der Dunkelheit erreichten sie den Waldrand; es war schon so finster, daß sie kaum die Hand vor Augen sahen. Aigolf mußte sich jetzt von Túan führen lassen. Schließlich fanden sie einen einigermaßen trockenen und sicheren Rastplatz. Zum Jagen war es jetzt schon zu spät, so daß sie sich mit den bescheidenen Resten in den Vorratsbeuteln begnügen mußten.

Aigolf hatte sich dicht ans Feuer gesetzt und lauschte lange den vielstimmigen Geräuschen des Waldes. Die Jäger waren jetzt unterwegs und verkündeten es mit Heulen, Grollen, Knurren oder Brüllen. Die Beutetiere, von wenigen Nachtaffen abgesehen, gaben sich durch keinen Laut mehr zu erkennen. Es war weiterhin sehr dunkel, der Himmel dicht von Wolken bedeckt. So war Aigolf fast ein Gefangener des Feuerscheins, der gerade ein paar Schritte weit in die Dunkelheit reichte. Dahinter lag eine völlig fremde Welt, in die er nicht gehörte.

Túan hingegen blühte zusehends auf; er kauerte im

Halbdunkel und hielt den Kopf leicht geneigt. Aigolf erkannte wieder das leicht rötliche Schimmern seiner Augen und vermutete, daß der junge Waldmensch in der Dunkelheit recht gut sah.

»Du hast mir erzählt, daß du aus einem armen Land stammst«, erklang Túans leise Stimme schließlich. »Aber du besitzt doch mehr als ich.«

»Nur das, was ich brauche, Túan. Und ich habe es mir erworben, ebenso wie ihr das tut. Ich weiß, daß Waldmenschen mit den Weißen tauschen, sie erhalten für wertvolle Kräuter oder Gifte Metallwaffen oder Schmuck. So ähnlich geht es auf der ganzen Welt zu. Ich besitze nicht mehr als das, was ich mit mir herumtrage. Und da ich zumeist in kühleren Ländern unterwegs bin, brauche ich entsprechende Kleidung.«

»Was warst du, bevor du Krieger wurdest? Ein Bauer?«

Aigolf starrte in die Flammen. Das waren Dinge, über die er nicht gern sprach. »Nein«, sagte er schließlich. »Nein, ich war kein Bauer. Doch das ist unwichtig. Jetzt bin ich nur noch ein Abenteurer ohne Vergangenheit.«

»Nicht ganz«, korrigierte Túan. »Du hast von deinem Bruder erzählt.«

»Auch das ist vorbei. Aber das bedeutet nicht, daß ich mich nicht daran erinnere.«

»Versuchst du es, auf deinen Reisen durch Aventurien zu vergessen?«

Aigolf lachte leise. »Nein. Ich betrachte es einfach aus der Sicht eines Mannes in mittleren Jahren. Es gibt viel interessantere Dinge.« Er machte eine unbestimmte, umspannende Geste. »Ich habe einiges von Aventurien gesehen, aber es gibt doch noch viel mehr. Die Welt darum herum, die wir Dere nennen.«

Túan hob den Kopf, dann rückte er näher ans Feuer. »Dere?« flüsterte er. »Ich wußte nicht, daß es noch eine Welt darumherum gibt.«

»Es ist aber wahr«, entgegnete Aigolf. »Die güldenländischen Sagen berichten davon. Und die Güldenländer kamen einst aus dem Westen, von jenseits des Meers der Sieben Winde.«

»Erzähl mir davon!« bat Túan. Wie alle jungen Menschen hörte er gern alte Legenden. Und da Aigolf in der richtigen Stimmung war, kam er der Bitte gern nach.

5. Kapitel

Das Reich des Jaguars

Der nächste Morgen brach sonnig und wolkenlos an. Túan war längst munter; er konnte es gar nicht mehr erwarten, in den Wald zurückzukehren.

Bis Aigolf sich hochgerappelt hatte, war er schon längst im Wald unterwegs gewesen und hatte sich von einem Sklaven in einen jungen Waldmenschen zurückverwandelt. Er hatte den Körper mit einer aus einer Schote rasch zubereiteten dunkelblauen Farbe bemalt. Dabei hatte er nur drei deutlich unterscheidbare Muster verwandt, wahrscheinlich die Symbole des Stamms der M'nehta. Um die Stirn hatte er einen Blütenkranz gewunden, der die Haare im Nacken zusammenhielt.

Aigolf sah, daß er hinter dem linken Ohr eine gespaltene Narbe hatte, etwa zwei Finger lang und einen Finger breit. »Was ist das?« fragte er. »Sieht aus wie das Klauenmal einer gewaltigen Katze.«

»Es war ein Jaguar«, antwortete Túan. »Meine Mutter erzählte mir, daß er mir das Mal schlug, als ich noch ganz klein war.« Seine Stimme klang stolz. »Das ist ein gutes Zeichen, denn Kamaluq, unser Gott, tritt in der Gestalt des Jaguars auf. Ich kann, wenn ich mich dieses Zeichens als würdig erweise, Häuptling werden und Recht sprechen.«

»Es ist auch ein Wunder, daß ein Kind den Angriff eines Jaguars überlebt.«

»Nein, das war kein Angriff. Es war Kamaluqs Zeichen. So etwas kommt nur sehr selten vor.« Túan schwieg für einen Moment und atmete dann mit einem heftigen Stoß aus. »Nun, ich gehe jetzt in den Wald.«

»Gib dir keine Mühe«, erwiderte Aigolf. »Ich komme mit. Man hat nicht jeden Tag Gelegenheit, mit einem Führer durch den Urwald laufen zu können.«

»Ich hätte längst verschwunden sein können, während du noch wie ein Bär geschnarcht hast«, protestierte Túan empört. »Das ist nicht ehrenhaft!«

»Nun, dann hast du jetzt wieder etwas dazugelernt«, meinte Aigolf freundlich. Er schulterte seine Sachen. »Also, dann los!«

Túan wollte noch einmal aufbegehren, dann zuckte er jedoch die Achseln. »Wir werden sehen, wie lange du es im Dschungel aushältst.«

Der junge Waldmensch übernahm nun ganz selbstverständlich die Führung, und Aigolf folgte ihm fasziniert. Er wußte selbst nicht, weshalb er sich dieser Welt so lange ferngehalten hatte. Schon nach den ersten Schritten hatte ihn der Dschungel völlig verschlungen. Er war gefangen in einer grünen, vor Feuchtigkeit und Hitze dampfenden Welt. Kein Sonnenstrahl erreichte hier je den Erdboden, es war jedoch nicht wirklich dunkel. Die zumeist großblättrigen Pflanzen ließen gerade soviel Helligkeit durch ihr Laub hindurch, daß überall dasselbe diffuse grünliche Dämmerlicht herrschte. Schon nach wenigen Schritten war Aigolf triefnaß, und ihm wurde schnell klar, weshalb die Waldmenschen kaum Kleidung trugen. Er bat Túan zu warten und zog sich rasch bis auf die Stiefel und den ledernen Lendenschutz aus. Der junge M'nehta sah ihm belustigt zu, wie er verzweifelt versuchte, seine Kleidungsstücke so zu verpacken, daß sie einigermaßen trocken bleiben würden.

»Gib auf«, lachte er. »Du kannst sie im Dorf trocknen. Bis dahin wirst du dich gedulden müssen.«

»Hoffentlich nimmt der neue Rock keinen Schaden«, erwiderte der Bornländer verstimmt.

»Ich habe dich ja gewarnt.«

»Na schön, und jetzt hast du mich ein zweites Mal gewarnt. Damit können wir beruhigt weitergehen.«

»Wie du willst.« Túan grinste unverschämt. »Ich könnte dich einfach im Stich lassen. Ich kann so schnell verschwinden, daß du nicht einmal meiner Spur folgen kannst.«

»Das wirst du nicht tun«, sagte Aigolf betont freundlich.

Túan meinte nur: »Ich würde nicht drauf wetten«. Und dann ging er wieder voran.

Er klärte Aigolf unterwegs ein wenig über die Tierwelt des Dschungels auf, erzählte ihm, was die bevorzugte Jagdbeute der Waldmenschen war (und der Raubkatzen, allen voran der Jaguar) und wovor man sich hüten mußte. »Niemals darfst du barfuß gehen, denn auf dem Boden lebt allerlei giftiges Getier, Käfer, Spinnen – und vor allem Schlangen. Die Blattkopfotter ist das gefährlichste Tier des Dschungels, selbst der Jaguar fürchtet sie. Sie ist nur klein, aber unglaublich bösartig und schnell. Du siehst sie nicht, so gut ist sie getarnt, und wahrscheinlich spürst du nicht einmal ihren Biß, wenn du gerade auf etwas anderes achtest. Am nächsten Tag aber bist du tot.«

Aigolf sah sich ein wenig unbehaglich um. Er fürchtete nichts, aber er war noch nie im Dschungel gewesen und hatte dessen Tücken kennengelernt. Mit kleinen giftigen Schlängel- und Krabbeltieren hatte er nicht die geringste Erfahrung, und ihm war die Vorstellung sehr unangenehm, was da nachts, wenn er schlief, so alles auf ihm herumlaufen mochte. Aus diesem Grund übernachtete er auch sehr selten und ungern in Gasthäusern, um dem unvermeidlichen Ungeziefer so weit wie möglich aus dem Weg zu gehen.

»Wie und wo werden wir übernachten?« erkundigte er sich.

»Wir werden eine Möglichkeit finden«, erwiderte Túan gleichmütig.

Darüber konnte Aigolf den Rest des Tages nachdenken, während er sich hinter Túan durch die verschlungene, pfadlose Wildnis kämpfte.

Der junge Waldmensch bewegte sich mühelos und geschmeidig durch den Wald, er verfing sich trotz des dichten Bewuchses kaum jemals an einem Zweig oder einer Ranke, und sein Schritt war leicht und lautlos. Nichts erinnerte mehr an den verstörten, gehetzten Sklaven, der in der Stadt so hilflos und verloren gewirkt hatte.

Aigolf beobachtete ihn bewundernd. Túan hatte natürlich den Vorteil, daß er viel kleiner und schmaler war als der Krieger, und so kam er sehr viel schneller voran, aber das war es nicht allein. Der Bornländer zweifelte keinen Augenblick lang daran, daß Túan im Verlauf eines einzigen Herzschlags verschwinden könnte. Um so mehr wunderte es ihn, wie es den weißen Sklavenjägern gelingen konnte, Waldmenschen zu fangen.

»Es wird vielleicht ein wenig anstrengend für dich«, erklang Túans Stimme von vorn. »Aber ich halte es für besser, den schwierigsten Weg zu gehen, denn hierher verirrt sich bestimmt kein Sklavenjäger. Und ich möchte sie nicht auf die Spur zu meinem Dorf locken.«

»Darüber habe ich mir gerade Gedanken gemacht«, erwiderte Aigolf.

Túan blieb plötzlich stehen und sah zurück. »Es gibt einige Gründe, weswegen sie Erfolg haben«, sagte er mit plötzlichem Zorn in der Stimme. »Du denkst, hier lebt es sich ohne Probleme, weil alles so üppig wächst.

Aber unser Leben ist verdammt schwer, verstehst du? Und manchmal reicht es nicht für alle. Die Wege durch den Dschungel sind weit, und zwangsläufig kreuzt du auf der Jagd einmal größere Pfade. Die Sklavenfänger wissen genau, wo sie uns finden können: auf unseren kleinen Feldern, wo wir süße Knollen und Zuckerwurzeln anbauen, bei den großen Wildwechseln, am Waldrand beim Tausch mit Händlern. Manche von uns verlassen den Wald auch deshalb, weil sie sich ein schöneres Leben erträumen. Diese Träume setzen ihnen die Händler in den Kopf.«

»Waldmenschen lassen sich gern für etwas begeistern, das habe ich zumindest über euch gehört.«

Túan seufzte. »Ja, wir sind neugierig und unbedarft. Ich mußte das schnell begreifen, als sie mich fingen.« Er drehte sich um und ging weiter.

Einige Stunden lang stapften sie schweigend dahin. Aigolf war damit beschäftigt, mit Túan Schritt zu halten und sich gleichzeitig umzusehen. Bisher hatte er außer ein paar farbenprächtigen, laut kreischenden Vögeln kaum ein Tier zu Gesicht bekommen, höchstens einmal einen huschenden Schatten oder ein großes braunes Ohr, verborgen in einem Gebüsch.

»Wir werden jagen müssen«, meinte er einmal.

»*Ich* werde jagen«, widersprach Túan. »Du wartest. Du bist viel zu laut.«

Aigolf ging gutmütig darüber hinweg. Der Junge hatte nicht ganz unrecht: Im Vergleich zu Túans Leichtfüßigkeit war sein Schritt mit einem Trampeln vergleichbar, aber er gab sich auch keine Mühe. Im Augenblick bestand dazu keine Veranlassung. Außerdem hatte er etwas anderes entdeckt: Hoch über ihm, auf einem von Schlingpflanzen umhüllten Baum, leuchteten große gelbrote Früchte verlockend zu ihm herab. Er blieb stehen und deutete hinauf. »Die sehen sehr lecker aus.«

»Ja, sie schmecken auch sehr gut. Waldmenschen bereiten sie auf die verschiedenste Weise zu, sie sind gesund und saftig.«

»Hör mal, ich bin bestimmt zu schwer für diese Schlingpflanzen, aber du könntest dich leicht hinaufhangeln. Das wäre doch eine gute Beigabe zum Wildbret.«

»Aber nicht heute.«

Aigolf wandte verblüfft den Kopf zu ihm. »Wie meinst du das, nicht heute?«

»Wie ich es sage.« Túan winkte ungeduldig. »Komm schon weiter.«

»Ich möchte aber diese Frucht gern probieren«, beharrte der Bornländer. »Wieso kletterst du nicht einfach hinauf und holst uns ein paar?«

»Weil ich es nicht will.«

»Das ist doch keine Antwort, Túan! Da ist doch für einen Waldmenschen wie dich überhaupt nichts dabei. Ihr seid im Klettern beinahe genauso geschickt wie die Affen!«

»Ich aber nicht.«

»Und weshalb nicht?«

»Ich will nicht.«

Nun riß Aigolf der Geduldsfaden. Bevor Túan reagieren konnte, war der Bornländer bei ihm und hatte ihn am Arm gepackt. »Du störrischer Maulesel«, zischte er. »Zierst dich hier wie eine Jungfrau im Brautbett! Wenn du mir nicht sofort einen guten Grund nennst, weshalb du da nicht hinaufklettern willst, werde ich dich hinaufprügeln!«

Túan versuchte verzweifelt, sich aus dem harten Griff zu befreien. »Ich *kann* nicht!« heulte er schließlich auf wie ein verängstigtes Tier.

Aigolf ließ ihn los, und Túan krümmte sich leicht und zog den Kopf ein.

»Was heißt das, du kannst nicht?« fragte der Bornländer ruhig.

Túan schüttelte den Kopf. Schließlich gestand er

kaum hörbar: »Ich bin nicht schwindelfrei. Ich... ich kann überhaupt keine Höhe ertragen.«

Aigolf schwieg ganz betroffen. Welch schreckliche Schmach mußte das für diesen jungen Menschen sein! Deshalb hatte er sich also nicht für den Ausblick von dem Hügel begeistern können; deswegen hatte er sich hingesetzt und die Augen starr auf den Boden gerichtet. »Haben sie dich deswegen fortgejagt?« fragte er leise.

Túan sah schnell hoch. »Aber nein, sie haben mich nicht fortgejagt«, erwiderte er erstaunt. »Wie kommst du darauf?«

»Du hast mir nie den Grund gesagt, weshalb du den Wald verlassen hast, und ich machte mir meine eigenen Gedanken.«

»Das war etwas anderes.«

»Nun gut. Seit wann hast du diese Höhenangst?«

»Ich weiß es nicht genau. Laß uns jetzt endlich weitergehen. Ich werde eine Möglichkeit finden, uns Früchte zu beschaffen.«

Aigolf drang nicht weiter in ihn, aber zum zweitenmal hatte er das Gefühl, daß der junge M'nehta etwas vor ihm verbarg. Er war sicher, daß Túan genau wußte, seit wann er an dieser Krankheit litt, und daß irgendein Geheimnis damit verbunden war. Aber das konnte er auch später noch herausfinden.

Am späten Nachmittag beschloß Túan, das Nachtlager aufzuschlagen. Er hatte dazu eine kleine Lichtung ausgesucht, die ausreichend Platz bot. »Ich werde dir zeigen, wie aus den großen Wedeln der Sukapalme eine stabile Matte zu flechten ist, die du dann in zwei Schritt Höhe zwischen zwei Bäumen aufhängen kannst. Wenn du das Blattwerk und die Äste um dich herum abschlägst, wirst du ruhig schlafen. Während du arbeitest, werde ich jagen.«

»Wo wirst du schlafen?« wollte Aigolf wissen.

Túan lächelte ein wenig verlegen. »Ich werde mir innerhalb eines Buschs ein Plätzchen einrichten.« Er lieh sich von Aigolf ein Jagdmesser und den schmalen Jagdspeer aus, da er keine eigenen Waffen besaß, und war schon halb auf dem Weg, als er sich noch einmal umdrehte. »Ich ... wollte dir noch danken.«

Aigolf, der bereits mit dem Verflechten der ersten beiden Blätter begonnen hatte, sah verdutzt auf. »Wofür?«

»Daß du mich nicht ausgelacht hast.«

»Unsinn«, brummte Aigolf. »Geh endlich jagen! Mir hängt der Magen bis in die Kniekehlen.«

Als Túan zurückkam, hatte Aigolf die Matte noch nicht einmal zur Hälfte fertig, und sie sah tatsächlich nicht so aus, als ob sie ein Gewicht tragen könnte. Túan lachte fast Tränen über das verkniffene Gesicht des Bornländers, der mit seinen großen Händen ungeschickt an den schmalen Blättern der Palmwedel herumhantierte und mehr zerstörte als knüpfte.

»Kümmere dich lieber um das Feuer und den Braten, ich mache das schon«, meinte er kichernd.

Aigolf brummelte gereizt vor sich hin, übernahm jedoch gern die Aufgabe der Essenszubereitung, um sich nicht noch weiter zu blamieren. Túan hatte ein zartes braunes Huftier erbeutet, eine Art kleines Reh, und dem Bornländer lief das Wasser im Mund zusammen, als er es auf dem Spieß über dem Feuer drehte. Es war nicht einfach, in dieser feuchten Umgebung ein Feuer zu entfachen, aber darin war Aigolf unangefochtener Meister. Als er den Beutel ausleerte, den Túan mitgenommen hatte, entdeckte er zwei der großen saftigen Früchte.

»Nun sieh mal an«, grinste er. »Wie hast du die geerntet?«

»Es gibt noch andere Wege«, erwiderte Túan nur. Er stand auf und zeigte Aigolf die fertige Matte. »Anbringen mußt du sie selbst.« Aigolf kletterte einen geeigneten Baum ein Stück hinauf und befestigte die Matte dann nach Túans Anweisung. Allerdings brauchte er eine Weile, bis er es wagte, sich in die Matte zu legen und damit gewissermaßen ins Bodenlose zu begeben. Sie hielt seinem Gewicht jedoch mühelos stand, und er streckte sich behaglich aus.

»Gar nicht so schlecht, Junge. Mal etwas ganz anderes.«

»Komm lieber wieder herunter«, meinte Túan gutgelaunt, »sonst esse ich das Tapiki ganz allein auf.«

Aigolf wachte einige Male auf und lauschte den Stimmen der nächtlichen Jäger. Wie Túan es versprochen hatte, blieb er in seinem luftigen Platz ungestört. Es war so finster, daß er die leichten Bewegungen der Blätter in vier Schritt Höhe über ihm nur durch das leise Säuseln der Luft erahnen konnte, und er fragte sich, wie die Augen der Raubtiere beschaffen sein mußten, daß sie in dieser Dunkelheit jagen konnten. Abgesehen von einigen Stechmücken erhielt er keinen Besuch in dieser Nacht. Er wunderte sich darüber, und Túan erklärte ihm, daß der Dschungel zwar nur so von Leben wimmelte, aber daß die meisten Tiere sehr scheu seien – abgesehen vom Ungeziefer, auf das Aigolf allerdings gern verzichtet hätte. Die Waldmenschen mußten sich oft lange auf die Lauer legen, bis sie ein Wild zu Gesicht bekamen. Und Aigolfs ungeübtes Auge würde eine Panzerechse vermutlich nicht einmal auf einen Schritt Entfernung in einem Gebüsch entdecken.

Am nächsten Tag wurde Aigolf durch das Morgengeschrei einer Affenherde geweckt, die munter über ihn hinwegturnte, und er verließ eilig seinen Platz. Túan war bereits aus seiner Buschhöhle gekrochen und bereitete aus den Resten des Fleischs und der Früchte ein Frühstück zu.

In den folgenden Tagen lernte der Krieger immer

mehr, sich an das Leben im Dschungel anzupassen, und allmählich gewöhnte er sich auch an die vielen Regengüsse. Er war sicher, daß seine gesamte Kleidung im Beutel inzwischen durch und durch feucht war, so wie er selbst auch nie trocken wurde. Wenigstens die Schwerter waren in ihren gewachsten Lederscheiden gut aufgehoben.

»Wie findest du dich hier eigentlich zurecht?« fragte Aigolf den Jungen einmal. »Ich orientiere mich sonst am Himmel, an der Wuchsrichtung der Pflanzen oder ähnlichem. Alle diese Möglichkeiten habe ich hier nicht.«

»Ich bin hier geboren«, erwiderte Túan. »Diesen Teil des Waldes habe ich schon als kleines Kind erkundet. Für mich ist das alles vertraut, ich kenne jeden Baum. Wir haben es jetzt nicht mehr weit, Aigolf. Heute nachmittag erreichen wir mein Dorf.«

Den Rest des Tages legten sie schweigend zurück, jeder in eigene Gedanken versunken.

Schließlich erreichten sie eine von Menschen gerodete Lichtung, auf der kleine Häuser aus Holz, Lehm und Palmmatten standen. Auf dem Dorfplatz herrschte reges Treiben; Männer und Frauen, Jünglinge und Mädchen gingen ihrer Arbeit nach: Sie bereiteten Essen zu, besserten die Hütten aus, fertigten Blasrohre und Jagdbögen oder flochten Körbe und Matten. Kinder spielten mit gezähmten kleinen Dschungelhunden, und die Alten dösten in ihren Hängematten.

Aigolf sah, wie Túans Gesicht aufleuchtete: Er war zu Hause!

Der Junge lief in die Siedlung hinein und rief laut verschiedene Namen.

Das quirlige Leben auf dem Dorfplatz erstarrte jäh. Wie sie gerade standen oder saßen, verharrten die Menschen und starrten den Ankömmling aus großen dunklen Augen verwirrt und nicht unbedingt erfreut an.

Der Bornländer war fasziniert vom Anblick dieser dunkelhäutigen schönen Menschen. Er blieb am Waldrand stehen, um ungestört beobachten zu können und Túan mit seinen Leuten alleinzulassen. Sie unterhielten sich in ihrer Sprache, von der er kein Wort verstand. Aber er begriff aus den Gesten, den Stimmen und den erschreckten Mienen: Túan war keinesfalls willkommen.

Die Debatte wurde immer erregter und hitziger, und dann wurde auch Aigolf miteinbezogen; etliche Dorfbewohner deuteten auf ihn und machten beschwörende Gesten gegen das Böse. Aber er gab sich weiterhin völlig unbeteiligt; er ließ sich auf einer einigermaßen trockenen Stelle nieder und lehnte sich lässig an einen Stamm.

Túan schrie schließlich und unterstrich seine Worte durch heftige Handbewegungen. Die Angehörigen seines Stamms jedoch zeigten sich unerbittlich. Sie stellten sich gesammelt gegen den jungen Mann und wiesen ihn deutlich aus dem Dorf.

Aigolf stand auf, als Túan zu ihm zurückkam.

»Ich muß gehen«, sagte der Junge leise. »Ich habe meinen Tapam verloren.«

Der Bornländer schulterte seine Sachen. »Komm«, sagte er nur.

»Wart einen Augenblick«, bat Túan. »Ich habe noch ein paar Habseligkeiten hier, die ich mitnehmen möchte.« Er drehte sich um und ging geradewegs auf eine kleine Hütte zu. Als ein älterer Mann ihn aufhalten wollte, stieß er ihn mit ein paar scharfen Worten beiseite. Danach kam ihm keiner mehr nahe. Túan verschwand für einige Zeit in der Hütte und kehrte schließlich mit einem kleinen Beutel und einem kurzen Bogen zurück. Über der Schulter hing ihm ein Köcher mit gefiederten Pfeilen. Er ging an Aigolf vorbei in den Wald, ohne sich noch einmal umzudrehen.

Zweiter Teil

DER VERBANNTE

6. Kapitel

Verlorene Träume

Aigolf folgte Túan schweigend. Als sie das Dorf etwa eine halbe Meile hinter sich gelassen hatten, erschien plötzlich auf einem schmalen Seitenweg ein junges, sehr zierliches Mädchen mit blumengeschmückten kurzen Haaren. Túan zögerte, ob er stehenbleiben sollte, doch sie vertrat ihm den Weg. Die beiden unterhielten sich schnell und leise, und Aigolf wartete geduldig im Hintergrund. Das Mädchen brach schließlich in Tränen aus und lief schluchzend den Weg zurück, den es gekommen war. Túan ging weiter, ohne sich nach Aigolf umzusehen.

Inzwischen war es bereits später Nachmittag, und es wurde Zeit, das Nachtlager aufzuschlagen. Túan wählte eine Stelle aus, indem er einfach seine Sachen fallen ließ und mit Bogen und Messer im Dickicht verschwand. Aigolf entfachte ein Feuer und knüpfte seine Matte; inzwischen beherrschte er es recht gut, und es gefiel ihm, zwischen Bäumen in luftiger Höhe zu liegen. Er pflückte ein paar Beeren und Kräuter, von denen er wußte, daß sie ungiftig waren, und schöpfte Regenwasser aus den hochgebogenen Blättern einer Pflanze, die von den M'nehta *Talik* genannt wurde, was in etwa *Krug* bedeutete. Wie gewohnt kehrte Túan erfolgreich von der Jagd zurück. Aigolf enthäutete das Tier und drehte es am Spieß, während der Junge sein eigenes Nachtlager errichtete und dann nacheinander seine Sachen aus dem Beutel holte: einige kleine Beutel als Behälter für Kräuter, Amulette und so weiter, ein zweites Paar Lederstiefel, einige Messer und Pfeilspitzen, Lederriemen, einen Lendenschurz aus Katzenfell, ein ärmelloses Lederhemd, eine dünne Felldecke. Unter leisem Gesang ließ er seine wenigen Habseligkeiten durch die Finger gleiten.

Erst sehr viel später, als es längst dunkel und das Mahl beendet war und das Feuer leise vor sich hinknisterte, erst dann begann Túan zu sprechen.

»Tapam ist der Schutzgeist eines jeden Waldmenschen, der ihn begleitet, sein ganzes Leben lang. Er beschützt ihn auf der Jagd, er sorgt für die Fruchtbarkeit und gesunde Nachkommen. Er hilft ihm in Hungerperioden, indem er seinen Körper bei Kräften hält. Doch Tapam verliert seine Macht, wenn der Waldmensch den Dschungel verläßt und durch die Weißen berührt wird. Dies ist mir widerfahren, da ich den Wald verlassen habe und von den Weißen gefangengenommen wurde. Ich bin jetzt *tabu* für mein Volk.« Túan zog die Beine an und schlang die Arme um die Knie. Er stützte den Kopf auf die Arme und starrte ins Feuer. In seinen feuchtglänzenden schwarzen Augen spiegelten sich die Flammen. »Es widerfährt vielen, und es ist doch ein Glück, wenn man entkommen kann«, sagte er leise. »Ich dachte, das ließe Tapams Macht wiedererstarken. Aber sie haben mich verstoßen, denn ohne Tapam bin ich kein Waldmensch mehr. Sie sagen, ich bin jetzt ein Weißer – wie du.«

»Sahen sie in mir einen Feind?«

»Nein, nur den endgültigen Beweis dafür, daß ich ein Weißer bin, da ich mit dir einen Bund eingegangen bin.«

»Das wußte ich nicht«, sagte Aigolf betroffen.

»Es braucht dir nicht leidzutun«, entgegnete Túan. »Es hätte keinen Unterschied gemacht. Ich sagte ihnen, daß ich ein Auserwählter sei, weil ich Kamaluqs Zeichen trage. Sie aber sagen, es sei ein böses Zeichen, sonst hätte Tapam verhindert, daß ich den Wald verlasse. Doch Tapam hatte nicht genug Macht gegen das Böse, das mich verfolgt. Ich fragte sie, was das bedeute, und sie sagten, daß meine Mutter Delua von Sklavenjägern gefangen worden sei. Sie hatte sich auf die Suche nach mir gemacht. Ein Jäger, der auf Affenjagd war, hatte es von oben beobachtet, aber er war zu weit weg, um ihr zu Hilfe eilen zu können.«

»Bei allen Zwölfen!« rief Aigolf. »Und wo ist dein Vater?«

»Ich habe keinen«, antwortete Túan. Er sah Aigolf an. Er konnte die Tränen jetzt nicht mehr zurückhalten, obwohl er verzweifelt versuchte, sich zusammenzunehmen. »Alles hatte so wundervoll begonnen. Talura, jenes Mädchen, das du vorhin gesehen hast – ich wollte sie zur Frau nehmen. Ich bin ein vollwertiger Krieger und alt genug. Sie ist das schönste Mädchen des Dorfs, und sie gab mir ihre Zustimmung, jedoch wollte sie ein besonderes Geschenk von mir. Ich versprach ihr eine Blüte der goldgesprenkelten Sonnenwinde, die nur außerhalb des Dschungels wächst. Deshalb verließ ich den Wald.« Er verbarg das Gesicht in einer Armbeuge, seine Schultern zuckten in einem heftigen, stillen Weinen. »Ich weiß nicht, wodurch ich Kamaluqs Zorn erregte, daß er mich so verflucht«, schluchzte er gedämpft. »Ich weiß nicht, warum meine Mutter so bestraft wird.«

»Vielleicht ließ sie sich absichtlich gefangennehmen«, sagte Aigolf nachdenklich. »Um dich zu finden. Vielleicht spürte sie, daß sie dich fingen.«

»Das ist verrückt.«

»Eine Mutter, die liebt, unternimmt alles, um ihr Kind zu retten.« Aigolf tippte Túans Schulter leicht an. »Was wirst du jetzt tun, Junge?«

»Delua suchen, was sonst?« Túan hob den Kopf und wischte mit einer zornigen Geste die Tränen weg. »Ich werde sie alle umbringen«, zischte er.

Aigolf nickte. Túan konnte nichts anderes tun. Er hatte keine Heimat, keine Freunde mehr. Er mußte den Dschungel verlassen, weil er zum *Weißen* geworden war. So konnte er seinem Leben wenigstens noch einen Sinn geben, sich das Ziel setzen, seine Mutter zu befreien und möglicherweise mit ihr irgendwo neu anzufangen.

»Ich verstehe dich«, sagte er leise.

»Aigolf, ich ... ich weiß, daß wir nicht viel gemeinsam haben. Bis auf eines: Wir haben beide keine Familie, keine Heimat mehr«, flüsterte Túan. »Und ich ... bin sehr froh, daß du jetzt hier bist und mir zuhörst.«

Aigolf lächelte. »Auch wenn Kamaluq zornig auf dich sein mag, die Zwölf sind es jedenfalls nicht. Leg dich jetzt schlafen, Kleiner. Morgen ist ein neuer Tag. Dann werden wir überlegen, was wir tun können. Einverstanden?«

Túan nickte langsam. »Am liebsten würde ich sofort losrennen, aber es ist verrückt, nachts durch den Dschungel zu laufen. Ich bin ein Krieger, kein unvernünftiges Kind mehr. Mach dir also keine Sorgen, Aigolf. Bis morgen.«

Aigolf kletterte in sein Baumquartier. Von Túan unten hörte er bald nichts mehr, und nachdem das Feuer ausgegangen war, konnte er auch nichts mehr sehen. Ein seltsamer Junge war das, mit seinem Mal hinter dem Ohr, das er selbst als ein Zeichen Gottes und die anderen als einen Fluch ansahen. Seine Mutter war kurz nach ihm in die Sklaverei verschleppt worden. Er hatte keinen Vater. Und er konnte keine Höhe ertragen, ohne Angstzustände oder sogar eine Ohnmacht zu erleiden. Irgend etwas stimmte hier ganz und gar nicht.

Die Lösung aller dieser Fragen fand sich nur bei seiner Mutter Delua. Es war gar keine Überlegung, er mußte Túan begleiten. Er konnte es nicht verantworten, den Jungen jetzt sich selbst zu überlassen. Nicht nach dieser gemeinsamen Zeit. Außerdem kam es ihm sehr gelegen, den Sklavenhändlern wieder einmal ins Handwerk zu pfuschen.

Seine Gedanken wurden jäh unterbrochen, als er seltsame Laute ganz in der Nähe hörte.

Sehr heiser, sehr kurz – das Husten eines Jaguars. Unwillkürlich lief Aigolf Thuransson ein Schauer der Erregung den Rücken hinab. Es war stockfinster, und er hatte nur sein kurzes Messer dabei. Hier oben konnte er unmöglich kämpfen. Er hörte diesen Laut zwar zum erstenmal, aber Túan hatte ihn genau beschrieben, und so zweifelte Aigolf keinen Augenblick lang. Es lag etwas in dieser Stimme, das sich mit keinem anderen Laut des Dschungels vergleichen ließ: das tiefe Grollen eines mächtigen großen Tiers, das weiß, daß es der König über alle anderen ist.

Und so schienen es auch die anderen Bewohner des Waldes zu empfinden, denn auf einen Schlag verstummten alle Geräusche. Für einige Herzschläge war der Dschungel vollkommen still, wie tot. Alles schien erstarrt zu sein, wie bei der gespenstischen Szene heute nachmittag in Túans Dorf.

Erneut dieses fürchterliche heisere Husten, und Aigolf konnte sich vorstellen, wie die gejagten Tiere sich in ihrer Todesangst zusammenkauerten. Dieses Tier hatte es nicht einmal nötig, zu knurren oder laut zu brüllen, um Angst und Schrecken zu verbreiten.

Er brüllt nur einmal, hatte Túan erklärt. *Wenn er gesiegt hat.*

Diesmal hatte es schon sehr nahe geklungen. Aigolf lag wie erstarrt in seiner Matte und malte sich aus, was Túan dort unten alles geschehen könnte. Aber es war völliger Blödsinn, jetzt etwas zu unternehmen. Der Jaguar hatte alle Vorteile auf seiner Seite: einen hervorragenden Geruchs- und Tastsinn, hochempfindliche Augen, die Fähigkeit, sich lautlos und unsichtbar an die längst gesichtete Beute anzuschleichen.

Er konnte nichts tun außer abwarten. Und hoffen, daß der Jaguar nicht hinter dem Jungen her war. Kamaluq, wer auch immer du sein magst, schütze den Jungen, dachte Aigolf. Und ich will nicht hoffen, daß du selbst auf der Suche nach einem armen Verbannten bist, um ihn zu quälen.

Da – ein sehr tiefer, knurrender Laut, fast nicht mehr zu hören. Nur dieser Laut, sonst nichts, denn der Dschungel schwieg immer noch. Der König war auf der Jagd.

Und dann zerriß ein anderer, schriller und hoher Schrei die zermürbende Stille, übertönt von einem donnernden Brüllen, das sogar die Bäume zum Erzittern brachte.

Die Jagd des Königs war erfolgreich verlaufen. Das erkannten alle Tiere, denn gleich darauf setzten die gewohnten Geräusche wieder ein, als wären sie nie verstummt gewesen.

Aigolf wagte nicht, nach Túan zu rufen, um den Jaguar nicht aufmerksam zu machen. Er verbrachte den Rest der Nacht in unruhigem Halbschlummer, aber der Ruf des Dschungelkönigs erklang tatsächlich kein zweites Mal.

Er erwachte früh am Morgen. Túan kroch aus einem Busch, als Aigolf gerade das Feuer wieder entfachte. Der Junge sah bleich und übernächtigt aus. Unter seinen Augen lagen tiefe Schatten.

»Wir werden zusammen gehen«, begann Aigolf statt eines Morgengrußes. »Ich hoffe, daß wir darüber nicht streiten müssen.«

Túan schüttelte den Kopf und schwieg.

»Uns wird nichts anderes übrigbleiben, als nach Al'Anfa zurückzukehren. Dort befindet sich schließlich der größte Sklavenmarkt des Südens. Wenn wir irgendeine Spur deiner Mutter finden wollen, dann nur dort.«

»Vielleicht ist sie noch nicht verkauft...« Túans Gesichtsfarbe wechselte von fahl zu grünlich, und er wankte zu einem Baum.

Kurz darauf waren leise würgende Geräusche zu hören. Aigolf trat das Feuer aus und packte die Essensreste zusammen. Er selbst verspürte auch keinen Hunger. Als Túan zurückkam, war er mit dem Packen fertig.

»Hast du dich auch so gefühlt... damals?« fragte der Junge leise.

Aigolf nickte. »Gehen wir. Je schneller wir laufen, um so eher ist dieser Alptraum vorbei.« Er klopfte Túan leicht auf die Schulter und ging voran.

Diesmal wählten sie den direkten Weg aus dem Dschungel, über ausgetretene Tier- und Menschenpfade, um schneller voranzukommen. Wenn sie dabei Sklavenjägern begegneten, sollte es ihnen nur recht sein; sicherlich konnten sie dabei etwas in Erfahrung bringen.

Aigolf hielt die ganze Zeit über Ausschau nach dem Jaguar; seit er seine Stimme in der letzten Nacht gehört hatte, war er von dem Wunsch besessen, den König des Dschungels einmal zu sehen.

»Du kannst ihn nicht sehen«, meinte Túan ein wenig spöttisch lächelnd. »Er ist der Schleichende Tod des Dschungels, der Gefleckte Gott, der Große Geist. Niemand bekommt ihn zu Gesicht, wenn er es nicht will. Und dann weißt du nicht, ob es nicht Kamaluq selbst ist.«

»Du meinst, ich habe nur dann die Möglichkeit, wenn er mich als Opfer auserkoren hat und ich seine Zähne im Nacken spüre?«

»Gut erkannt.«

»Na schön. Dann werde ich auf dieses Erlebnis eben verzichten. Bis zum nächstenmal.«

»Du hast noch nicht genug?«

»Nicht so, daß ich nicht wiederkommen wollte – irgendwann einmal. Jetzt haben wir ein anderes Ziel vor Augen, Junge, und wir sollten zusehen, daß wir es so schnell wie möglich erreichen.«

Die weitere Reise verlief ohne besondere Vorkommnisse; die Gefährten liefen, so schnell sie konnten, vom ersten Tageslicht bis zum Einbruch der Nacht. Da sie keine Zeit mit Jagen vergeuden wollten, mußten sie sich mit dem begnügen, was sie unterwegs fanden. Dieser magere Speiseplan wurde nur hin und wieder ein wenig aufgefüllt, wenn ihr Weg sie an fischreichen Tümpeln und Flußarmen vorbeiführte.

Nachdem sie den Dschungel verlassen hatten, schlug Aigolf jedoch einen Weg um Al'Anfa ein, der sie nicht unmittelbar nach Al'Anfa, sondern um die Stadt herum führte. »Wir werden ohnehin nach Norden weiterziehen müssen, wenn Delua nicht mehr hier ist und nicht eingeschifft wurde«, begründete er die Entscheidung. »Du kannst nicht mit in die Stadt kommen, also wirst du in der Nähe des Nordtors auf mich warten.«

»Warum darf ich dich nicht begleiten?« begehrte Túan auf.

»Mir nähme man kaum ab, daß du mein Sklave bist«, erwiderte Aigolf ruhig. »Und freie Waldmenschen gibt es in Al'Anfa nicht, kapiert?«

Das mußte Túan notgedrungen einsehen. »Wie lange soll ich auf dich warten?«

»Sagen wir – zwei Tage. Wenn ich am dritten Tag nicht zurück bin, mußt du allein weiterziehen.«

»In Ordnung.«

»Halt dich von den Straßen fern und zeig dich keinem.«

»Ich bin ein Waldmensch, Bleichling! Mich sieht man nicht, wenn ich es nicht will.«

»Ja, und wenn genügend Buschwerk um dich herum ist.«

Zum erstenmal seit Tagen zeigte Túan ein schwaches Lächeln. »Ich hoffe, du kommst nicht allein zurück.«

»Ich komme in jedem Fall.«

Sie verabredeten einen Treffpunkt bei einer Findlinggruppe. Túan verschwand dann in einem nahe liegenden Wald, während Aigolf sich auf den Weg in die Stadt machte.

Als erstes suchte er das *Traumpferd* auf, wo er von Selena überrascht begrüßt wurde.

»Du wieder hier? Und in diesem Aufzug?«

Er bot tatsächlich einen ungewöhnlichen Anblick in seinem völlig verschmutzten Umhang, den er sich achtlos über die nackten Schultern geworfen hatte, und auch der Rest sah reichlich verwildert aus.

»Ja, Selena. Ich brauche deine Hilfe.« Aigolf hob seinen Beutel hoch. »Ich habe seit vielen Tagen kein trockenes und sauberes Kleidungsstück mehr am Leib gehabt. Kannst du mir die Sachen waschen und trocknen lassen?«

»Das ist doch gar keine Frage, natürlich kann ich das. Außerdem werden wir die Sachen mit Blütenöl besprengen, sie stinken ja abscheulich. Du übrigens auch.« Selena hielt sich entgegen ihrer sonstigen Gewohnheit von Aigolf fern, und rümpfte die Nase. »Bevor du dich wieder in ein Abenteuer stürzt, wirst du dich erst einmal gründlich waschen! Ich habe für einen Gast einen heißen Zuber herrichten lassen, nun muß er muß eben noch ein wenig warten. Und dann schicke ich dir ein Mädchen, das deinen Bart und deine Haare pflegen wird. Pfui, du siehst aus wie ein Ork!«

Aigolf lachte. »Das ist lieb von dir, Selena, aber ich habe es wirklich...«

»Nichts da«, unterbrach sie ihn barsch. Sie schob ihn auf die Stiege zu, und er gab nach. So unrecht war ihm die Aussicht auf ein Bad nicht, und auf eine Stunde käme es sicherlich nicht an.

Solange seine Kleider trockneten, trug Aigolf Kleidung, die Selena ihm gegeben hatte – Hemd, wollene Hose und leichte Halbschuhe ihres Mannes. »Es ist besser, wenn du nicht als Krieger auftrittst«, erklärte sie. »Nachdem bekannt wurde, daß der Rattenjäger wieder da ist, ist die Stadtgarde sehr wachsam, sogar jetzt noch.«

»Aber Selena, man sieht es mir doch trotzdem an.«

»Nicht, wenn du dich zurückhältst und beispielsweise deine Schwerter hierläßt. Und wenn du dir die Haare im Nacken zusammenbindest, siehst du genauso aus wie ein hart arbeitender Bauersmann, der einen guten Handel abgeschlossen hat.« Sie gab ihm einen kurzen Mantel und musterte ihn kritisch. Zuletzt setzte sie ihm noch eine braunrote Kappe aufs Haupt und zeigte sich dann erst zufrieden. »Wonach bist du überhaupt auf der Suche?« wollte sie wissen, während sie an ihm herumzupfte und die Kappe zurechtrückte.

Aigolf berichtete der Wirtin in kurzen Worten; er wußte, daß er ihr vertrauen konnte.

Selena runzelte die Stirn. »Eine üble Geschichte. Der arme Junge! Und nun sitzt er vor den Toren der Stadt ... nicht auszudenken. Ich werde mich umhören, Aigolf. Komm heute abend wieder her, ich gebe dir ein ruhiges Bett.«

Der Bornländer machte sich auf den Weg zum Sklavenmarkt; er gab sich redliche Mühe, ein wenig schleppend und mit leicht gebeugter, schlampiger Haltung zu gehen, um nicht aufzufallen. Und es waren so viele Menschen unterwegs, daß er tatsächlich nicht auffiel. Einige vollgeladene Schiffe waren im Hafen eingelaufen, und die Händler versuchten nun, ihre Waren so schnell wie möglich unter die Leute zu bringen. Viele Bauersleute und Handwerker waren aus demselben Grund auf den Straßen unterwegs, um ihre Erzeugnisse zu verkaufen und dafür neue Gerätschaften, Kleider oder auch ein wenig Luxus erstehen zu können.

Auf dem Sklavenmarkt herrschte ebenfalls lebhaftes Treiben; zum einen war ›Frischfleisch‹ eingetroffen, zum anderen sollten so viele Sklaven wie möglich verkauft und mit Schiffen in den Norden transportiert werden. Offiziell gab es im Mittelreich keine Sklaverei mehr, aber vor allem die reichen, dekadenten Adeligen in Aranien waren regelmäßige und gute Kunden für Sklavinnen und Sklaven, die ihrer Unterhaltung dienten. Die weniger vermögenden Landesbarone oder Freiherren kauften die Sklaven zur Bestellung ihrer Ländereien, für die Instandhaltung ihrer Burgen und zu ihrer Bedienung, da sie sich die Bezahlung so vieler Lakaien und Knechte nicht leisten zu können glaubten.

Aigolf sah sich aufmerksam um, doch ihm fiel nichts Ungewöhnliches auf. Er sah nicht mehr Männer der Stadtgarde als sonst auch, und die Händler hatten dieselben Sicherheitsvorkehrungen getroffen wie immer. Dennoch mußte er sehr behutsam vorgehen; wenn sich jemand nach einem bestimmten Sklaven erkundigte, erregte er sofort die Aufmerksamkeit der Händler. Da der Markt groß und unübersichtlich war, mußte Aigolf sich zunächst damit begnügen, sich genau umzusehen und nach Hinweisen Ausschau zu halten. Túan hatte seine Mutter beschrieben, aber dennoch würde es sehr schwer werden sie zu finden.

Er lief den ganzen Tag umher, gab sich als einsamer Bauer aus, der ein wenig Geld für eine genügsame Sklavin angespart hatte, die mit ihm Bett und Arbeit teilen sollte. Er nutzte jede Gelegenheit, um in den Händlerzelten herumzuschnüffeln, jedoch ohne etwas in Erfahrung zu bringen.

Entmutigt kehrte er am Abend ins *Traumpferd* zurück. Auch Selena hatte noch keine Neuigkeiten. Sie wies Aigolf in die Küche. »Dort können wir ungestört reden.«

Sie tischte ihm Braten, Speck und Mehlfladen auf, füllte zwei Bierkrüge und setzte sich zu ihm. »Die Sklavenfänger haben in letzter Zeit fleißig gearbeitet. Es sind über fünfzig neue Mohas eingetroffen.« Wie die meisten Weißen benutzte auch Selena den Namen des größten Stamms der Waldmenschen für alle Dschungelbewohner. »Die Hälfte von ihnen sind Frauen. Ich habe zwei Mädchen darauf angesetzt, heimlich mit den Frauen in Kontakt zu treten und nach Delua zu fragen. Weißt du, ich beliefere einige Sklavenhändler mit meiner Mittagsküche.« Sie schmunzelte. »Es spricht sich langsam herum, daß sich bei mir keiner vergiftet. Beim Austeilen der Suppe können die beiden sicherlich das eine oder andere kurze Gespräch führen.«

»Ich habe aber nur noch morgen Zeit«, gab Aigolf zu bedenken. »Und der Tag heute war schon lang und verloren genug.« Dann zögerte er. »Selena, ich weiß nicht, wie ich dir danken soll. Geld habe ich nicht mehr viel...«

»Gib's mir das nächste Mal, Süßer. Ich weiß ja, daß du wiederkommen wirst.« Sie drückte seinen Unterarm und lachte rauh. »Siehst du, man kann befreundet sein und doch eine Geschäftsbeziehung haben.«

Den restlichen Abend verbrachte Aigolf damit, Selenas Weinkeller durchzuprobieren, bis er mit schwerem Kopf in das Bett in der winzigen Kammer hinter der Tür fiel.

Den ganzen nächsten Tag verbrachte Aigolf mit der Suche nach Delua. Dann war er sicher, daß sie sich nicht mehr in Al'Anfa aufhielt, denn er hatte alle Händler der Reihe nach besucht und sie nirgends angetroffen. Am Nachmittag mußte er sich eingestehen, daß er mit leeren Händen zu Túan zurückkehren würde. Er war müde und gereizt und hoffte beinahe darauf, provoziert zu werden, um seiner Enttäuschung Luft machen zu können. Er suchte sich eine unbelebte Hintergasse und verwandelte sich von einem Bauern wieder in einen Krieger, indem er die Kleidung wechselte, die Kappe abnahm und die Haare löste. Da er nicht vorhatte, noch einmal ins *Traumpferd* zurückzukehren, hatte er bereits sein gesamtes Gepäck dabei, und er verstaute die geliehenen Sachen in seinem Bündel. Es tat gut, endlich wieder richtig bekleidet herumlaufen zu können, nicht ständig naß zu sein – und die Kleidung duftete wirklich frisch und angenehm.

Als er sich dann auf den Weg zum Nordtor machte, wurde er plötzlich von einer zierlichen Hand aufgehalten. Ein Dienstmädchen Selenas stand hinter ihm.

»Endlich«, keuchte sie. »Ich suche dich schon seit Stunden.« Sie sah sich ängstlich um und zog Aigolf in den Schatten einer Seitengasse. »Ich habe etwas in Erfahrung gebracht«, wisperte sie hastig. »Ich habe eine Sklavin gefunden, die sich an Delua erinnerte. Sie ist vor zwei Tagen verkauft und abtransportiert worden.«

»Wohin?« fragte Aigolf knapp.

»Zur Oase Keft.« Das Mädchen sah sich erneut besorgt um. »Du mußt dich vorsehen. Einige Händler haben sich unterhalten und sind mißtrauisch geworden, weil du bei jedem von ihnen gewesen bist. Soweit ich verstanden habe, ist an Delua irgend etwas Besonderes, deswegen wurde sie auch nicht auf eine Galeere verschifft, sondern wird unter strenger Bewachung, wie es normalerweise nur mit edlen Sklaven geschieht, nach Keft gebracht. Das Mädchen, das mir die Auskunft gab, hatte schreckliche Angst. Mehr konnte es mir nicht berichten. Und ich hatte vorhin das Gefühl, verfolgt zu werden. Verschwinde aus der Stadt. Ich muß jetzt gehen«, flüsterte sie und huschte um die Ecke davon.

Aigolf setzte seinen Weg zum Nordtor zügig fort. Bald darauf passierte er es ohne Schwierigkeiten. Anscheinend hielten die Wachleute, sofern sie von den Händlern aufmerksam gemacht worden waren, nach einem Bauern Ausschau und nicht nach einem rothaarigen Krieger, auch wenn es der *Rattenjäger* sein mochte. Aigolf hatte den Patriarchen der Stadt niemals offen provoziert. So dumm, einen offenen Konflikt geradezu herauszufordern, bei dem er unweigerlich den kürzeren ziehen mußte, war er nicht. Er arbeitete lieber im verborgenen, außerhalb von Stadtmauern und dem unmittelbaren Machtbereich der Regenten. Damit hatte er mehr Erfolg. Und ihm war klar, daß er allein die Sklaverei niemals ausrotten könnte, solange der Kaiser nicht selbst hart durchgriff. Und der Illusion, daß das jemals der Fall sein würde, gab er sich nicht hin.

Am vereinbarten Treffpunkt wartete bereits Túan. Er sprang hinter einem Felsen hervor und rief: »Zeit wird es!« Er hatte sich die Tage über gut versorgt und erholt, denn er sah gesund und kräftig aus und steckte voller Tatendrang.

»Sei nicht so frech, du«, knurrte Aigolf. »Sei froh, daß du nicht in diesem Gestank und Lärm herumlaufen mußtest!«

»Nun, ganz so unangenehm kann es nicht gewesen sein, so herausgeputzt, wie du bist«, erwiderte Túan mit einer abfälligen Handbewegung. »Von dem schlammverspritzten und stinkenden Buschkrieger hast du nicht mehr viel an dir.« Er winkte dem Bornländer. »Komm zum Lager, dort sind wir ungestört. Hier kommen immer wieder Reisende vorbei.«

Als *Lager* konnte die winzige Fläche unterhalb des Schirmdachs eines großen Baumes, der von Dornhecken umwuchert war, wohl kaum bezeichnet werden. Aber es war ein gutes Versteck, und nachdem Aigolf es geschafft hatte, sich hineinzuzwängen, konnte er sogar seine Beine einigermaßen unterbringen. Ein Feuer war hier natürlich nicht möglich, aber Túan hatte nach Art der Waldmenschen einen Erdofen gebaut, in dem er die einmal entzündete Glut ständig mit grünem Holz nachschürte und mit Steinen abdeckte, so daß kein Rauch nach draußen drang. Er hatte zwei Kaninchen erlegt, die nun zusammen mit Kräutern und Früchten langsam garten.

»Das wird ein gutes Essen«, freute sich der Junge. »Nun, Aigolf, berichte mir.«

»Ich bringe keine guten Nachrichten«, begann der Bornländer ohne Umschweife, »aber immerhin konnte ich etwas in Erfahrung bringen. Delua ist vor zwei Tagen nach Keft, einer Oase in der Wüste Khom, abtransportiert worden.« Er berichtete nichts von dem, was das Mädchen über Delua erzählt hatte. Dafür wäre später auch noch Zeit. »Die Sklaven werden auf dem Landweg bis zur Wüste normalerweise in Ochsenkarren transportiert, was uns einen Vorteil verschafft, da wir schon zu Fuß sehr viel schneller sind. Wir werden trotzdem versuchen, Pferde zu bekommen. Bis Port Corrad sind es etwa dreihundertfünfzig Meilen, das können wir mit Pferden in etwa sechs Tagen schaffen. Von dort aus sind es noch einmal fast vierhundert Meilen bis zur Oase Keft. Eine sehr weite Strecke, Junge, und davon fast zweihundert Meilen durch die Wüste. Denkst du, du wirst das schaffen?«

Túan nickte grimmig. »Ich muß sie finden. Und ich werde sie finden, Aigolf. Gleichgültig, wie weit ich dafür gehen muß.« Er deckte die Steine des Erdofens ab und holte ein Kaninchen heraus. »Du kennst sie nicht, deshalb kannst du es nicht verstehen.«

»Sie ist deine Mutter«, meinte Aigolf.

»Es ist nicht nur deswegen. Sie ist einfach eine wunderbare Frau. Gütig und weise, und sie kennt so viele Lieder, die sie mit lieblicher Stimme singt. Talura war ein wenig wie sie, deswegen verliebte ich mich in sie.

Ich wünsche mir für meine Kinder eine Mutter wie Delua.«

Aigolf beugte sich nach vorn. »Túan, *jeder* Grund, die Sklaverei zu bekämpfen, ist ein *guter* Grund und beinahe jede Strapaze wert.«

7. Kapitel

Die Suche beginnt

»Túan, wenn du weiterhin wie ein Wilder auftrittst, werden wir bald so tief in Schwierigkeiten stecken, daß wir unsere ganze Reise vergessen können«, knurrte Aigolf am nächsten Morgen und warf dem Jungen die Kleider zum drittenmal ins Gesicht. »Du wirst das jetzt anziehen und dich gesittet wie ein bei den Weißen geborener *Moha* benehmen!«

»Waldmenschen sind keine Wilden, abgesehen von den *Mohas,* mit denen ich nichts zu tun habe, das habe ich dir schon hundertmal gesagt! Fordere mich nicht heraus«, fauchte Túan, »sonst wirst du den Hruruzat kennenlernen!«

»Deswegen sollst du dich ja anziehen«, grinste der rothaarige Krieger. »Dann ist es wenigstens kein Nackter Tod mehr, den ich sterbe.«

»Diese Kleider ersticken mich!« beschwerte sich der Junge, während er widerstrebend ein Lederhemd und eine ärmellose Wolljacke überstreifte, die Aigolf mitgebracht hatte. »So etwas tragen wir nur bei festlichen Gelegenheiten! Kann ich denn nicht wenigstens die Hose weglassen?«

»Kommt nicht in Frage. Der Händler hat mir einen Silbertaler dafür abgeknöpft, also wirst du sie auch tragen. Nun sieh mal an, das steht dir ja recht gut. Los, die Kappe setzt du auch noch auf, sie ist ein Geschenk von Selena. Und merk dir endlich: Du bist jetzt ein freier Gaukler, und wir sind auf der Suche nach unserem Spielzug. Wir haben ihn in Al'Anfa verpaßt, weil wir zusehr mit den Mädchen beschäftigt waren. Hast du das verstanden?«

»Ja«, sagte Túan schlechtgelaunt. »Du bist der Bärenmann, leider ohne Bär. Ich hab's schon kapiert. Aber ich weiß nicht, wie lange ich dieses Zeug an mir aushalte. Es scheuert meine Haut auf und juckt und kratzt, und atmen kann ich auch nicht.« Er hüpfte ständig von einem Bein auf das andere und rieb und kratzte sich an Armen und Beinen.

Aigolf schüttelte den Kopf. »Kein Wunder, daß ihr den Dschungel nie verlaßt, so zimperlich ...«

»Ach, halt's Maul!« Túan schulterte seinen Beutel und ging los in Richtung Reichsstraße. Nach einer Weile, als Aigolf einen schnelleren Schritt erzwang, hörte er endlich auf, sich zu kratzen und sich mit grotesken Sätzen fortzubewegen.

Aigolf hoffte darauf, unterwegs von einem Händler mitgenommen zu werden, wenigstens bis Mirham. Dort würde sich dann die Gelegenheit ergeben, auf mehr oder weniger legale Weise an Pferde zu kommen.

Die Straße war lebhaft befahren, mehrere Reisegruppen waren zu Fuß unterwegs, unter die sich die beiden unauffällig mischten. Sie kamen an diesem Tag auf der gut ausgebauten Reichsstraße ein gutes Stück voran. Am Abend gesellten sie sich zu einem der großen Feuer eines gemeinschaftlichen Lagers. Im großen Kessel einer fahrenden Küche dampfte bereits ein appetitlicher Eintopf, von dem jeder sich für ein paar Heller den Napf füllen ließ. Dazu gab es einen Becher Wein, der mit Wasser vermischt war. Aigolf sah sich prüfend um; er hatte während des ganzen Tages die Fuhrwerke beobachtet. Nach einer Weile entdeckte er den Mann, den er ausgewählt hatte, und steuerte mit seinem Essen auf ihn zu.

»He, Freund«, sagte er, »stört es dich, wenn wir uns neben dir am Feuer niederlassen?«

Der Mann fuchtelte mit einem Löffel, an dem noch Eintopfreste hingen, die in alle Richtungen verspritzten. »Nein, kommt nur her«, nuschelte er schmatzend. »Isch ja genug Platsch da.«

Er saß allein, und Túan wurde bald klar, weshalb: der Mann stank, als hätte er sich seit Wochen nicht gewaschen, und seine Eßmanieren regten den Appetit nicht gerade an. Und ganz allein war er denn doch nicht, wie Túan nach einem kurzen Blick erkannte: die verfilzte dunkle Wolle auf seinem Kopf bewegte sich lebhaft, obwohl kein Wind herrschte. Der Junge setzte sich neben Aigolf, so weit wie möglich von dem Fremden entfernt, und löffelte schweigend seinen Eintopf.

»Nett von euch, mir Gesellschaft zu leisten«, fuhr der Mann fort. Er mochte etwa sechzig Jahre alt sein, sein Körper war von fettem Essen und zuviel Schnaps aufgeschwemmt, der Blick der blauen Augen verschwommen. »Ich bring da 'ne Fuhre Waren für 'nen Kaufmann nach Mirham, und 's macht keinen Spaß, immer so allein zu sein.«

»Ich habe deinen Wagen gesehen«, sagte Aigolf lächelnd. »Gute Pferde.« Das stimmte, im Gegensatz zu dem fetten, schwammigen Kerl wirkten die Pferde gesund und gepflegt. Aigolf hatte beobachtet, wie er sie trockengerieben und versorgt hatte. Wenigstens etwas, worauf er achtete, was ihm am Herzen lag.

»Ja, gehören mir«, erklärte der Mann stolz. »Der Wagen nich. Aber die Pferde hab ich mir erspart. Dadurch bin ich der Schnellste, und ich kann mit den Transporten gute Geschäfte machen. Bald hab ich genug beisammen, um mir 'n kleines Häuschen und 'n Stück Land zu kaufen.« Er stieß Aigolf in die Seite und kicherte. »Und vielleicht 'ne Frau.«

»Muß aber ganz schön langweilig sein, immer so ohne Gesellschaft hin und her zu fahren.«

»Darauf kannste wetten, Junge. Is nich einfach, so Tag für Tag immer unterwegs zu sein, ohne jemanden, der einem das Bettchen anwärmt oder 'n freundliches Wort übrig hat.« Er deutete mit dem Holzlöffel auf Túan, der vergeblich versuchte, sich unsichtbar zu machen. »Sagt mal, seid ihr Spielleute oder so was? Ihr könntet doch mal was spielen, he, ich zahl euch auch was dafür!«

Aigolf lächelte verstohlen. Er hatte sich genau den richtigen Mann ausgesucht. »Ich hab' 'nen besseren Vorschlag«, erwiderte er. »Wenn du uns bis Mirham mitnimmst, werden wir dich unterwegs unterhalten, mit Liedern und Geschichten.«

»Geschichten! Hör ich für mein Leben gern.« Der Mann dachte einen Augenblick lang nach, dann hielt er Aigolf die schmierige Pranke hin. »Einverstanden. Schlag ein, Kumpel.«

Aigolf drückte kurz die dargebotene Rechte, und während er sich verstohlen die eigene Hand abwischte, drehte er sich zu Túan um. »Los, sing ein Lied!« flüsterte er. »So bequem, kräftesparend und billig kommen wir nicht wieder nach Mirham.«

»Mit diesem fetten Kerl? Da krieche ich lieber auf allen vieren!« zischte Túan zurück. »Den begleitet ein Heer von Flöhen, die sich bestimmt eine Abwechslung erhoffen, zum Beispiel bei mir!« Er zog und zerrte unglücklich an seinem Wams und rieb sich die Beine. »Kann ich das nicht endlich ausziehen? Meine Haut geht wahrscheinlich in Fetzen ab, wenn sie noch lange ohne Luft bleibt. Abgesehen von den Flöhen, die bestimmt schon überall...«

Der Bornländer knuffte ihn unsanft. »Los, tu, was ich sage!«

Túan funkelte ihn wütend an. »Ich kann überhaupt nicht singen!«

»Natürlich kannst du das. Ich habe dich schon ein paarmal leise singen gehört. Und deine Mutter hat dir bestimmt eine Menge Lieder beigebracht.«

Túan beugte sich leicht nach vorn und schaute an

Aigolf vorbei. Der Fuhrmann grinste ihn mit schwarzen Zähnen an, und der Junge schluckte. Er begann zu singen, zunächst ein wenig zittrig, dann zusehends sicherer. Er besaß eine klare, wohltönende Stimme, die bald mehr und mehr Menschen aus dem ganzen Lager herbeilockte. Sie scharten sich um das Feuer und lauschten den fremdartig-schönen Gesängen über den Dschungel und seinen Gott Kamaluq, den allmächtigen Jaguar. Einige Lieder trug Túan in der Sprache der Waldmenschen vor, andere in Garethi – vermutlich hatte Delua sie einst übersetzt. Bei den Strophen, die die Zuhörer verstanden, fiel nach und nach der eine oder andere mit ein, und bald war die Nacht mit vielstimmigem, nicht eben lieblichem, aber lautem und fröhlichem Gesang erfüllt.

Das Singen tat vor allem Túan gut, er lenkte ihn ab von seinen düsteren Gedanken und der Welt, die ihn umgab. Für kurze Zeit fühlte er sich wieder zurückversetzt in den Dschungel, in glücklichere Tage.

Die verlorene Heimat, die er nie mehr wiedersehen durfte. In dieser Nacht wurde es Túan erst so richtig bewußt, daß er nie wieder in sein altes Leben zurückkehren konnte, selbst wenn er Delua fand. Er würde weder Talura noch einen anderen seiner Freunde jemals wiedersehen. Inzwischen war er schon so tief herabgesunken, daß er die Kleider der Weißen trug. Aber er begriff auch, daß er sich nicht an die Vergangenheit klammern durfte. Dieses Leben war vorbei, für immer. Für sein Volk war er ein Geächteter, doch so durfte er sich selbst nicht betrachten. Das war das Wichtigste, was er lernen mußte: Er war frei, das zu tun, was er tun wollte, und dorthinzugehen, wohin er gehen wollte. Mit Aigolf Thuranssons Hilfe könnte er lernen, sich in der Welt der Weißen zurechtzufinden und sich irgendwo, wenn die Suche nach Delua beendet war, ein neues Leben aufzubauen. Vielleicht würden sich die Träume, die er noch vor wenigen Monaten gehegt hatte, niemals erfüllen. Aber es waren eben nur Träume gewesen, und es gab sicherlich noch eine Menge anderer Wünsche, deren Erfüllung möglich war.

Nur, bis dahin war es noch ein weiter Weg, und Túans Herz war schwer und einsam.

8. Kapitel

Ein gewagtes Spiel

Aigolf weckte den Fuhrmann am nächsten Tag in aller Frühe, denn er wollte keine unnötige Zeit verlieren. Der Fuhrmann zeigte sich wenig begeistert, aber da er nun schon einmal wach war, konnte er genausogut den Weg fortsetzen. Er schirrte die Pferde an und bedeutete den beiden, sich in den Wagen zu setzen. Sie setzten sich ganz nach hinten, möglichst weit weg von ihm und seinen Flöhen, und ließen die Beine herabbaumeln. Die beiden Pferde, fuchsfarbene Nordmähnen, liefen geschwind und gleichmäßig dahin, sie schienen das Gewicht des Wagens und der Ladung nicht zu spüren.

Nachdem Túan sich einigermaßen an das Gerüttel gewöhnt hatte und seine Übelkeit nachließ, sang er wieder zwei Lieder zur Unterhaltung. Danach überließ er es Aigolf, einige Geschichten zum besten zu geben; dadurch vertrieben sich alle die Zeit recht gut.

»Wir wären doch viel schneller, wenn wir laufen würden«, wisperte er in einer Pause Aigolf zu.

»Das mag sein, aber wir müssen mit unseren Kräften haushalten«, gab Aigolf zurück. »Wir haben einen sehr schweren Weg durch die Wüste vor uns und sollten uns nicht vorab schon unnötig verausgaben. Mit diesem Wagen sind wir immer noch viel schneller als die Ochsenkarren, und möglicherweise schaffen wir mit diesen guten Pferden sogar mehr als dreißig Meilen am Tag.«

Mirham, eine Stadt mit etwa zwölfhundert Einwohnern, lag am östlichen Abhang des Regengebirges. Es war eine Stadt der Sklavenfänger und Sklavenhändler, und der Handel mit dem ›roten Gold‹ war neben Gewürz- und Rauschkrauthandel die wichtigste Einnahmequelle.

Aigolf war nicht wohl bei dem Gedanken, Túan ausgerechnet in eine solche Löwenhöhle zu bringen, aber er mußte irgendwie Pferde beschaffen. Dann hatte er eine Idee. »Fuhrmann, wann werden wir Mirham erreichen?«

»Schon heute abend«, antwortete der Fuhrmann. »Ich schlag heute meinen eigenen Rekord, bei Phex, das gibt 'nen Profit!«

»Gibt es vorher kein Gasthaus am Wege, wo man sich erfrischen kann?« fragte Aigolf in enttäuschtem Tonfall. »Und entspannen bei einem kleinen Spiel...«

Der Fuhrmann drehte den Kopf nach hinten. »In der Tat, das gibt's, nur wenige Meilen vor Mirhams Mauern. *Goldbecher* heißt es, und viele Sklavenjäger treffen sich dort zum Würfelspiel. Soll ich euch da absetzen?«

»Aber ja!« Aigolf grinste vor sich hin. »Paß auf, Junge, heute abend haben wir zwei Pferde. Kannst du reiten?« wandte er sich flüsternd an Túan.

»Natürlich nicht.«

»Dann wirst du's schnell lernen müssen. Mach dich darauf gefaßt, daß wir die Nacht durchreiten.«

Túan zuckte die Achseln. »Das kann doch nicht so schwer sein.«

Aigolf hob eine buschige rote Augenbraue, und ein vergnügtes Funkeln vertiefte das Grün seiner Augen. Aber er schwieg geflissentlich.

Etwa eine Stunde nach Einbruch der Dunkelheit hielt der Fuhrmann den Wagen bei einem großen Haus am Straßenrand an und deutete auf die hellerleuchteten Fenster. »Das is' der *Goldbecher*, Freunde. Phex zum Gruß und alles Gute.«

Die Gefährten sprangen vom Wagen und nahmen ihr Gepäck, während der Fuhrmann die Pferde schon wieder mit Schnalzen antrieb. In der Ferne sahen sie die Lichter einer Stadt.

»Mirham«, erklärte Aigolf. »Der richtige Ort für Waldmenschen, die gern Sklaven werden wollen.«

Túan bewegte den Kopf zum Gasthaus. »Da drin wird's nicht viel gemütlicher sein.« Er raffte seine Haare zusammen und stopfte sie unter die Kappe, die er tiefer in die Stirn zog. Zusätzlich befestigte er ein kleines Schellenband am Arm und holte eine Dose mit Gauklerschminke hervor. Er bemalte sein Gesicht mit wenigen Strichen und nickte Aigolf zu. »Jetzt können wir gehen.«

»Gut, daß ich vorgesorgt habe«, meinte der Bornländer. Während Túan sich vorbereitet hatte, hatte er den Stall neben dem Gasthaus besichtigt. Dort standen einige gute Pferde, und er kehrte zufrieden zurück. »Du bist von einem Gaukler wirklich nicht mehr zu unterscheiden. Das wird sie zunächst ein wenig ablenken. Hoffen wir, daß es dabei bleibt. Und vergiß nicht: Du bist stumm und ein wenig zurückgeblieben.«

Túans regelmäßige Zähne blitzten kurz auf. Er gab ein halb grunzendes, halb keuchendes Geräusch von sich, legte den Kopf leicht schief und zog die Augen schielend zusammen.

Aigolf lachte. »Sehr gut. Und nun – wünsch uns Glück.«

Die Gespräche in der vollen Gaststube verstummten, als die beiden eintraten. Fremde verirrten sich wohl nicht sehr oft hierher. Aigolf achtete nicht auf die Leute, die ihn anstarrten, sondern steuerte auf einen kleinen Ecktisch zu, der noch frei war. Nachdem sich auch Túan gesetzt hatte, ging der normale Gastbetrieb weiter. Aigolf gab der Schankmaid ein Zeichen für zwei Bier, und als sie diese brachte, bestellte er noch einen Teller Eintopf für seien Gefährten und sich selbst. Er lehnte sich zurück und kostete das Bier; es war ein wenig bitter, aber sehr erfrischend nach der staubigen Fahrt, und er genoß es mit geschlossenen Augen. Túan stellte sich beim Trinken absichtlich dumm an, verschüttete Bier und gab ein fröhliches Grunzen und Schmatzen von sich. Daraufhin wandten sich auch die letzten Neugierigen angewidert von ihm ab. Als Aigolf den Jungen kurz musterte, bemerkte er ein Blitzen in Túans Augen. Geboren zum Gaukler, er wußte es nur nie, dachte er. Es macht ihm Spaß zu spielen.

Nachdem er gegessen und den Krug geleert hatte, ließ Aigolf wie zufällig die Blicke umherschweifen, bis zu einem Tisch, an dem eifrig gewürfelt wurde. Mit träger, halb gelangweilter Aufmerksamkeit sah er dem Spiel zu. Es waren fünf Männer. *Sklavenjäger*. Sie trugen die Kleidung von Wandersleuten, unter den weiten Hemden jedoch metallverstärkte Wämser und Schwerter an den Seiten. Die Gesichter waren kalt und grausam, entstellt durch ein zügelloses Leben. Sie lachten unangenehm laut und feuerten sich gegenseitig durch zotige Bemerkungen an, in dem Bewußtsein, daß niemand sie angreifen würde. Männer wie sie kannten keine Moral, sie waren nur auf schnell verdientes Gold aus, das sie noch schneller wieder verschwendeten. Die übrigen Gäste stammten wohl aus Mirham oder von Höfen in der Nähe.

Nach einer Weile hatte Aigolf genug gesehen. Jeder Würfelspieler hatte seine eigene Taktik, und doch hatten alle fünf keine Ahnung von einem echten Spiel. Sie spielten, wie sie lebten: drauflos und ohne Hirn. Aigolf nickte Túan zu, erhob sich und trat langsam zu dem Tisch.

»Willst du was, Fremder?« fragte derjenige, der ihm gegenübersaß. Er war ein grobschlächtiger Kerl mit einer breiten Narbe über der Nase.

»Ich habe da draußen im Stall ein paar schöne Pferde gesehen«, sagte Aigolf. »Gehören die euch?«

»Wen geht das was an?« fuhr der Mann links neben dem Narbigen auf. Er hatte eine Glatze und einen schweren Goldring im rechten Ohr.

»Immer mit der Ruhe!« Aigolf hob beschwichtigend die Hände. »Ich frage nur, weil ich zufällig zwei Pferde brauchen kann, für mich und meinen armen kleinen Freund.«

»Ein Lebensmüder!« lachte der dritte Mann, der rechts neben dem Narbigen saß.

»Einen Augenblick«, unterbrach ihn ein vierter Mann, der mit dem Rücken zu Aigolf saß. Er drehte sich langsam um, und Aigolf sah in zwei eiskalte hellgraue Augen. Der Mann war schlank, sein Gesicht lang und hager, was durch den schwarzen Spitzbart noch unterstrichen wurde. *Eine Ratte.* Durch einen Sklavenjäger wie diesen hatte Aigolf einst seinen Spitznamen erhalten. Eine solche Ratte hatte er als erstes erledigt. »Was bietest du für zwei Pferde?«

Aigolf warf mit einer lässigen Geste etwas auf den Tisch. Es war ein Amulett, ein pechschwarzer glänzender Stein in einer ebenfalls feinziselierten schwarzen Fassung aus unbekanntem Metall. Den Stein umgab eine düstere Aura, und bei näherem Hinsehen erkannte man, daß er die Form eines Auges hatte – eines geschlossenen Auges.

»Ein Boronsauge!« flüsterte der fünfte Mann, der bisher geschwiegen hatte, und machte unwillkürlich ein abergläubisches Handzeichen. Er war der älteste der fünf und hatte etwas Biederes, Bäuerliches an sich.

»Pah, ein Amulett«, sagte der Narbige verächtlich.

»Nicht irgendein Amulett«, erwiderte Aigolf. »Dieses Boronsauge gehörte einst der mächtigen Magierin Nahema ai Tamerlein. Und sie hat es mit ihrer Kraft gefüllt, weswegen es seinem Träger stets gute Dienste leistet.«

Für einen Moment waren – bis auf den Hageren – die Sklavenjäger sprachlos. Natürlich kannten sie den Namen der gefürchtetsten Magierin Aventuriens, die den harmlosen und irreführenden Beinamen ›das graue Räblein‹ trug. Ihr wahres Alter war ebenso unbekannt wie das wahre Ausmaß ihrer Macht, und noch weniger bekannt war, welche Gedanken oder Gefühle sie bewegten.

»Seht es euch gut an«, sagte Aigolf, »dann wißt ihr, daß ich die Wahrheit spreche.«

Der Hagere beobachtete seine vier Kumpane, die sich über das Amulett beugten und es gedankenverloren anstarrten. »Schluß jetzt!« sagte er laut und hieb mit der Faust so heftig auf den Tisch, daß sie erschrocken hochfuhren.

»Wir werden sehen, was daran ist«, fuhr er an Aigolf gewandt fort. »Solltest du gelogen haben, wird es dir keine Freude bereiten. Abgesehen davon ist mir dieses Amulett im Tausch gegen zwei edle Ferdoker Warmblüter zu wenig. Ich will noch den Kleinen dazu.« Er deutete auf Túan, der sich schief grinsend auf der Bank lümmelte und mit dem Bierkrug spielte.

»Bist du verrückt?« mischte sich der Narbige ein. »Was willst du mit einem sabbernden Narren wie dem da?«

»Er gefällt mir«, entgegnete der Hagere. »Außerdem bringen Krüppel und Blöde Glück im Spiel, hast du das nicht gewußt?«

Aigolf zögerte. »Einverstanden«, sagte er dann. »Da ich gewinnen werde, kann ich ihn leicht einsetzen. Denn im Augenblick bin ich sein Besitzer, und *mir* wird er Glück bringen.« Er ging um den Tisch, zog einen Stuhl vom Nebentisch heran und setzte sich dem Hageren gegenüber. »Dem Einsatz angemessen sollten wir *Rabenschnabel* spielen. Einverstanden?«

Alle nickten, obwohl Aigolf sicher war, daß außer dem Hageren keiner der anderen das schwierige Spiel recht zu spielen verstand. Es gefiel dem Bornländer nicht, daß einer in der Runde war, der es an Gerissenheit mit ihm aufnehmen konnte, aber das war nicht mehr zu ändern. Er zog einen kleinen Beutel hervor und schüttete verschiedene Würfel auf den Tisch. »Willst du sie prüfen?« forderte er den Hageren auf.

Der nahm die Würfel kurz in Augenschein, bevor er zustimmend nickte. »Du hältst dich für einen guten Spieler, deswegen wirst du nicht betrügen.«

»Ja. Eine kleine Schwäche von mir.« Aigolf grinste. »Ich kann sie mir leisten.«

Er bat um einen Becher, und das Spiel begann.

Das Spiel zog sich hin in zähem Ringen die ganze Nacht. Ein Spieler nach dem anderen gab auf, bis nur noch Aigolf und der Hagere übrigblieben. Als sie soweit waren, verschärften sie die Regeln, erreichten dennoch nicht mehr als ein Unentschieden. Die meisten Gäste waren längst gegangen, die übrigen standen um den Tisch und beobachteten das Spiel. Túan lag schon lange auf der Bank neben dem Ofen und schnarchte.

»Nun – das letzte Spiel«, sagte Aigolf schließlich. Er war verärgert, weil er soviel Zeit verloren hatte. Aber wer hätte auch ahnen können, daß er ausgerechnet hier auf einen ebenbürtigen Gegner träfe. »Vergessen wir alle Regeln. Ein Würfel, ein einfacher Wurf. Wer die höhere Zahl hat, gewinnt.«

»Das ist zu einfach«, widersprach der Hagere. »Ich habe mir nicht eine ganze Nacht mit dem Spiel um die Ohren geschlagen, um dann nichts zu gewinnen. Ich mache dir einen anderen Vorschlag: Meine absolute Glückszahl ist die Fünf. Ich habe dich beobachtet, du hast sie den ganzen Abend über nicht ein einziges Mal geworfen und dich geschickt aus der Affäre gezogen, wenn sie gefordert war. Ich werfe sie jetzt, um dir zu beweisen, daß ich nicht lüge.« Er nahm den Würfel und ließ ihn einfach aus der Hand fallen. Er zeigte tatsächlich das Muster der Fünf. »Nun, Fremder. Wenn es dir gelingt, ebenfalls die Fünf in einem einzigen Wurf zu werfen, gehören die beiden Pferde dir.«

Aigolf nahm den Würfel in die Hand und zögerte. Dann legte er ihn wieder hin. Alle warteten gespannt, was er nun täte. »Einen Augenblick«, sagte er. Er stand auf und trat zu der Bank, auf der sein Begleiter schlief. »He, wach auf!« Er schüttelte ihn heftig an der Schulter und murmelte ihm ein paar Worte ins Ohr. Der vermeintliche Idiot stand daraufhin auf und folgte Aigolf zum Tisch.

Der Hagere grinste hämisch. »Wolltest du dich deines Glücks vergewissern? Das wird dir hier nicht helfen. Noch keinem ist dies jemals gelungen.«

Aigolf zuckte die Achseln, griff nach dem Würfel, ließ ihn durch seine Finger gleiten, legte die andere Hand darüber und schüttelte beide Hände leicht. Dann ließ er den Würfel, wie zuvor der Hagere, einfach fallen. Er rollte bis zur Mitte des Tisches, und als er liegenblieb, zeigte das Muster der Fünf nach oben.

Ein Stöhnen lief durch die Reihen der Zuschauer, während der Hagere wie gebannt auf den Würfel starrte. Aigolf nahm das Amulett und seine Würfel rasch an sich, stand auf und schob Túan vor sich her aus dem Gasthaus. Kaum draußen, rannten sie zum Stall, und Aigolf zeigte auf die beiden Pferde, die er zuvor ausgesucht hatte. Glücklicherweise trugen sie Zaumzeug, aber zum Satteln blieb den Gefährten keine Zeit. Túan brachte zwei feste Decken, die er im hinteren Teil des Stalls gefunden hatte, und Gepäckgurte, an dem sie ihre Beutel und die Waffen befestigen konnten. Aigolf brachte Decken und Gurte in fieberhafter Eile an, während Túan sich zum erstenmal in seinem Leben mit einem Pferd vertraut machte. Als Waldmensch verstand er sich auf den Umgang mit Tieren. Er streichelte die Nasen der Pferde und flüsterte ihnen leise Worte ins Ohr. Sie schnaubten und prusteten, offensichtlich gefiel ihnen, was er ihnen zuraunte.

»Los jetzt!« drängte Aigolf; er war sich nicht sicher, ob die Sklavenjäger diesen Verlust ohne weiteres hinnehmen würden, deshalb wollte er keine Zeit verlieren. Sie führten die Pferde auf die Stalltür zu, als ein Schatten den Eingang verdunkelte.

Der hagere Mann versperrte den Weg, und er sah keineswegs so aus, als wolle er zum Abschied winken.

»Was willst du?« fragte Aigolf barsch. »Ich habe die Pferde gewonnen. Du hast kein Recht, mich aufzuhalten. Jeder im Gasthaus wird das bestätigen. Du bekommst handfesten Ärger, wenn du eine Spielschuld nicht einlöst!«

»Es geht nicht darum«, sagte der Mann leise. »Ich wollte noch etwas in Erfahrung bringen. Du erinnerst mich an jemanden, den ich vor Jahrzehnten einmal traf. Er war damals noch ein Junge, etwa fünf Jahre jünger als ich.«

Aigolfs Augen verengten sich zu schmalen Schlitzen, in denen ein grünes Feuer aufflammte. Túan, der es bemerkte, nahm den Zügel seines Pferdes und führte es auf die Seite.

»Also habe ich mich nicht getäuscht«, gab Aigolf ebenso leise zurück. »Du bist auch eine von den Ratten. Wer war die andere? Dein Bruder?«

Der Hagere nickte. »Du bist es wirklich. Der Rattenjäger. Wer meinen Bruder umgebracht hatte, wurde mir klar, als man mir den Mörder beschrieb. Ich wußte, daß ich dir eines Tages wiederbegegnen würde. Gejagt habe ich dich nicht, weil das Geschäft wichtiger war. Aber ich verfolgte aufmerksam jede deiner Taten, wenngleich ich nicht alles glaubte, was ich hörte.«

»Glaub es ruhig.«

»Um so mehr hat sich dann das Warten gelohnt.«

Aigolf lachte hart. »Dein Bruder war die erste von euch Ratten, die ich erledigte. Und du wirst nicht die letzte sein. Meine Aufgabe ist mit dir nicht beendet, denn ich werde dich nicht aus Rache töten. Meine Rache liegt längst hinter mir. *Du* willst hingegen Rache – nun gut. Mir bedeutet sie nichts mehr, verstehst du? Du bedeutest mir nicht mehr als alle anderen miesen Sklavenjäger, denen ich im Lauf der Jahre das Handwerk legte.«

»Wir werden sehen, was schwerer wiegt: Fanatismus oder Rache«, erwiderte der Hagere und zog sein Schwert.

Aigolf hob die Hand, als Túan ihm den schweren Zweihänder zuwarf, und fing ihn mit der Leichtigkeit eines Gauklers auf, der mit Äpfeln jongliert. (Allerdings war er überrascht über die unvermutete Kraft, mit der Túan das mächtige Schwert so gezielt geworfen hatte.)

»Dieses Schwert ist in einem Tempel der Rondra geweiht worden«, sagte er. »Sein Name ist *Feuerdorn*. Es wurde in den Amboßbergen geschmiedet. Es ist unzerstörbar, und es dient nur mir. Und es wird dir gleich den Kopf abschlagen.«

Noch während er die letzten Worte sprach, griff er an. Er wollte es nicht auf ein zähes Ringen wie bei dem Spiel ankommen lassen. Der Sklavenjäger war nur wenige Jahre älter als er und ebenso erfahren. Sie waren beide gleichwertige Gegner, und deshalb durfte er keinen richtigen Zweikampf riskieren. Abgesehen davon bot der Stall zu wenig Platz dafür – und er hatte es wirklich eilig!

Der Hagere, der durch Aigolfs bisheriges Verhalten davon überzeugt gewesen war, daß es einen Kampf nach allen Regeln geben werde, war völlig überrumpelt. Er hatte sich in langen Jahre immer wieder seine Rache ausgemalt. Natürlich wollte er sie in aller Ruhe auskosten und den Mörder seines Bruders erst demütigen, bevor er ihn tötete. Er wollte ihm zeigen, was es bedeutete, sich mit ihm anzulegen. Nach allem, was er über den Rattenjäger gehört hatte, war dieser ein hervorragender Krieger, einer der besten Aventuriens, aber kein Mörder. Seine Taten wiesen ihn eher als echten Helden aus, der ehrlich kämpfte und der Gerechtigkeit diente.

Ein solcher Angriff paßte überhaupt nicht zu diesem Bild. Der Hagere sprang zurück und parierte den Schlag, wobei es ihm beide Arme schwer prellte, und er hatte Mühe, das Schwert nicht fallen zu lassen. Aigolf holte sofort zum nächsten Schlag aus und trieb den Mann aus dem Stall. Als dieser endlich genug Standfestigkeit hatte, um einen Schlag zu parieren und aus der Verteidigungshaltung zum Angriff überzugehen, löste Aigolf den Griff der linken Hand um den *Feuerdorn*, faßte sich an den Gürtel und warf etwas. Der Hagere taumelte zurück, eine Hand zuckte zur linken Schulter hoch, in der ein Messer steckte. Dabei ließ er die Deckung vollkommen offen, und mit einem sausenden Schlag fuhr der *Feuerdorn* hinab. Bevor der Hagere begriff, was mit ihm geschah, trennte sich sein Kopf von den Schultern und fiel zu Boden.

Aigolf setzte den Jungen eilig auf ein Pferd, nahm dessen Zügel, schwang sich auf das andere Pferd und galoppierte in die Dunkelheit davon.

»Er hatte überhaupt keine Möglichkeit zur Verteidigung!« rief Túan. Er klammerte sich verbissen an die Mähne des Pferdes und hielt sich mehr schlecht als recht auf dem Rücken des Tiers, dennoch blieb ihm noch Zeit zu reden.

»Hätte ich ihm die gelassen, wäre es sehr langwierig geworden«, gab Aigolf von vorn zurück. »Und vielleicht – hätte er gewonnen! Ich bin nicht so überheblich, daß ich glaube, unbesiegbar zu sein. Wenn ich einen Vorteil habe, nutze ich ihn. Das mußt du lernen, Junge: Regeln sind wichtig, aber verlaß dich nicht auf sie. In einem Kampf zählt nur der Sieg, oder du bist tot. Wie du ihn erringst, ist gleichgültig.«

»Würdest du auch jemanden hinterrücks ermorden?«

»Wenn er ein Oger ist, auf alle Fälle, Kleiner! Es kommt auf den Standpunkt an, verstehst du? Sei aufrichtig, wo immer es möglich ist, aber nie so durchschaubar, daß du Gefahr läufst zu verlieren! Nur mit deinen *eigenen* Regeln, deinem *eigenen* Stil kannst du ein *alter* erfolgreicher Krieger werden. Unterwirf dich niemals der Moral anderer!«

»Und was ist mit euren Gesetzen?«

»Gesetze sind Kompromisse des Lebens, denen du dich einigermaßen anpaßt. Aber niemals ganz, sonst wirst du zum Heuchler wie diejenigen, die die Moral predigen! Beobachte sie, und du wirst feststellen, daß gerade sie die Unmoralischsten von allen sind!«

»Das klingt verächtlich!«

»Aber es ist die Wahrheit.«

Darauf fiel Túan einige Zeit keine Erwiderung ein, und er begnügte sich damit, sich auf dem Pferderücken herumschütteln zu lassen und zu versuchen, oben zu bleiben. Er wußte nicht, wieviel Zeit vergangen war, als Aigolf endlich eine langsamere Gangart zuließ. Die Pferde schnaubten, aber sie wirkten nicht erschöpft. Er hatte wirklich die besten ausgesucht. Er zog am Zügel von Túans Pferd, so daß es an seine Seite kam.

»Wie geht's?«

»Noch sitze ich oben, danke.«

»Hältst du noch eine Weile durch?«

»Natürlich. Warum hast du mich zu dem letzten Würfelspiel geholt?«

»Beschäftigt dich das noch?«

»Ich finde es faszinierend, daß du genau die richtige Zahl geworfen hast.«

Aigolf grinste breit, und Túan stutzte.

»Willst du damit sagen, daß du – *betrogen* hast?«

»Aber nein. Betrügen kann man das wirklich nicht nennen. Ich habe nur das Risiko verringert.«

»Aber – wie?«

»Während ich zu dir ging, verschaffte ich mir die Zeit, den entsprechenden Würfel herauszusuchen. Ich halte für jede Gelegenheit, in der es brenzlig werden kann, einen solchen Würfel bereit. Danach war es ein leichtes, den echten Würfel in meinen Ärmel rutschen zu lassen und mit dem gezinkten weiterzuspielen. Als ich die beiden Hände übereinanderlegte, machte ich den Tausch.«

»Aigolf, das ist ein ganz gemeiner Betrug!«

»Aber ein wirkungsvoller. Wir brauchten unbedingt die Pferde, und anders war diesem Mistkerl nicht beizukommen. Wenn wir die Pferde gestohlen hätten, wäre uns ganz Mirham schon auf den Fersen, verstehst du? Bei Pferdediebstahl sind die Leute sämtlicher Gegenden äußerst empfindlich. Aber den kleinen Würfeltrick hat keiner bemerkt, somit haben wir die Pferde redlich erstanden.«

»Auch wieder eine von deinen Regeln?«

Aigolf ließ sich durch Túans Empörung nicht aus der Ruhe bringen. »Ja, Kleiner. Merk dir noch eins: Das Leben ist niemals gerecht. *Niemals.*« Er sah zu Túan hinüber, und in seinen grünen Augen brannte immer noch das Feuer. »Hast du etwa Mitleid mit *Sklavenjägern*, nur weil wir sie um zwei Pferde betrogen haben? Oder mit diesem Hageren, der mich zum Kampf herausforderte und verlor? Vergißt du dabei, was diese Leute den Angehörigen deines Volkes antun? Den Tod hätten sie alle miteinander verdient, und zwar nicht auf diese leichte Weise, wie ich mit dem Hageren umgegangen bin! Leute, die ihresgleichen zu Sklaven machen, sind für mich keine *Menschen*, sondern abscheuliche Bestien, die ausgemerzt gehören!«

»Tut mir leid«, sagte Túan leise. Seine Stimme war über dem Hufklappern kaum mehr verständlich. »Natürlich habe ich kein Mitleid mit ihnen. Aber ich verstehe diese Regeln einfach nicht. Ich habe ganz andere Dinge gelernt, im Dschungel.«

»Tricks, mein Junge, verhelfen dir zu einem längeren Leben. Mit Anständigkeit kommst du nicht weit. Tut mir leid, wenn ich dir wieder einen Traum zerstört habe. Aber du mußt leider begreifen, daß selbst die Helden gezwungen sind, zu Tricks zu greifen, um Erfolg zu haben. Das wird in den Liedern natürlich nicht besungen. Aber – und das ist die dritte und letzte Lektion dieser Nacht – gerade die größten Helden sind die größten Betrüger. Das war so und wird auch so bleiben. Aber das muß nicht schlecht sein, solange dabei keine Unschuldigen zu leiden haben. Ich würde niemals einen Unschuldigen auf diese Weise betrügen oder gar umbringen, nur um ans Ziel zu kommen. Das darfst du mir glauben.«

Túan nickte, aber er schwieg. Sein Kopf war nach vorn gesunken; die Haare, die sich nach und nach aus der Umhüllung der Kappe gelöst hatten, fielen ihm lang über die Schulter hinab und verbargen sein Gesicht. Aber Aigolf war sicher, daß der Junge weinte.

9. Kapitel

Túans Furcht

In den nächsten Tagen lernte Túan reiten. Er war ein Naturtalent und zeigte sich bald überaus sicher auf dem Pferderücken. Dies lag vermutlich auch an seinem Geschick im Umgang mit Tieren, das allen Waldmenschen eigen ist. Sein Wallach, den er aufgrund eines weißen Flecks über den Nüstern *Ta Nadik* (*Weißnase*) genannt hatte, folgte ihm bald auf Schritt und Tritt und zeigte sich niemals bockig. Die einzigen Schwierigkeiten, die Túan hatte, waren rein körperlicher Natur – ein wundgescheuerter Hintern und ein gewaltiger Muskelkater in den untrainierten Oberschenkeln. Aigolf merkte wohl, daß der Junge sich manchmal vor Schmerz kaum mehr aufrechthalten konnte, legte aber keine langsamere Gangart vor. Túan sollte selbst bestimmen, wann er genug hatte.

Die Auseinandersetzung nach der Flucht aus dem Gasthaus setzten sie nicht mehr fort. Túan fing sich wieder nach einigen Stunden stillen Nachdenkens. Es war nicht leicht für ihn, alle jene Tatsachen hinzunehmen, die in völligem Gegensatz zu dem standen, was er gelernt hatte und was Ausdruck seiner religiösen Einstellung zum Leben war. Er wunderte sich, wie einseitig er bisher alles betrachtet hatte, wie naiv er im Grunde war. All das machte ihm den Verlust der Heimat um so schmerzlicher bewußt. Nach Art der Waldmenschen gab er sich diesem Schmerz hin; sie weinten viel und oft, aber nur einmal um dieselbe Sache, um denselben Verlust. Danach war der Schmerz fortgewaschen, die Seele wieder rein. So erging es auch Túan.

Sie kamen sehr zügig voran, da Aigolf Pausen nur zuließ, um die Pferde zu schonen oder Nahrung zu sammeln. Das Essen fiel dadurch sehr mager aus, aber beide bemerkten das kaum. Sie waren viel zu beschäftigt mit der bangen Frage, ob sie die Oase Keft noch rechtzeitig erreichten.

Die Hälfte der Wegstrecke nach Port Corrad hatten die Reiter zurückgelegt, als das Gelände bergig wurde. Die östlichen Ausläufer des Regengebirges reichten hier bis fast zur Küste. Es blieb den Gefährten nichts anderes übrig, als Pässe zu benutzen, da das Küstengelände hier stellenweise sehr sumpfig und zu unsicher für die Pferde war.

Aigolf wies Túan nicht darauf hin, daß sie von nun an immer höher hinaufkommen würden. Er wird das schon selber merken, dachte er bei sich. Er bereitete sich auf mögliche Schwierigkeiten vor, war aber dann über Túans heftige Reaktion doch überrascht.

Túan gab sich redlich Mühe, sich nichts anmerken zu lassen, und versuchte sich durch leises Singen abzulenken. Er lenkte Ta Nadik auf die Fährte von Aigolfs Wallach, den er aufgrund seines häufigen Kopfnickens *Kunak* genannt hatte, ließ die Zügel ein wenig fahren und richtete die Augen starr nach vorn, auf Aigolfs Rücken. Dennoch spürte er, wie es immer weiter hinaufging, und die ersten Anzeichen der Höhenkrankheit stellten sich ein: Zittern und Schweißausbrüche. Sie steigerten sich schließlich bis zu einem krampfartigen Anfall, und der Junge stürzte vom Pferd. Aigolf war sofort bei ihm, wußte aber nicht, was er tun sollte. Er versuchte, Túan ruhig zu halten, legte ihn ausgestreckt auf den Rücken und schirmte seine Augen ab. Nach einer Weile wurde der Junge ruhiger, der Anfall ließ nach, und die Verkrampfungen lösten sich. Inzwischen war es dunkel geworden, und Aigolf beschloß, hier das Nachtlager aufzuschlagen. Allerdings machte er kein Feuer, um die Aufmerksamkeit möglicher Verfolger nicht zu erregen. Es hätte sich auch kaum gelohnt, ein Feuer zu entfachen, denn zu essen gab es nur getrocknete Datteln, ein paar Streifen Dörrfleisch und Dauerbrot.

»Es tut mir leid«, sagte Túan leise.

»Red keinen Blödsinn«, brummte Aigolf. Er drückte dem Jungen eine Wasserflasche in die eine Hand und Dörrfleisch in die andere.

»Ich hab keinen Hunger.«

»Das ist mir einerlei. Du wirst essen. Dein Magen braucht etwas, und du wirst dich danach besser fühlen.«

Túan war viel zu erschöpft, um zu streiten, und nagte gehorsam an dem Fleisch. Danach fühlte er sich tatsächlich besser, und er konnte sich ein wenig aufrichten. »Wie soll das morgen weitergehen?«

Aigolf hielt ein Tuch hoch, das er auf staubigen Straßen als Mundschutz benutzte. »Das binden wir dir um die Augen. Damit müßtest du den Aufstieg schaffen.«

»Binde mich auch lieber am Pferd fest, Aigolf, sonst falle ich bestimmt wieder hinunter.«

Der Bornländer nahm Túans rechte Hand und legte einen kleinen flachen Stein hinein, der sich glatt und seltsam warm anfühlte. »Behalt ihn in der Hand und reibe ihn, das wird dich beruhigen.«

Túan betrachtete den grünlichen Stein neugierig. »Du besitzt eine Menge solcher Dinge.«

»Was sich im Lauf der Zeit so ansammelt«, erwiderte Aigolf achselzuckend. »Ich vergesse immer, die Sachen wegzuwerfen, und irgendwann sind sie doch zu etwas nutze.«

»So wie das Boronsauge?«

»Ganz recht.«

»Hat Nahema dir das Amulett wirklich gegeben?«

»Mhmm«, machte Aigolf unbestimmt. »Tat ihr mal 'nen Gefallen. Leg dich jetzt hin, Junge, und schlaf, damit wir rechtzeitig weiterkommen.«

Túan legte sich gehorsam wieder auf den Rücken und sah in den Himmel hinauf. Tausend Sterne funkelten dort wie kleine Kristalle, die jeden Moment herabregnen konnten.

»Wie das wohl ist, einer so mächtigen Magierin zu begegnen...«, sagte er verträumt. »Das muß noch viel eindrucksvoller sein als das Knochenorakel des Heiligen Mannes. Das wäre ein Erlebnis, *echten* Zauber zu sehen – Lichtblitze, die sich von den Händen lösen und einen Mann in irgend etwas anderes verwandeln...«

»Zum Beispiel in einen Ochsen...«

»Wie kannst du darüber scherzen?«

Aigolf lächelte. »Ich *fürchte* die Zauberei, Túan. Sie setzt Kräfte frei, die nur schwer zu beherrschen sind. Das ist mir zu ungewiß. Ich verlasse mich lieber auf meinen Verstand – und mein Schwert. Das kann ich erfassen und handhaben, wie ich es will. Mit ätherischen Dingen gebe ich mich nicht ab.«

»Sie ist bestimmt schön, nicht wahr?«

»Wer?«

»Nahema.«

»Nahema? O ja. Sie ist sehr schön, solange du nicht den Fehler begehst, zu lange und zu tief in ihre Augen zu blicken. Sie sind schwärzer als die Finsternis und schillern wie Öl auf Wasser. Du darfst sie niemals begehren, sonst ist es dein Ende, Túan. Sie ist mehr als dreihundert Jahre alt. Ich glaube, sie ist eine Halbgöttin, der es Freude bereitet, ihren Mutwillen mit den Menschen zu treiben.«

»Aber dir war sie wohlgesonnen.«

»Das... hatte einen Grund. Wie auch immer, Túan. Verlieb dich besser in ein bodenständiges Mädchen, von denen es genug in Aventurien gibt. Für Magie sind wir nicht geschaffen, du und ich.«

Aigolf holte die Beutel für sich und Túan, um sie als Kissen zu benutzen, dann legte er sich ebenfalls hin, streckte und dehnte die steifen Glieder und gähnte herzhaft. Es war so warm genug, daß man auf Decken verzichten zu konnte. Allerdings war der Boden sehr hart, doch das würde er vermutlich kaum spüren. Der anstrengende Ritt machte sich nun doch bemerkbar, die Müdigkeit saß ihm in allen Knochen.

»Ich weiß nichts über meinen Vater«, begann Túan nach einer Weile von neuem. »Delua hat mir nie von ihm erzählt. Ich weiß nicht, ob er noch lebt. Glaubst du, ich werde das je erfahren?«

»Weshalb fragst du deine Mutter nicht?«

»Das habe ich oft getan. Sie gab mir immer dieselbe Antwort: Ich wisse es bereits, seit meiner frühen Kindheit schon. Aber ich kann mich nicht daran erinnern, jemals ein kleines Kind gewesen zu sein, Aigolf. Seltsam, nicht wahr? Meine früheste Erinnerung reicht zu dem Tag zurück, als wir Gleichaltrigen den ersten Tanz aufführten, der uns zu Jünglingen machte und uns das Recht verschaffte, zu Jägern ausgebildet zu werden. Das ist schon Jahre her. Aber was davor geschah, weiß ich nicht. Deshalb kann Delua meine Frage auch nicht beantworten.«

»Weil es ein Tabu berührt?«

»Ja, mein Tapam hatte diesen Weg gewählt, und um ihn nicht zu verletzen, mußte meine Mutter schweigen, sosehr ich sie auch bat.«

Túan wurde wie abgesprochen am nächsten Tag auf Ta Nadik festgebunden und seine Augen mit dem Tuch so fest verhüllt, daß nicht der kleinste Lichtstrahl hindurchdringen konnte. Dann ging der Ritt im Eiltempo weiter. Túan bemerkte zwar die ständigen Auf- und Abstiege, aber er verlor bald jedes Gefühl für die Höhe, und so überstand er diesen Teil der Reise zwar etwas angestrengt, doch ohne krampfartige Anfälle.

Sie erreichten Port Corrad einen Tag früher als geplant, und hier machte Aigolf Thuransson erst einmal Station.

»Es ist das beste, wenn wir uns hier schon mit Vorräten für die Wüste eindecken«, erklärte er Túan. »Port Corrad ist eine freie Handelsstadt, sehr viele Großhändler haben hier ihre Lager, und davon profitieren alle.«

»Gibt es hier auch Sklavenmärkte?«

»Nein. Zumindest keine offiziellen. Wir brauchen hier nicht verkleidet aufzutreten.«

Aigolf suchte eine ganze Weile in der kleinen Stadt herum, bis er endlich den richtigen Laden fand: In einer Seitengasse stand das schmale Haus, das von den beiden angrenzenden geradezu eingezwängt wurde. Im Erdgeschoß befand sich ein winziger Laden mit buntem Türschild und kleinen Fenstern. Als Aigolf die Tür öffnete, drang ein Schwall schwerer, rauchiger Luft heraus, ein Gemisch von Räucherstäbchen, Dufthölzern und Blütenölen. Für sich genommen und sparsam verwandt, mochte jeder dieser Gerüche angenehm sein, aber hier gab es des Guten zuviel. Aigolf wedelte mit der Hand vor der Nase und mußte dennoch erbärmlich husten, als er den Laden betrat. Túan schob sich hastig das Tuch vor den Mund, bevor er ihm neugierig folgte.

Der Laden war vollkommen verräuchert und dämmrig beleuchtet, weil durch die blinden Scheiben kaum Licht hereindrang. Boden, Decke, Wandtäfelung und Theke waren aus dunklem alten Holz. Man konnte sich kaum bewegen, denn überall stapelten sich die verschiedensten Waren: kleine Möbel, Wandteppiche, Decken und Kissen, Reisebedarf, Kleidungsstücke und Artikel zur Körperpflege, Pfeifen, Rauschkräuter, Schmuckstücke und vielerlei mehr.

Túan tränten die Augen, und er konnte kaum die schlanke, hochgewachsene Gestalt erkennen, die nun hinter der Ladentheke hervorkam. Dann glotzte er voller Staunen, denn dieser Mann war eindeutig ein Elf – die bleiche Haut, die schmalen spitzen Ohren, die schimmernden hellen Haare, die leicht schräg gestellten, dunkelvioletten, nichtmenschlichen Augen bewiesen es. Waldmenschen begegneten den Elfen so gut wie nie, aber sie wußten natürlich von ihnen und erzählten sich gern Geschichten über die Ewig Jungen und ihre Zauberkräfte.

»Ho, Yrfin, bist du immer noch nicht pleite gegangen mit deinem vielen Ramsch, den kein Mensch will?« rief Aigolf Thuransson und breitete die Arme aus.

Der Elf lachte schallend und umarmte den Bornländer herzlich. »Ruan Rothaar, ich dachte, man hätte deine morschen Knochen längst den Born hinuntergespült! Was in aller Welt verschlägt dich ausgerechnet in die langweiligste Stadt Aventuriens?«

Aigolf wies auf Túan und zog ihn dann zu sich heran. »Dieser Junge hier, Yrfin. Hast du irgendeine Kunde über einen Sklavenzug? Er müßte vor kurzem hier durchgekommen sein, auf dem Weg nach Keft.«

Yrfin runzelte die Stirn und tippte sich mit langen schlanken Fingern an die Wange. »Es ist ein Zug durchgekommen, Aigolf, aber ich weiß nicht so recht, ob ich dir so etwas erzählen soll. Wie ich vor einigen Monaten hörte, hast du deine Jagd immer noch nicht aufgegeben.«

»Diese Jagd kann ich erst dann aufgeben, wenn ich die Beute ausgerottet habe«, erwiderte Aigolf. »Sieh dir den Jungen an. Vor wenigen Wochen war er selbst noch ein Sklave, und nun ist er auf der Suche nach seiner Mutter. In den Dschungel kann er nie zurück.«

Der Elf seufzte. »Ja, ich verstehe. Ihr verrückten Menschen habt nichts Besseres zu tun, als euch gegenseitig ständig zu bekämpfen, weil der eine das tut, was der andere nicht will, und umgekehrt. Worin liegt der

Sinn, kannst du mir das verraten? Ihr klagt und jammert, weil euch das Glück nicht hold ist, und lauft, so schnell ihr könnt, vor ihm davon. Reicht euch denn nicht, was Aventurien bietet?«

»Yrfin, du bist ja schon wieder voll«, grinste Aigolf. »Du kommst immer dann mit deinen philosophischen Tiraden daher, wenn du am Abend vorher zuviel Rauch erwischt hast und vom Werwolf geplagt bist.«

»Pah!« machte Yrfin wegwerfend. »Zumindest schade ich damit keinem. Nun, ich merke schon, ihr wollt die Welt verbessern, ohne meine Ratschläge anzunehmen. Gut denn. Lassen wir die Freundschaft, und kommen wir zum Geschäft. Was brauchst du?«

»Genügend für eine Reise durch die Khom.«

Der Elf schüttelte den Kopf. »Sorgen macht mir bei dir, Aigolf, daß du in voller Nüchternheit derartige Verrücktheiten von dir gibst und ich ernsthaft an deinem Verstand zu zweifeln beginne. Oder drückt dir etwa schon das Alter aufs Hirn? Ich habe da ein Mittel...«

»Nur eine Ausrüstung. Eine gute, haltbare, stärkende Elfennahrung, die nicht viel Platz braucht«, unterbrach ihn Aigolf freundlich. »Von deinen Mittelchen habe ich vom letzten Mal noch die Nase voll. Ich dachte, ich müsse sterben.«

»Aber hinterher fühltest du dich wie neugeboren, nicht wahr?« strahlte Yrfin.

»Nur der Gedanke, dir das nächste Mal den Hals mit Genuß umzudrehen, erhielt mich am Leben.«

Der Elf lachte hell auf, während er wieder hinter der Theke verschwand und geräuschvoll in Borden und Schubladen kramte. »Ich werde dir nicht alles aufzählen, was ich einpacke!« rief er. »Aber es wird für eine Reise durch die Khom und wieder zurück reichen, das verspreche ich dir. Ich möchte dich nämlich lebend wiedersehen und deine Geschichte erfahren. Vielleicht kann ich einen Gesang daraus machen, den

ich beim nächsten Auwald-Treffen vortragen werde.«
Schließlich kehrte er mit zwei prallen Beuteln zurück,
die er auf die Theke legte. »Ihr werdet weite und vor
allem dunkelfarbige Gewänder brauchen, um der
Hitze standhalten zu können, und Kopfbedeckungen,
wie die Novadis sie tragen.«

»Wir brauchen nur einen Umhang für den Jungen,
alles andere habe ich bei mir.«

»In der Auslage links hinter dir. Such dir selbst aus,
was du haben willst.«

Nachdem Túan einen Umhang gewählt hatte, bat
Yrfin zur Kasse, und es entwickelte sich der übliche
Disput, dem Túan diesmal aber keine Beachtung
schenkte. Denn während die beiden Männer feilschten, konnte er ungestört in dem Laden herumstöbern.
Er entdeckte höchst seltsame Dinge, doch da er nichts
von Magie verstand, erkannte er den Wert von Yrfins
Schätzen nicht und hielt sie für wertlosen Plunder: unbekannte getrocknete Kräuter, Rindenstücke mit fremden Schriftzeichen, Funkenstaub und knorrige, mit
Schnitzwerk und Steinen verzierte Wanderstäbe.

Schließlich hatten sich Aigolf und Yrfin geeinigt,
und Túan kehrte zur Theke zurück. »Yrfin, warum
lebst du als Elf hier in einer Stadt unter Menschen?«
fragte er.

»Kleiner, hat dir keiner gesagt, daß man solche Fragen unaufgefordert nicht stellt?« gab der Elf zurück.

»Nein, aber ich werde es mir merken, wenn mich
das nächste Mal jemand etwas fragt, beispielsweise ein
Elf, der unaufgefordert meinen Stiefel ins Gesicht bekommen hat.« Túan grinste, als Yrfin zu überlegen
schien, ob der Junge wohl tatsächlich einen Tritt austeilen werde. Túan hatte in den letzten Wochen eine
Menge von den Weißen gelernt.

10. Kapitel

Diamant der Wüste

Aigolf und Yrfin verabschiedeten sich herzlich voneinander, dann machten die Gefährten sich wieder auf den Weg.

»Du scheinst viele Freunde zu haben«, meinte Túan unterwegs.

»Das ergibt sich so, wenn man über zwanzig Jahre lang herumreist. Aber überschätze das Verhältnis zu Yrfin nicht. Ein Elf ist niemals *Freund* eines Menschen.«

»Warum geht ihr dann so freundlich miteinander um?«

»Alte Kameradschaft. Die Freude, jemanden aus vergangener Zeit lebend wiederzusehen. Es ist eben so.«

An der Fährstelle eine Meile außerhalb von Port Corrad setzten sie über den Arrati. Aigolf schlug nun den Weg Richtung Osten nach Selem ein. Er hielt sich so dicht wie möglich an der Küste, um den hügeligen Ausläufern der Eternen aus dem Wege zu gehen. Sie ritten quer durch die Wildnis, aber die Pferde kamen geschwind voran, da das Land hier, zweihundert Schritt über der See, relativ trocken war. So erreichten sie am dritten Tag die Tore von Selem, der ärmsten und verkommensten Stadt des Südens, in der den Gerüchten zufolge die schrecklichsten Schwarzen Riten abgehalten wurden. Die Stadt werde von Geistern der Verstorbenen, Echsenmenschen und dem

Wahnsinn beherrscht, hieß es. Aigolf legte keinen Wert darauf, die Wahrheit zu ergründen. Er hatte Selem niemals betreten und dies auch jetzt nicht vor. Vielleicht, wenn er so alt wäre, daß er seine Jagd und seinen Aberglauben selbst überlebt hätte, würde er einmal hierher zurückkehren und auskundschaften, welche düsteren Geheimnisse hier verborgen lagen.

»Wir werden den Szinto entlangreiten, bis wir die Wüste erreichen«, sagte er. »Da wir den rechten Arm entlangreiten werden, müssen wir noch einmal mit der Fähre übersetzen. Auf der westlichen Seite sind die Eternen sehr nahe, und denen wollen wir ausweichen.«

»Ist es auf der östlichen Seite weiter?«

»Nein, Keft liegt weiter östlich, etwa vierzig Meilen oberhalb des Cichanebi-Salzsees.«

»Was ist mit den Pferden – schaffen sie es bis dorthin?«

»Bis Keft und weiter! Ich vermute, daß die Sklaven für das Mittelreich bestimmt sind; von Keft bis zum Nordrand der Wüste sind es nur etwa hundertzwanzig Meilen. Das können sie in sechs und wir in fünf Tagen schaffen.«

»Weißt du, was ich nicht verstehe, Aigolf?«

»Was denn?«

»Du sagtest, daß wir viel schneller als Ochsenkarren sind. Aber sie sind uns noch immer voraus.«

Aigolf runzelte die Stirn. »Ich habe vergessen, dir folgendes zu berichten: Sie haben keine Ochsenkarren, sondern Pferdegespanne. Yrfin erzählte mir, daß sie in Port Corrad die Pferde wechselten. Es sind auch nicht so viele Sklaven, wie wir dachten; nur etwa zehn. Der Mann, der sie gekauft hat, muß vermögend sein, wenn er sie von Al'Anfa aus auf dem teuren Landweg transportieren läßt.«

»Weißt du, wer er ist?« Túans Gesicht verfärbte sich; Ekel und Wut verzerrten seine Gesichtszüge, aber inzwischen hatte er gelernt, sich zu beherrschen, und hatte sie bald wieder unter Kontrolle.

»Nein, ich weiß nicht, wohin sie gebracht werden. Ich gehe aber davon aus, daß sie in Keft eine längere Rast einlegen werden.« Aigolf hielt plötzlich an und wandte sich Túan zu. »Findest du es nicht an der Zeit, mir alles zu erzählen?«

»Was meinst du?« erwiderte Túan verwundert. Er begegnete dem Blick des Bornländers offen, in seinen Augen lag keine Unsicherheit, lag nichts Verborgenes.

»Schon gut.« Aigolf schnalzte leise, und Kunak setzte sich wieder in Bewegung. »War nicht so wichtig.«

Da die Pferde ausdauernd und zäh waren, konnten sie den Weg den Szinto entlang schnell zurücklegen. Zeit verloren sie nur durch die tägliche Nahrungsbeschaffung. Aigolf wollte die Vorräte, die er von Yrfin gekauft hatte, so wenig wie möglich angreifen und lieber die reichhaltigen Fischgründe nutzen. Túan verstand sich als echtes Kind des Regenwalds aufs Fische stechen und darauf, eßbare Wasserpflanzen so zuzubereiten, daß sie einigermaßen genießbar waren.

»Da lernst sogar du noch etwas dazu, nicht wahr?« meinte er verschmitzt grinsend; er freute sich, dem Älteren auch einmal überlegen zu sein.

»Es ist zumindest von Vorteil, dich dabei zu haben«, erwiderte Aigolf.

Sie trafen hin und wieder kleine Fischerboote aus Selem, bei denen sie sich nach dem Sklavenzug erkundigten und erfuhren, daß sie auf dem richtigen Weg waren. Manche Fischer luden sie zu einer Rast und einer Mahlzeit ein, um so ein wenig Abwechslung bei ihrer eintönigen und zumeist einsamen Arbeit zu bekommen. Aigolf kam diesen Aufforderungen stets gern nach, sosehr Túan auch drängen mochte, weiterzureiten.

»Merk dir eins, mein Junge«, sagte Aigolf streng, »so macht man sich keine Freunde. An jedem Ort können Schwierigkeiten auftreten, die du allein nicht bewältigen kannst, und dann ist es gut, wenn sich jemand an dich erinnert und dir hilft. Das ist der Weg des Abenteurers, verstehst du?«

»Ich bin kein Abenteurer«, widersprach Túan zornig. »Ich habe nur eine Pflicht zu erledigen. Das ist etwas ganz anderes!«

Aigolf lächelte ein wenig wehmütig. »Da höre ich mich sprechen, vor langer, langer Zeit«, sagte er leise.

»Und wenn wir wieder zu spät kommen?«

»Dann wird es nur diese Stunde sein, die wir jetzt hier verbringen.«

»Ja, und die Stunde gestern und die Stunde morgen ...«

»Nichts, das wir nicht aufholen können. Und jetzt sei still, wir werden hier Rast machen.« Aigolf wartete nicht ab, was Túan tun würde. Er lenkte sein Pferd zum Lager der Fischer und setzte sich an ihr Feuer. Die kleinen Fältchen in seinen Augenwinkeln vertieften sich vergnügt, als er sah, wie einer der Fischer eine Tonamphore aus dem Feuer zog, und er nahm sie strahlend in Empfang.

Túan, der schließlich mißmutig nachkam, sah gerade, wie Aigolf das Gefäß entstöpselte und einen tiefen Zug nahm. Dann schloß der Bornländer die Augen und stieß wohlig den Atem aus. »Ja, das ist *echter*, guter Reisschnaps«, seufzte er. »Ihr Selemer seid wirkliche Könner. Nirgendwo gibt es einen besseren.«

Die Fischer lachten. »Das ist auch unsere einzige Freude, Ruan Rothaar.«

Túan schaute ein wenig verdutzt drein. »So hat Yrfin dich auch genannt. Was hat das zu bedeuten?«

Aigolf zuckte die Achseln. »Nur ein Beiname wie Rattenjäger, nichts weiter. *Ruan* ist der Elfenname für Rothaar, die Doppelbezeichnung wurde aber von vielen Aventuriern übernommen. Rothaarige werden oft so bezeichnet ... abgesehen von den Magiern natürlich. Mich stört es nicht, diesen Namen als Abenteurer zu tragen.«

»Bei uns gibt es auch Beinamen, entsprechend der Bedeutung oder Handlungen des Trägers«, berichtete Túan.

»Und welchen trägst du?«

Der junge Waldmensch lächelte traurig. »Bevor mir ein Ehrenname verliehen werden konnte, haben sie mich verbannt.«

»Nun, dann bist du eben Túan der Verbannte. – Alle mal herhören!« rief Aigolf laut. Er legte einen Arm um Túans Schultern und hob die Amphore. »Trinken wir auf meinen Freund, Túan den Verbannten, der unterwegs ist, um die Sklaverei zu bekämpfen und sich einen ruhmreichen Beinamen zu verdienen! Und er *wird* ihn sich verdienen, so wahr ich Aigolf Thuransson der Rattenjäger bin!«

»Auf Túan den Verbannten!« brüllten die Fischer, und der Reissschnaps machte die Runde, bis die Amphore leer war.

Die Wälder, die sumpfigen Weiden und das grüne Grasland wichen immer weiter zurück, je weiter die Gefährten nach Norden ritten. In den Nächten wurde es jetzt unangenehm kalt, während am Tage die Sonne von einem wolkenlosen Himmel herabbrannte und den karstigen Boden ausdörrte. Die Luft war trocken und so staubig, daß die Gefährten sich schützende Mundtücher umbanden. Aigolf wickelte sich nach Art der Novadis ein Tuch um den Kopf und zeigte Túan, wie er es machen mußte.

Der junge Waldmensch wurde jetzt still und verschlossen. Die offene Weite des Landes bedrückte ihn; seine Augen mußten sich erst an die großen Entfernungen gewöhnen, und zwischendurch hatte er das

Gefühl, als sacke der Boden unter ihm weg, und er verlor sich in der Unendlichkeit.

Die Pferde freuten sich ganz offensichtlich über diese Veränderung, denn sie legten an Geschwindigkeit noch zu; auf dem recht harten, aber nachschwingenden Boden kamen sie gut voran. Sie folgten weiterhin dem rechten Lauf des Szinto, der irgendwo in einem Felsengebirge mitten in der Wüste entsprang. Je näher sie seinem Ursprung kamen, desto schmaler und seichter wurde er, und es fanden sich kaum mehr Fische. Aber es gab noch Steppengrasbüschel, Dorngestrüpp, Akazien und wasserreiche Kakteen, zum Teil vier Schritt hoch, in denen buntgefiederte kleine Kakteenbrüter lebten. Und es gab Rotpüschel in dieser Wüstenrandregion, die ihre Bauten in Erdhügeln anlegten. Obwohl diese Hasen sehr scheu und Meister in der Flucht und im Verstecken waren, entkamen sie einem Steppenjäger wie Aigolf kaum. Er erkannte ihre für ungeübte Augen unsichtbaren Bauten noch auf fünfzig Schritt Entfernung, und er wußte, daß sie selten mehr als zwei Fluchtgänge hatten und daß deren Ausgänge nie weiter als dreißig Schritt vom Hauptloch entfernt lagen. Er setzte Túan daran, das Hauptloch auszugraben, und wartete selbst in der Nähe der Fluchtwege. Von Schlingen hielt er nichts, und sein Jagdspeer war zu groß für diese wolligen Nager, aber Túans Bogen konnte hier seinen Zweck hervorragend erfüllen.

Doch die Kakteen und die Rotpüschelbauten wurden seltener, je näher die Wüste herankam. Schließlich waren der gelbe Streifen Sand und die Dünen schon gut erkennbar, und Túan bereitete sich im stillen auf die Wüste vor. Da er die meiste Zeit starr nach vorn blickte, sah er nicht sehr viel von dem weiten Land, doch das gelbe Leuchten der Dünen verursachte ihm Herzklopfen. Als Waldkind hatte er niemals Durst leiden müssen; manchmal vielleicht Hunger, aber Wasser gab es stets in Fülle; es regnete mehrmals täglich vom Himmel herab, und die Sümpfe, Flüsse und Teiche gab es in Hülle und Fülle. Er wußte nicht, ob er die gnadenlose Trockenheit, die furchtbare Hitze untertags und die Eiseskälte in der Nacht so leicht ertragen konnte. Dann aber sagte er sich, daß seine Mutter dasselbe durchmachen mußte, und das spornte ihn an. Aigolf hatte diese Wüste bereits durchquert, also konnte sie nicht völlig todbringend und unbesiegbar sein.

»Hast du Angst?« erkundigte sich Aigolf, der genau wußte, was in dem Jungen vorging.

»Nein«, behauptete Túan forsch. Dann gleich darauf, leise: »Ja.«

»Mach dir nichts draus«, tröstete der Bornländer. »Mir ist auch nicht wohl dabei, vor allem weil ich die Khom bereits kenne. Aber wir haben keine Wahl. Wenn wir die Karawane in Keft noch erreichen wollen, dürfen wir jetzt nicht zaudern. Mit den Pferden werden wir's schon schaffen.«

»Werden die Wasservorräte reichen?«

»Alle Schläuche sind bis zum Platzen voll. Und zu essen haben wir Elfenbrot, das sehr nahrhaft ist und lange reicht. Deswegen war es mir so wichtig, Yrfin zu treffen. Und ich denke, die Pferde haben bereits einmal den Weg nach Keft zurückgelegt, denn sie gehen eine ganz andere Gangart.« Aigolf deutete auf die zugedeckte kleine Kohlenpfanne, die an einer ausgestellten Stange an Ta Nadiks Satteldecke schaukelte. »Du achtest darauf, daß das Feuer nicht ausgeht? In der Wüste finden wir kein Holz.«

»Es ist genug Glut darin, Aigolf, und wir haben noch ein wenig Kohle. Und in dieser Hitze trocknet Pferdemist schnell, den wir sammeln können.«

Der Krieger nickte. »Dann laß uns losreiten.«

Der Übergang erfolgte gleitend – plötzlich sah sich Túan nur noch von Sand und Dünen umgeben. Schon nach kurzer Zeit fühlte er sich völlig verloren, denn die Wüste um ihn herum sah an jeder Stelle völlig gleich aus, von Horizont zu Horizont.

Tot und leer, dachte er. Welch einen Zorn müssen die Götter empfunden haben, um so etwas zu erschaffen. Irgend etwas Schreckliches muß hier vorgefallen sein, und nun ist das Land in alle Ewigkeit verflucht. Wie können Menschen es nur ertragen, hier zu leben?

Am Abend kauerte er sich still zusammen, während Aigolf die Kohlenpfanne mit ein paar mitgeführten trockenen Zweigen und Kohlen fütterte. Es wurde hier übergangslos dunkel, eine Dämmerung gab es nicht. Vom einen Moment zum anderen herrschte finstere Nacht, nur mager vom kalten Gefunkel der Sterne beleuchtet. Ebenso schnell, wie es dunkel wurde, wurde es kalt, und Aigolf kochte einen wärmenden Tee, zu dem sie ein wenig Dörrfleisch und Elfenbrot verzehrten. Túan wickelte sich in den Umhang ein; zum erstenmal war er dankbar, Kleidung am Leib zu tragen. Trotz seiner dunkleren Haut hatte er wie Aigolf im Gesicht einen leichten Sonnenbrand, der juckte und ihm das Gefühl vermittelte, als werde die Haut auseinandergezogen. Im Regenwald war er nahezu nie direktem Sonnenlicht ausgesetzt gewesen. »Morgen werde ich mich vollständig verhüllen«, meinte er.

Aigolf nickte zustimmend. »Wir sollten jetzt schlafen, denn in wenigen Stunden ziehen wir weiter. Wir müssen die Nacht nutzen, denn ab morgen können wir in der Mittagshitze nicht mehr weiterreiten.«

Túan gähnte, er war ohnehin sehr müde, und er wollte nicht mehr über diese grenzenlose Weite nachdenken, die ihn umgab und ihn ängstigte. Er deckte die Kohlenpfanne zu und rollte sich dicht daneben zusammen, um noch ein wenig Wärme abzubekommen.

Aigolf wollte sich auf der anderen Seite hinlegen, als er stutzte. In südlicher Richtung, von woher sie gekommen waren, glaubte er in der Senke zwischen zwei Dünen ein rötliches Glühen zu sehen. Túan, der seinen Blick bemerkte, richtete sich auf und sah sich um.

»Was ist das?« flüsterte er.

»Ich glaube, ein Feuer«, wisperte Aigolf. »Ich dachte zuerst, daß ich mich täusche. Es gibt nur eine Erklärung dafür: wir werden verfolgt.«

»Aber von wem? Und weshalb?«

»Möglicherweise von den Sklavenjägern, weil wir ihren Kumpan umgebracht und die Pferde mitgenommen haben. Aber das halte ich für nicht sehr wahrscheinlich, denn sie wollen nur das schnelle Gold und sinnen nicht auf Rache.«

»Aber wer ist es dann?«

»Ich weiß es nicht, Túan. Vielleicht irgend jemand, dem unsere Fragen nicht gefallen. Kannst du dir den Grund nicht denken?«

»Nein, gewiß nicht. Was werden wir tun?«

»Mit einem offenen Auge schlafen.«

»Sollen wir abwechselnd Wache halten?«

»Nein. Die Pferde werden rechtzeitig melden. Und wie gesagt, ich werde ein Auge beim Schlafen offenhalten.«

Túan verließ sich auf die angeborene Fähigkeit der Waldmenschen, beim geringsten Anzeichen von Gefahr sofort aus tiefstem Schlaf zu erwachen. Er schloß die Augen, und bald darauf schnarchte er leise.

Aigolf brauchte ein wenig länger und hatte das Gefühl, überhaupt nicht geschlafen zu haben, als er schlagartig hellwach war. In diesem Moment schnaubten auch die Pferde und stampften unruhig auf. Er sah zu Túan hinüber, der ihm das Gesicht zuwandte. Der Junge hob leicht die Hand, um zu zeigen, daß er bereits wach war. Im Sternenlicht blitzte kurz die Klinge eines Messers auf, bevor er die Hand wieder unter dem Umhang verbarg. Aigolfs Hand schloß sich fest um das Heft des Bastardschwertes, das griffbereit an seiner Seite lag. Er hatte dieses Schwert *Drachenzahn* genannt, weil es ebenso scharf und todbringend war wie der Hauer eines Lindwurms. Das Heft schmiegte sich glatt in seine Hand, es schien geradezu zu vibrieren. Beide Schwerter waren unter ganz besonderen Umständen geschmiedet worden und Aigolfs wertvollster Besitz. Deshalb hütete er ihr Geheimnis auch tief in seinem Herzen.

Die Pferde waren wieder ruhig. Aigolf lauschte angestrengt, aber er hörte nichts. Der Sand schluckte jedes Geräusch. Weit entfernt erscholl das klagende Geheul eines einsamen Sandwolfs, das die Pferde erneut aufschreckte. Sie wieherten leise und tänzelten nervös, und Aigolf stieß einen lautlosen Fluch aus.

Wie er es erwartet hatte, nutzte der Feind den Augenblick zum Angriff. Sie waren zu viert und sprangen die Gefährten jeweils zu zweit an. Aigolf rollte sich unter dem Hieb des ersten hinweg, der mit einem Dolch auf sein Herz gezielt hatte, und sprang auf die Füße. Der zweite griff mit einem Kunchomer an, und er verstand damit umzugehen. Aigolf schaffte es gerade noch, den Angriff abzuwehren. Die Pferde scheuten und zerrten an den Zügeln, die er mit einem Sandhaken befestigt hatte, aber es war nur eine Frage der Zeit, bis der Haken sich lösen und sie durchgehen würden.

»Túan, die Pferde!« rief er und beantwortete gleichzeitig die nächste Attacke. Sein Gegner war fast einen Kopf kleiner war als er und völlig verhüllt. Der zweite hatte sich inzwischen hochgerappelt und griff nun ebenfalls mit einem Kunchomer an. Aigolf hatte keine Möglichkeit, an den *Feuerdorn* heranzukommen, aber unter seinem Gürtel steckte noch der Borndorn, eine traditionelle Waffe seiner Heimat. Er stieß den markerschütternden Kriegsruf aus, den sein Vater ihm einst beigebracht hatte, und ging mit Schwert und Dolch auf die beiden Männer los. Durch den wilden Schrei für einen kurzen Moment verwirrt, wurden sie mit schnellen Schlägen in die Defensive gedrängt. Sie wehrten sich heftig, und eine Weile wogte der Kampf unentschieden hin und her, bis Aigolf endlich einen Treffer landen konnte. Der Mann sackte tödlich getroffen zusammen, und sein Kumpan stieß ein wütendes Knurren aus. Er griff Aigolf erneut voller Wut an, doch dieser wich nicht aus, sondern sprang in einem gewaltigen Satz über den Angreifer hinweg und kam hinter ihm zu stehen. Der Bornländer hatte sich bereits gedreht, und als der andere sich nun herumwarf, schlug er ihm das Schwert aus der Hand und stieß mit dem Borndorn zu. Ohne sich weiter um den Mann zu kümmern, lief er zu Túan, um ihm beizustehen. Doch der Junge konnte sich gut allein verteidigen. Ein Angreifer lag bereits am Boden, den zweiten streckte er gerade mit einem blitzschnellen Sprung und einem tödlichen Tritt nieder. Der Kopf des Mannes ruckte mit einem scharfen Knacken nach hinten, und er stürzte rücklings in den aufwirbelnden Sand.

»Das hätte ich dir nicht zugetraut, Junge«, stieß Aigolf ein wenig erschrocken hervor.

Túan wandte sich ihm zu; er trug nichts außer seinem Lendenschurz, und das weiße Licht des Madamals zeichnete silberfarbene Linien auf seine schweißglänzende, heftig atmende Brust. »Das Geheimnis des Hruruzat liegt in der Geschwindigkeit, nicht in der Kraft«, sagte er leise. »Selbst ein kleines Kind kann zur tödlichen Waffe werden, wenn es sein ganzes Gewicht in den Sprung legt. Aber um diese Kunst richtig zu beherrschen, braucht es viele Jahre harter körperlicher Übungen.«

Der Junge beugte sich über den Angreifer, den er als ersten niedergestreckt hatte. »Der hier lebt noch, Aigolf. Was ist mit deinen Gegnern?«

Aigolf sah kurz zur Seite. »Beide tot.«

»Dann wird dieser unsere Fragen beantworten. Aber wir sollten uns beeilen.« Er kniete bei dem Mann nieder und bedeutete Aigolf, nicht zu nahe zu kommen. »Sein Genick ist gebrochen, und ihm bleiben nur noch wenige Augenblicke.« Vorsichtig löste er den Gesichtsschleier.

»Er ist ein Tulamide«, stellte Aigolf fest. Er schien enttäuscht zu sein, weil kein ihm bekanntes Gesicht zum Vorschein gekommen war.

»Warum habt ihr uns angegriffen?« fragte Túan den verwundeten Mann.

Ne ch'dan«, hauchte der Sterbende.

»Er will uns weismachen, daß er kein Garethi spricht«, knurrte Aigolf. Er kniete nun auch neben dem Verletzten nieder und sprach ein paar schnelle Worte, die stockend beantwortet wurden. Dann verstummte der Mann, und seine Augen blickten starr zum Madamal hinauf.

»Er behauptet, uns für Händler gehalten zu haben«, sagte Aigolf und stand auf. »Aber ich glaube nicht, daß das gewöhnliche Sandräuber waren, sondern gemietete Meuchelmörder.«

»Aigolf, schau!« Túan packte den Arm des Bornländers und deutete zu einer Düne. Dort erhob sich die Silhouette eines Reiters groß und dunkel vor der weißleuchtenden Scheibe des Madamals. Einen Herzschlag später waren Roß und Reiter verschwunden.

»Sollen wir hinterher?«

»Hat keinen Sinn. Der ist in der Wüste zu Hause. Wir werden ihm früher oder später wiederbegegnen ... aber nicht allein, fürchte ich. Wahrscheinlich reitet er nach Keft und warnt die anderen, daß wir kommen.« Aigolf trat zu den Pferden, tätschelte ihre Nasen und redete beruhigend auf sie ein. Wenigstens waren sie nicht fortgelaufen.

»Ich verstehe das alles nicht, Aigolf«, sagte Túan. Er packte die Sachen zusammen und schnallte sie an den Trägergurten fest. »Warum werden wir verfolgt?«

»Nicht wir, sondern *du*«, stellte Aigolf richtig. »Ich

glaube nicht, daß sie auch hinter mir her sind. Aus irgendeinem Grund zeigt jemand reges Interesse an dir, und es scheint ihm dabei völlig gleichgültig zu sein, ob du lebend oder tot zu ihm gebracht wirst.«

»Aber was habe ich denn getan?«

»Vielleicht hängt es mit deiner Mutter zusammen. Das können wir nur herausfinden, wenn wir weiterreiten.«

Aigolf fand mit nahezu schlafwandlerischer Sicherheit den Weg durch die Wüste. Da sie vorwiegend nachts ritten, orientierte er sich, zusätzlich zu den Erinnerungen früherer Wanderungen, am Nordstern und der Position einiger Sternbilder, deren Namen Túan nichts sagten. Der Junge erkannte in den funkelnden Punkten auch die Bilder nicht, die der Bornländer ihm beschrieb. Er sah zum erstenmal in seinem Leben so viele Sterne an einem klaren Himmel und verbrachte die meiste Zeit damit, fasziniert hinaufzustarren und sich in Träumen zu verlieren.

Als am östlichen Horizont Berge auftauchten, grinste Aigolf zufrieden. »Dahinter liegt der Cichanebi-Salzsee«, verkündete er. »Wir sind genau auf dem richtigen Weg. In drei Tagen haben wir Keft erreicht.«

Und tatsächlich hielt Aigolf am Morgen des dritten Tages Kunak an und deutete nach vorn. »Siehst du, dort am Horizont? Den grünlichen Schimmer? Das ist die Oase. Wenn wir mittags nur eine kurze Rast machen, sind wir heute abend dort.«

»Dann haben wir wirklich nur vier Tage gebraucht«, sagte Túan erstaunt und klopfte dankbar Ta Nadiks schweißnassen Hals. Für ihn war die Zeit wie im Traum vergangen, die meiste Zeit hatte er wie ein Schlafwandler auf seinem Pferd gesessen, halb wach, halb träumend. Er erinnerte sich jedoch nicht mehr an diese Träume, außer an wirre, unwirkliche Bilder. Immerhin konnte er die Weite jetzt tagsüber schon einigermaßen ertragen, insofern er nicht zu lange umherschaute.

»Aber wir sollten uns vorsehen«, warnte Aigolf. »Wir werden vielleicht schon erwartet.«

Túans Herz schlug bis zum Hals hinauf, als er schließlich die mächtigen Palmen sah, die sich in einem leichten Wind wiegten. Stellenweise war der Boden von grünen Grasbüscheln bedeckt, und das Wasser eines großen Teichs glitzerte im Sonnenlicht. Auch die Pferde hatten das Wasser längst gerochen und wieherten freudig; ihre Köpfe hoben sich, und ihr Schritt wurde schneller. Die funkelnde, blühende Oase wurde rasch größer und weitete sich bald über den ganzen nördlichen Horizont aus. Zeltlager und weißgekalkte Lehmhütten wurden erkennbar. Pfade, die zu nie versiegenden Süßwasserbrunnen führten, zogen sich von Hütte zu Hütte. In der Nähe der Brunnen standen Ölbaumhaine, die schwer trugen, den See entlang wurden Weinreben gezogen.

»Die Novadis bezeichnen Keft als den Diamanten der Khom, denn hier soll einst Rastullah den Beni Novad erschienen sein. Seitdem gilt Keft für sie als das Zentrum der Welt, und einige Wüstensöhne ziehen heute noch in alle Welt aus, um Rastullah als den Einzigen Gott zu verkünden«, berichtete Aigolf. »Die meisten Novadis aber sind Nomaden, Kamelhirten oder Karawanentreiber, und sie sind für ihre Gastfreundschaft berühmt. Gib dich trotzdem zurückhaltend, und laß dich auf keinen Fall herausfordern. Solange wir in Keft sind, wird uns keiner offen angreifen. Wir werden hier rasten, die Wasservorräte auffüllen und noch Datteln und Feigen für unterwegs mitnehmen. Übermorgen geht es dann weiter.«

»Dann glaubst du nicht, daß wir meine Mutter hier treffen?« sagte Túan niedergeschlagen.

Aigolf schüttelte den Kopf. »Tut mir leid, Túan.

Aber nach dem Überfall hege ich keine große Hoffnung mehr.«

»Wenn ich nur wüßte...«, flüsterte Túan. Dann lenkte er Ta Nadik die Düne hinab, auf die Oase zu.

Wie Aigolf vorhergesagt hatte, wurden sie freundlich empfangen und von einer wohlhabenden Pilgersippe eingeladen, die Nacht in einem ihrer Zelte zu verbringen und sich zu erfrischen. Das ließen die Gefährten sich nicht zweimal sagen. Sie badeten ausgiebig in einem eigens für sie bereiteten Zuber und rieben sich die Haut anschließend mit angenehm duftenden Ölen ein. Aigolf wäre es zwar lieber gewesen, wenn dies durch die zarte, geschmeidige Hand einer mandeläugigen Dienerin erfolgt wäre, aber Túans Verlegenheit machte den Wunsch zunichte. »Du mußt noch eine Menge lernen, Junge«, seufzte er.

»Ein Mann darf sich durch Sinnenlust nicht schwächen lassen«, erwiderte Túan.

Aigolf riß die Augen auf. »Wo hast du denn diesen Schwachsinn her?«

»Kamaluq schätzt solches nicht«, erklärte der M'nehta stolz.

»Das nächste Mal nehme ich ein Einzelzelt«, brummte der Bornländer.

Kurz darauf erhielten die Gefährten eine Einladung des Hairans, das Abendessen zusammen mit ihm, seinen Frauen und weiteren Gästen einzunehmen, die sie in Erwartung verlockender Speisen begeistert annahmen. Auf dem Weg zum Zelt des Hairans stellte Aigolf beruhigt fest, daß nirgends der flüchtige Schatten eines lauernden Meuchlers zu sehen war. Die Oase zeigte sich von ihrer lieblichsten und friedlichsten Seite, ein Ort, an dem es sich wahrhaft gut und zufrieden leben ließ. Das Mahl fand in einem großen, prachtvoll eingerichteten Zelt statt. Den Gefährten und noch drei weiteren Gästen, Gewürzhändlern aus Unau, wurden bequeme Kissen und Sitzpolster als Sitzmöbel zugewiesen. Auf einer langen niedrigen Tafel standen große Teller und Schüsseln mit warmen und kalten Speisen. Der Hairan saß am Kopfende der Tafel, links und rechts neben ihm seine beiden Hauptfrauen und neben diesen seine Ratgeber; die weitere Sitzordnung war nicht festgelegt, und Aigolf wählte seinen Platz bei den Händlern. Zum Essen erklangen angenehme Töne von novadischen Zupfinstrumenten und kleinen Trommeln, zu denen liebliche verschleierte Mädchen tanzten. Aigolf unterhielt sich vorzüglich, während Túan sich zurückhaltend gab. Ihm war das herrische Verhalten der Männer und das unterwürfige der Frauen sehr fremd, da bei den Waldmenschen die Mädchen und jungen Frauen den Männern an Jagdeifer und Kampfesmut nicht nachstanden. Und auch die Vielweiberei der Novadis war ihm unbekannt und nicht sonderlich angenehm. Dennoch konnte er sich der Anmut der Mädchen und der fremdartigen Schönheit der Musik nicht vollends verschließen, und der schwere, süße Wein tat ein übriges.

Aigolf gelang es, mit einem der Händler ins Gespräch zu kommen, der offensichtlich recht gut Bescheid darüber wußte, was in Keft vorging. Er stellte unverfänglich die Frage, ob denn nicht kurz vor ihnen ein einzelner Mann auf einem Pferd eingetroffen sei, ein Novadi. Der Mann bejahte dies und berichtete den Gefährten, daß der Gesuchte bereits am Vortag mit einer Karawane, die einige Sklaven mit sich führte, weitergezogen sei. Aigolfs Herz schlug unwillkürlich schneller. Damit waren sie nur noch einen halben Tag voraus!

»In Keft werden Sklavenkarawanen geduldet, aber sie sind nicht gern gesehen. Deswegen wurden die Bewacher gebeten, nach einer kurzen Rast mit ihrer menschlichen Ware weiterzuziehen, und der Novadi, den ihr sucht, schloß sich ihnen an. Sie wollten weiter nach Norden, nach Punin, wie ich den Gesprächen entnahm«, fügte der Händler hinzu. »Was habt Ihr mit diesen Leuten zu schaffen?«

»Mit der Karawane nichts, aber wir trafen den Burschen in der Wüste. Er bot sich als unser Führer an und wollte vorausreiten, um die nötige Ausrüstung für die weitere Strecke zu besorgen«, log Aigolf. »Nun ist er mit dem Vorschuß, den ich ihm gab, auf und davon.«

Der Händler lachte. »Darauf muß man bei diesen Wüstensöhnen gefaßt sein. Aber ich habe einen Vorschlag für Euch: Morgen bricht eine Kamelkarawane mit unseren Waren Richtung Punin auf, die von zwei Brüdern geführt wird. Denen könnt Ihr euch anschließen, und wenn Ihr zur Ausrüstung beisteuert, werden sie kein Geld verlangen. Sie sind die besten, und Ihr bekommt sicherlich Gelegenheit, Euren Mann einzuholen und ihm den Vorschuß wieder abzunehmen.«

»Wann brechen sie auf?«

»Morgen in aller Frühe. Ich werde Euch wecken lassen.«

»Dann sollten wir uns schleunigst noch ein paar Stunden Schlaf gönnen.« Aigolf stieß Túan leicht an, erhob sich und vollzog eine traditionelle Verbeugung zum Hairan hin, die Túan nachahmte, und dankte wortreich für die Einladung. Danach gingen sie zu ihrem Zelt und streckten sich auf dicken weichen Seidenteppichen aus. Aigolf berichtete Túan in kurzen Worten von dem Gespräch und daß er die Hoffnung hege, unter der Führung der ›Schnellen Brüdern‹ die Karawane einzuholen. »Sie werden die Sklaven durch die Wüste laufen lassen, um Pferde und Kamele zu schonen. Dadurch verlieren sie Zeit. Du wirst sehen, schon in zwei Tagen haben wir deine Mutter befreit.«

»Dem Ziel endlich so nahe«, murmelte Túan. »Aigolf, was werde ich wohl tun, wenn wir die Karawane eingeholt haben? Und ich die Sklaven in Ketten sehe?«

»Was du tun mußt«, erwiderte Aigolf nur.

Túan der Verbannte warf einen Blick auf die beiden Schwerter *Feuerdorn* und *Drachenzahn*, die an einem Holzbock lehnten. Das Licht einer Öllampe fiel auf die blankgeputzten Klingen, die funkelten und blitzten. *Was du tun mußt*, schienen auch sie ihm zuzuflüstern, und Túan nickte.

DRITTER TEIL

DER VERFLUCHTE

11. Kapitel

Die Khom

Die Schnellen Brüder hießen Dagir und Pregos, und sie versetzten Aigolf so ins Staunen, daß er sich nur schwer davon erholen konnte. Sie erklärten sich sofort bereit, die Gefährten mitzunehmen, ohne auf irgendeinen Handel einzugehen. Sie waren beide älter als Aigolf, ihre Körper schmal und ausgemergelt, und ihre zerknitterten Gesichter waren von jahrzehntelangen Entbehrungen eines wasserarmen Landes gezeichnet. Aber sie waren beide sehr fröhlich, sie lachten gern und sangen mit rauhen Stimmen seltsame Lieder. Auf den ersten Blick hätte man geglaubt, daß sie sich nach einem harten, arbeitsreichen Leben nunmehr auf dem Diwan ausruhen würden – doch weit gefehlt. Ihre schwächlich wirkenden Körper waren unglaublich zäh und ausdauernd und strotzten geradezu vor Energie. Die beiden legten eine Geschwindigkeit vor, bei der sowohl Aigolf als auch Túan gewaltig ins Schwitzen kamen. Um die Kamele zu schonen, ritt immer nur einer, der andere lief, sammelte gleichzeitig Kamel- und Pferdemist fürs Feuer, hielt die Glut am Leben; sogar Tee wurde im Laufen gekocht. Zu essen gab es eine dünne Suppe, die ebenfalls im Laufen gekocht wurde, aber immerhin in der ärgsten Mittagshitze, wenn die Tiere ruhen mußten, im Sitzen gegessen wurde, zusammen mit Elfenbrot, das Aigolf beisteuerte. Die Gefährten waren bei der ersten Rast so müde, daß sie zunächst nichts zu sich nehmen konnten. Dagir und Pregos amüsierten sich köstlich darüber und rissen gutmütige Witze.

»Was glaubt ihr, wie wir unseren Lohn verdienen?« rief Dagir. »Seit fünfundzwanzig Jahren legen wir nun schon unseren Weg durch die Wüste zurück, hin und her, manchmal zweimal in einem Mond. Wir holen Salzsteine aus Unau und tauschen sie in Keft gegen Wein, Datteln, Getreide und Öl. Diese Waren und den Rest des Salzes bringen wir zu den Städten des Westens und des Nordens und tauschen sie gegen Ziegen, Schafe, Rinder, Pferde, Kleidung und Waffen.«

»Wieviel bleibt davon für euch übrig?« erkundigte sich Aigolf. Er keuchte immer noch, und der Schweiß rann ihm über die Nase.

»Wir machen unsere Arbeit sehr gut«, antwortete Pregos. »Tatsächlich sind wir die Besten und die Schnellsten. Auf allen unseren Reisen haben wir nur viermal unsere Kamele und die Waren verloren. Wenn wir während der Zeit der Sandstürme zwei Monde zu Hause verbringen, werden wir von acht Frauen und vielen Dienern umsorgt. Unsere Töchter sind gute Partien.«

»Habt ihr denn nicht einmal ans Aufhören gedacht?« fragte Túan.

»Weshalb denn? Das ist unser Leben, Junge.« Dagir sah zum Himmel. »Ihr könnt noch zwei Stunden ruhen, dann müssen wir weiter. Wir haben noch dreihundert Meilen vor uns und nicht viel Zeit.«

»Wie lange braucht ihr für diese Strecke?« wollte Aigolf wissen.

»Mit euch sechs Tage, leider.«

»Nur *sechs* Tage?« Der Bornländer kippte hintenüber und stieß pfeifend den Atem aus. »Bis dahin bin ich tot.«

Die Brüder lachten herzlich und schlugen sich auf die Schenkel vor Vergnügen.

Der Tagesritt endete erst gegen Mitternacht, als die

Tiere unbedingt eine Rast brauchten. Es war so kalt, daß sich feiner Reif auf den Packtaschen bildete, und von den Nüstern der Kamele und der beiden Pferde lösten sich Dampfwölkchen. Die Gefährten spürten die Kälte nicht mehr, sie fielen um, wo sie gerade standen. Jeder Muskel, jeder Knochen schmerzten, die entsetzliche Hitze hatte sie völlig ausgedörrt. Im Gesicht riß die Haut auf, sie zitterten an Armen und Beinen vor Erschöpfung. Die Brüder versorgten sie mit heißer Suppe und einer Salbe fürs Gesicht, deckten sie zu und ließen sie schlafen. Lange vor Sonnenaufgang weckten sie sie wieder und reichten ihnen Tee.

»Ihr seid gut in Form«, meinte Dagir anerkennend. »Normalerweise hättet ihr den gestrigen Tag nicht überleben dürfen.«

»Ich bin mir auch nicht so sicher, ob ich ihn wirklich überlebt habe«, gestand Aigolf und stand ächzend auf.

»Leider können wir nicht langsamer werden«, fügte Pregos hinzu. »Die Zeit ist gefährlich. Stürme können uns erreichen, die Sandlöwen sind in der Paarungszeit, und es sind viele Räuber unterwegs. Wir haben diese Karawane nur deswegen angenommen, weil ein besonders guter Gewinn zu erwarten ist.«

»Das ist unser Glück«, sagte Túan. »Ich hoffe es zumindest.« Er dachte nur an die Sklavenkarawane, die sie bald einholen mußten.

»Werden wir an einer Oase vorbeikommen?«

»Nein. Wenn alles gutgeht, reichen die Wasservorräte bis zur Wüstengrenze. Wir meiden Oasen und Wasserlöcher, weil es dort stets Räuber gibt, menschliche ebenso wie tierische.«

Die beiden Pferde wirkten ausgeruht und munter, so daß sich die Gefährten entschlossen, die nächste Strecke zunächst beritten zurückzulegen, bis es wieder zu heiß sein würde. Die Brüder hatten nichts dagegen, und der schnelle Lauf wurde fortgesetzt. Am Vormittag sichteten sie plötzlich auf einer entfernten Düne einige Kamele. Aigolf ritt sofort an Dagirs Seite. »Ist das eine Karawane?«

»Höchstwahrscheinlich. Aber keine Handelskarawane, denn außer uns ist auf dieser Strecke im Augenblick keiner unterwegs.«

»Die Sklaven«, flüsterte Aigolf heiser. Er blickte kurz zu Túan, der bereits an seiner Seite war. »Verfolgt ihr diesen Pfad weiter?«

»Ja.«

»Dann treffen wir uns dort.«

Sie trieben die Pferde an und folgten der Spur, als gerade das letzte Kamel hinter der Düne verschwand. Die Pferde schienen die Erregung ihrer Herren zu spüren, denn sie gaben ihr Bestes, obwohl die Luft bereits wieder zu glühen begann und die Umgebung zu flirrenden, wabernden Formen verschwamm. Der Weg schien endlos zu sein, die Pferde keuchten laut, Schaumflocken flogen ihnen von den Nüstern und Schweißtropfen von den Flanken. Túans Herz sprengte ihm fast die Brust, als sie endlich den Hügel erklommen hatten und die Karawane nur noch ein paar hundert Schritt entfernt sahen. In diesem Moment wurde ihm nicht einmal bewußt, daß er *hinabsah*. Die Pferde stiegen hoch und wieherten, und Aigolf sah, wie sich der letzte Reiter umdrehte. Aber das war ihm gleichgültig, sie hätten ohnehin nicht überraschend angreifen können.

Er zog den *Feuerdorn* und streichelte den Hals des Wallachs. »Kunak, treuer Gefährte«, flüsterte er, »schaffst du das noch?«

Als hätte er verstanden, prustete der Wallach und nickte heftig mit dem Kopf.

Túan hielt Pfeil und Bogen bereit. Er hoffte, daß seine Reitkünste inzwischen so gut waren, daß seine Pfeile ihr Ziel auch träfen. »Mutter«, wisperte er. »Bald bist du frei.«

Gleichzeitig stürmten sie los, den Hügel hinab und auf die Karawane zu. Bald sahen sie, daß es sich tatsächlich um einen Sklavenzug handelte; die Gefangenen wurden in der Mitte zusammengedrängt, während die sechs Kamele darum herum postiert wurden. Nur vier Männer begleiteten diesen Zug; sie warteten bereits mit gezogenen Kunchomern. Aigolf stürmte wie ein Rachedämon mitten zwischen ihnen hindurch und hieb dem ersten mit dem Langschwert den Kopf ab, noch ehe dieser seine Waffe heben konnte. Dann sprang er von Kunak, um das Pferd nicht zu gefährden, und rannte auf den nächsten zu. Sein Umhang flatterte wie ein Paar schwarzer Flügel hinter ihm her; den langen Überwurf hatte er mit einem breiten Gürtel geschnürt, damit er ihn nicht behinderte. Seine Stiefel versanken bis zu den Knöcheln im Sand, aber er stockte kaum im Lauf. Mit dem Gesichtsschleier, der alles bis auf die Augen verhüllte, unterschied er sich nur noch in der Größe von den Novadis.

Túan hatte inzwischen vom Pferd aus mit dem Bogen einen anderen Mann angeschossen, ließ die Zügel fahren, als er bei ihm war, und sprang ihn an. Sie rollten ineinander verklammert über den Sand und versuchten sich gegenseitig an der Kehle zu fassen.

Aigolf kämpfte wiederum gegen zwei Männer gleichzeitig, und zwar mit einer durch seine Wut entzündeten so außerordentlichen Wildheit und Kraft, daß sie ihm nicht viel entgegensetzen konnten. Er tötete sie mit raschen, mit vollem Schwung ausgeführten Hieben und verharrte nur kurz, um nach Túan zu sehen, doch der benötigte im Augenblick keine Hilfe. Dann lief er zu den zusammengebundenen Kamelen hinüber, schlug die Schnüre durch und trieb sie auseinander. In der Mitte hockte eine Gruppe völlig verängstigter Sklaven, die ihn aus großen dunklen Augen furchtsam anstarrten. Es waren ungefähr zehn, die

Zahl stimmte. Aber alle waren männlich, und keiner von ihnen war älter als fünfzehn.

»Bei Hesthoth dem Schwarzen!« schrie Aigolf in die Wüste hinaus, und es klang wie das zornige und schmerzerfüllte Brüllen eines Säbelzahntigers. »Das ist nicht *unsere* Karawane! *Das ist die falsche Karawane!*«

Als die Karawane der Schnellen Brüder eintraf, erwarteten sie ein Schlachtfeld mit vier Leichen, zwei niedergeschlagene Krieger und eine dicht aneinandergedrängte Gruppe Kinder, zu deren Füßen zerbrochene Ketten lagen.

»Was soll mit ihnen geschehen?« fragte Pregos.

»Gibt es hier in der Nähe eine Oase?« erkundigte sich Aigolf.

Dagir nickte. »Etwa eine Tagesreise von hier. Wir lassen ihnen zwei Kamele und die Vorräte. Damit kommen sie durch.« Er stieg ab, zeichnete den Jungen den Weg auf und deutete in die richtige Richtung. Sie weinten und bettelten darum, mitkommen zu dürfen, aber Dagir versuchte sie zu beruhigen. »Das ist viel zu gefährlich für euch, und zu weit. Der Weg zur Oase ist kürzer und sicherer.«

Dann setzten sie ihren Weg fort; Aigolf und Túan führten die Pferde am Zügel. Mittags machten sie die übliche Rast, doch gab es heute keine Scherze, kein Gelächter. Auch die Mitternachtsruhe verlief schweigsam und voll düsterer Trauer.

So verlief der dritte Tag wie die beiden Tage zuvor im schnellen Lauf. Sowohl Aigolf als auch Túan tat es gut, nicht nachdenken zu müssen, und sie konzentrierten sich nur auf das Laufen. Allmählich konnten sie mit den Schnellen Brüdern mithalten, und so war es nicht verwunderlich, als Dagir zur Mitternachtsruhe sagte:

»Die Hälfte ist geschafft, Freunde.«

Túan hob den Kopf, zum erstenmal seit vielen

Stunden zeigte er Anteilnahme. »Ich hätte nie geglaubt, daß das so schnell möglich ist.«

Dagir lächelte. »Wir sind in der Wüste geboren, Junge. Wir kennen sie besser als du den Tascheninhalt deines Überwurfs. Selbst mit verbundenen Augen und Ohren würden wir den richtigen Pfad finden. Rastullah, unser Herr, liebt seine demütigen Diener.«

»Und er findet wohl auch Gefallen an uns«, brummte Aigolf. »Wenn ich das hier überlebt habe, werde ich ihm ein Opfer darbringen. Ohne euch hätten wir das niemals so schnell schaffen können.« Er drückte Túans Knie. »Komm, Junge, reiß dich zusammen. Immerhin ist es uns gelungen, zehn Kinder vor einem traurigen Schicksal zu bewahren. Falls in der Oase keine Sklavenjäger sind ...«

Pregos schüttelte den Kopf. »Gewiß nicht. Sie werden dort ein gutes Auskommen haben als Arbeiter oder Diener des Scheichs.«

»Aber sie werden nicht *frei* sein«, widersprach Túan bitter.

Ein seltsames Lächeln huschte da über Aigolfs hagere Züge. »Das ist niemand, Túan. Nicht wirklich. Auch du und ich nicht.«

Darauf sagte der Junge nichts mehr.

Am vierten Tag sahen sie vor sich hoch in der Luft kreisende, gewaltige schwarze Vögel, die unheilvolle Schreie ausstießen.

»Was ist das?« flüsterte Túan, er senkte unwillkürlich die Stimme.

»Khomgeier«, antwortete Dagir. »Dort muß es eine Menge Aas geben, wenn sich so viele einfinden.«

Túan hatte das Gefühl, als griffe eine eiskalte Hand nach seinem Herzen.

»Wir reiten voraus«, bestimmte Aigolf. »Wir müssen ohnehin bald rasten.«

»Wir sollten besser ausweichen«, meinte Pregos zögernd. »Wir wissen nicht, wer außer den Geiern noch dort ist ...«

»Das ist mir gleichgültig!« schrie Túan. »Ich muß es wissen!« Er hieb die Fersen in die Flanken von Ta Nadik und galoppierte voraus.

»Na schön, ihr Narren!« rief Dagir hinterher. »Wir folgen euch, aber nur bis zur Düne. Wir wollen doch unsere Waren nicht gefährden!«

In Túans Ohren war ein Rauschen, er hörte Aigolfs Stimme nicht. Er kam erst zu sich, als Ta Nadik plötzlich mit einem Ruck stehenblieb, und starrte keuchend und mit fiebrigen Augen in Aigolfs Gesicht.

»Bei Firuns Winterstürmen, bist du völlig verrückt geworden?« schrie der Bornländer. »Willst du das Pferd zuschanden reiten? Die Geier zeigen an, daß die Schlacht längst vorüber ist, es kommt auf ein paar Augenblicke nicht mehr an!«

Túan begann zu zittern. »Es – es tut mir leid«, stammelte er. »Ich habe nur ...«

»Schon gut«, unterbrach Aigolf. Er ließ Ta Nadiks Zügel los und trabte an. »Wir sind gleich da.«

Um den Weg abzukürzen, ritten sie quer die Düne hinauf, aber die Pferde mußten sich schwer durch den tiefen Sand kämpfen. Sie prusteten erleichtert, als sie endlich oben angekommen waren und anhalten durften.

»Großer Praios«, flüsterte Aigolf erschüttert. Er hörte, wie Túan vom Pferd stürzte und sich stöhnend übergab.

Ihnen bot sich das grauenhafte Bild eines Massakers. Blutgetränkter Sand, Teile von Menschen und Kamelen, und dazwischen hüpften die häßlichen Khomgeier herum und stritten sich krächzend um die besten Brocken. Weiter hinten sah Aigolf jedoch noch etwas anderes: eine Gruppe großer, sandgelber Tiere mit schwarzen Mähnen und schwarzen Schwänzen.

»Sandlöwen«, sagte er. »Aber ich verstehe nicht,

wieso sie eine so große Gruppe angegriffen haben...«

»Vielleicht fand ein Kampf zwischen den Händlern statt«, erklang Túans Stimme. Er stand langsam auf und zog sich mühsam wieder auf den Pferderücken. »Und sie verzehren nur die Reste, wie die Geier...«

»Möglich«, stimmte Aigolf zögernd zu. Er lenkte Kunak langsam die Düne hinab, auf das Rudel Sandlöwen zu. Wenn sie sich bereits sattgefressen hatten, würden sie sich leicht vertreiben lassen. Die Geier bemerkten ihn und Túan als erste, sie flatterten kreischend auf und flogen über sie hinweg, um sie zu verjagen. Die am Boden breiteten drohend die Flügel aus und sprangen ihnen mit gesträubten Federn und geduckten Köpfen entgegen. Die Sandlöwen hoben nur kurz die Köpfe, bevor sie ihr grausiges Mahl fortsetzten. Sie verspürten kein Verlangen nach einem Kampf, wollten sich aber auch nicht vertreiben lassen.

Und dann stutzte Aigolf plötzlich und hielt den Wallach an.

»Was ist?« fragte Túan.

Statt einer Antwort deutete Aigolf auf die Mitte der Gruppe. Túan stockte der Atem. Ein mächtiger fahlgelber Rücken erhob sich wie ein Berg über die anderen Löwen, die erschrocken auseinanderstoben, als ein tiefes, überaus bedrohliches Grollen erklang. Dann hob ein riesenhaftes Wesen den Kopf und richtete gelbglühende, haßerfüllte Augen auf die Gefährten. Die Sandlöwen zogen sich eilig von ihm zurück, versammelten sich weiter hinten erneut und fraßen weiter.

Zwischen den Gefährten und der Bestie befand sich nichts mehr außer einer Meile Sand. Langsam richtete sich das Wesen auf, streckte den muskulösen Löwenkörper und schüttelte die mächtige schwarze Mähne. Es öffnete den Rachen und entblößte drei Reihen messerscharfer Zähne in einem verzerrten und erschreckend menschlichen, männlichen Gesicht, und der lange Schwanz eines Skorpions zuckte wie eine Schlange über den Sand.

»Ein Mantikor«, stieß Aigolf beinahe ehrfürchtig hervor. »Er ist offensichtlich der Anführer dieser Sandlöwen. Aber wie kommt er hierher, in die Wüste?«

»Schwarze Magie«, murmelte Túan.

»Ganz sicher ist es so.« Aigolf griff zum Rücken und zog den *Feuerdorn*. Als er ihn auf den Mantikor richtete, wurde die Klinge schlagartig glutrot, und ein leises Singen ging von ihr aus.

Die Löwenohren des Mantikors richteten sich auf. Dann schnellte er los wie ein Pfeil von der Sehne. Der tiefe Sand behinderte ihn nicht, der mächtige Löwenkörper wirbelte gewaltige Wolken auf, der giftversprühende Schwanz peitschte pfeifend die Luft. Die Pferde wieherten angstvoll und stiegen hoch. Aigolf warf Túan Kunaks Zügel zu, saß ab und lief ein gutes Stück zur Seite.

»Du bist verrückt!« schrie Túan. Er befestigte fieberhaft Kunaks Zügel, griff nach Pfeil und Bogen und schoß in rascher Folge. Er wußte, daß er den Mantikor damit nicht töten, höchstens aufhalten konnte, bis Aigolf eine bessere Position hatte. Das Ungeheuer wurde tatsächlich durch die mehr unangenehmen als schmerzvollen Pfeilstiche abgelenkt und verhielt fauchend. Einen Moment lang schien es unschlüssig, wen es nun angreifen sollte. Diese Entscheidung nahm Aigolf ihm durch seinen brüllenden Kriegsschrei ab. Der Mantikor wandte sich ihm sofort zu. Für einen Augenblick maßen sich die beiden ungleichen Gegner. Aigolf war gerade halb so groß wie die Chimäre, aber sein Gesicht drückte dieselbe Entschlossenheit und Wut aus. Beide stießen ein Knurren aus, das die Verachtung für den anderen ausdrücken sollte. Dann liefen sie gleichzeitig los.

Túan wußte vor Verzweiflung nicht, was er tun

sollte; für ein Eingreifen war es zu spät, außerdem mußte er auf die Pferde achten – aber tatenlos zuzusehen, war ebenso schrecklich. Er sah, wie die Muskeln des Mantikors unter dem fahlgelben Fell hervortraten und in der Sonne aufleuchteten, die schwarze Mähne umgab den Löwenkörper wie ein wallender Schleier. Aigolf hatte den Umhang, den Kopfschutz und den Überwurf abgeworfen, seine Haut schimmerte wie von einer Aura umgeben, und die offenen, langen roten Haare wirkten gleichfalls wie eine Mähne, als er in voller Geschwindigkeit dem Mantikor entgegenrannte. Obwohl um so viel kleiner, glich er in diesem Augenblick dem Ungeheuer auf eigentümliche Weise, und statt des Skorpionschwanzes war das funkelnde mächtige Schwert in seinen Händen die tödliche Waffe. Als die Gegner nur noch wenige Schritte vor dem unvermeidlichen Zusammenprall voneinander entfernt waren, bremsten sie plötzlich ab, und dann sprangen sie – beide. Der Mantikor setzte mit einem gewaltigen Satz über Aigolf hinweg, der unter ihm hindurchtauchte, sich im Flug drehte und das Schwert hob. Es ging alles so schnell, daß Túan kaum mit den Augen folgen konnte, er sah nur noch, wie Aigolf plötzlich aus dem Schatten unter dem Ungeheuer hervorgeschossen kam, mit einer Schulterdrehung in den Sand prallte und sich überschlug. Das Schwert flog noch ein gutes Stück weiter durch die Luft und blieb dann im Sand stecken. Der Mantikor kam auf den Vorderbeinen auf, stolperte jedoch und knickte ein, sein Hinterteil drehte sich durch den ungebremsten Schwung geradezu an ihm vorbei und schleuderte ihn einmal um die eigene Achse, und er landete, eine gewaltige Staubwolke aufwirbelnd, mit einem seltsam kläglichen Laut mit dem Gesicht voran im Sand. Aigolf stand schon längst wieder, den *Feuerdorn* bereit in der Hand, als das Ungeheuer taumelnd auf die Vorderbeine kam. Die Zunge hing ihm aus dem Rachen, und es hechelte, die grausamen gelben Augen flackerten und trübten sich. In seiner Brust klaffte eine tiefe und lange Wunde. Blut troff heraus und färbte Mähne und die Beine rot. Der Mantikor hob eine Pranke und drohte mit ausgefahrenen Krallen, begleitet von einem zugleich schmerzvollen und wuterfüllten Brüllen, dann stolperte er erneut. Aigolf hütete sich, dem Verwundeten zu nahe zu kommen, und hinderte ihn nicht, als er sich langsam umdrehte und mühevoll, geschlagen davonhinkte, der Fährte seines Rudels nach. Er ließ dabei eine blutige Spur zurück.

Es dauerte eine Weile, bis Túan sich wieder gefaßt hatte; derweil untersuchte Aigolf die Spuren des Kampfes zwischen den Löwen und der Karawane und winkte dem Gefährten, näher zu kommen. Da die Pferde sich wegen des Blutgeruchs weiterzugehen weigerten, ließ Túan sie stehen und ging langsam zu Aigolf. Sein Magen rebellierte bereits wieder, aber er hatte keine andere Wahl, wollte er Gewißheit bekommen.

»Ich glaube nicht, daß ein Außenstehender in den Kampf verwickelt war«, mutmaßte Aigolf. »Wahrscheinlich war es tatsächlich nur ein Angriff des Mantikors mit seinem Rudel. Was auch immer sie hierherverschlagen haben mag, sie waren sehr hungrig.« Er scheuchte einen Geier weg, der verzweifelt versuchte, ihn wegzudrängen. Die Aasvögel vergaßen in ihrer Gier jede Scheu und ließen sich nur für kurze Zeit vertreiben, allerdings griffen sie auch nicht an. »Der Angriff erfolgte wohl gestern nacht, und nicht alle sind umgekommen.« Er deutete auf einige Spuren, die weiter nach Norden führten. »Zwei, drei Sklaven und wenigstens ein Bewacher konnten fliehen.« Er hob einige Kleidungsstücke auf und studierte verschiedene andere Überbleibsel. »Ich bin ziemlich sicher, daß es eine Sklavenkarawane aus Al'Anfa war. Diese Beutel hier tragen das Stadtwappen, und die Kleidung ist nicht novadisch.« Er wandte sich Túan zu. »Hast du deine Mutter gefunden?«

Túan schüttelte den Kopf. Er war sehr bleich, nachdem er alle Leichen eingehend gemustert hatte, soweit sie noch erkenntlich waren. »Es waren nur zwei Frauen dabei.«

Aigolf nickte. »Das ist wenigstens eine gute Nachricht. Sie ist also mit den anderen entkommen. Welchen Weg auch immer sie vorher genommen haben, sie waren bedeutend schneller als wir, und nun haben sie wieder einen Vorsprung. Aber in Punin haben wir sie, das verspreche ich dir.« Er drehte sich um, als er die Pferde wiehern hörte. Die Schnellen Brüder trafen soeben ein. »Ich dachte, ihr wolltet einen anderen Weg nehmen!« rief er. In der Wüste wurden Stimmen weit getragen.

»Wer will sich denn solch einen Kampf entgehen lassen?« kam die Antwort zurück.

»Du bist ja verwundet!« rief Túan erschrocken, als er zufällig Aigolf ansah. Tatsächlich tropfte Blut aus einer Fleischwunde an der rechten Schulter des Kriegers.

»Ach, seine Krallen haben mich gestreift«, sagte Aigolf wegwerfend. »Ich habe nicht aufgepaßt, und ich bin inzwischen einfach zu langsam. Jedenfalls geht es mir besser als ihm. Ich glaube nicht, daß er sich davon wieder erholen wird, ich habe ihm den halben Bauch aufgeschlitzt.« Dann verzog er schmerzlich das Gesicht; nachdem er daran erinnert worden war, brannte die Wunde plötzlich höllisch.

»Wir müssen den Kratzer trotzdem behandeln.«

»Ja, ja. Später. Erst sollten wir...«

»...nur noch ein Stück laufen«, unterbrach Dagir, der inzwischen nahe genug war. »Wir wollen dieses Massaker hinter uns lassen, und dann werden wir uns in den Schutz einer Düne begeben.« Er nickte mit dem Kopf zum östlichen Himmel, der sich über dem Horizont schwarz gefärbt hatte. »Ein Sandsturm, meine Freunde, und wir sollten so schnell wie möglich verschwinden.«

Túan holte hastig die Pferde, und sie machten, daß sie wegkamen. Die Schwärze breitete sich rasendschnell über den Himmel aus und verdunkelte bald auch die Sonne. Eine unwirkliche, beängstigende Düsternis und Stille umgab sie. Sie schafften es gerade noch über die nächste Düne, als der Wind einsetzte. Dagir und Pregos banden die Vorderbeine der Kamele zusammen, drängten sie aneinander und zwangen sie, sich hinzukauern. Die Brüder bedeuteten den Gefährten, sich halb in den Sand einzugraben, möglichst dicht an den Kamelen, und ein Tuch über sie zu spannen. »Haltet das Gesicht nahe am Kamel, auch wenn es stinken mag. Es ist besser als zu ersticken. Rührt euch erst wieder, wenn wir euch freischaufeln. Rastullah möge euren Atem bewahren.«

Die Gefährten gehorchten, und schon kurz darauf pfiff und heulte ein gewaltiger Sturm über sie hinweg. Doch sie konnten nicht lange etwas hören, da sie bald von Sand bedeckt waren. Es war nicht einfach, in diesem engen, dunklen Gefängnis still zu verharren. Zeit verging, und beängstigende Gedanken kamen auf: Sie waren so tief verschüttet, daß sie sich nicht mehr befreien könnten und elend ersticken müßten. Die anderen hatten den Sturm vielleicht nicht überlebt...

Doch dann regten sich die Kamele plötzlich, und mit einem Schlag wurde es hell, als sie aufsprangen, den Sand abschüttelten und das Tuch mit sich rissen. Der Himmel war tiefblau, und die Sonne brannte mit erbarmungsloser Glut herab, als wäre nichts geschehen. Aigolf sah ein wenig bleich aus, er hielt sich die verletzte Schulter, und Pregos legte ihm einen Kräuterverband an. Túan sah sich staunend um. Der Sandsturm hatte die Wüste völlig verändert, Dünen waren verschwunden und an anderer Stelle neu aufgehäuft worden, und alle Spuren waren verweht.

»Kein Grund, sich Sorgen machen zu müssen«, meinte Dagir schmunzelnd und klopfte die Schulter des Jünglings. »Die Pfade sind immer noch da. Sie verändern sich nie, Junge. Wenn wir uns sputen, haben wir nur noch zwei Tage vor uns. In dieser Zeit wird kein zweiter Sandsturm kommen, das verspreche ich dir.«

12. Kapitel

Anadis, die Diebin

»Manchmal habe ich gedacht, ich schaffe es nie.« Túan stocherte im Feuer herum und legte ein paar Zweige nach. »Aber wenn man ein Ziel vor Augen hat, kann man eine Menge ertragen, nicht wahr?«

»So ziemlich alles, Túan.« Aigolf löste den Verband von der Schulter und bewegte sie vorsichtig. Zufrieden warf er den Verband ins Feuer und zog sein Hemd an. Sie hatten ihr Lager in einem kleinen Wäldchen am Fuße des Raschtulswalls aufgeschlagen und ein ausgiebiges Bad in einem Bach genossen. Hier wurde es nicht bitterkalt in der Nacht, und die Tage waren angenehm warm. Nachdem sie den Rand der Wüste erreicht hatten, hatten sie sich von den Schnellen Brüdern getrennt, die ihren Weg über die Hauptstraße nach Punin fortsetzten. Der Abschied war kurz, aber herzlich gewesen.

»Vor allem diese Weite... ich träume sogar davon. Ich bin allein unterwegs in der Wüste und suche nach dem Wald. Schließlich sehe ich ihn und laufe darauf zu. Doch kurz bevor ich ihn erreicht habe, erfaßt mich ein Windstoß und trägt mich wieder in die Wüste zurück. Ich schreie, und davon wache ich auf.«

»So müßte es den Kindern der Wüste im Regenwald ergehen.«

»Ich denke, sie könnten das viele Wasser nicht verkraften. Dir ist die Weite auch lieber, nicht wahr?«

»Aber nicht diese unendliche Trostlosigkeit. Allerdings halte ich auch nichts von der ständigen triefenden Nässe deiner Wälder, Túan. Am besten gefallen mir Gegenden mit gemäßigtem Klima.«

»Hast du nie davon geträumt, wieder nach Hause zurückzukehren?«

Aigolf starrte nachdenklich ins Feuer. »Oft«, gab er dann zu. »Aber ein anderer Traum war bisher stärker: Ich möchte einmal so viel Geld erspart haben, daß ich mir davon ein stolzes Schiff bauen lassen kann, einen Schoner, der gegen alle Widrigkeiten gefeit ist. Mit ihm möchte ich dann fortsegeln von Aventurien und den Rest von Dere entdecken.«

Túan lachte. »Ein kühner Traum.«

»Nur kühne Träume bringen die Menschen weiter, mein junger Freund.« Aigolf blickte den Jungen forschend an. »Weißt du, Túan, in manchem ähnelst du meinem Bruder, was sicherlich an deiner Jugend liegt, in manchem aber bist du sehr viel älter.«

»Fühlst du dich aus diesem Grund für mich verantwortlich?«

Aigolf lachte leise. »Ja, vielleicht. Auf die eine oder andere Weise begegnet man immer wieder der Vergangenheit.«

»Du bist ein seltsamer Mann, Aigolf Thuransson.« Túan streckte sich lang aus und gähnte herzhaft. Er genoß es, von aller Kleidung befreit schlafen zu können, und er hatte auch nicht vor, auf dem Weg durch die Wildnis nach Punin wieder ein Hemd, Wams oder lange Hosen zu tragen. Das hatte Zeit bis zur Stadt. »Du läßt niemanden an dich heran, und du wehrst dich gegen alle Bindungen, vielleicht weil du Angst davor hast, wieder verletzt zu werden. Ich weiß es nicht, und es ist mir gleich. Ich bewundere dich wirklich, und ich schäme mich nicht, offen zuzugeben, daß mir an deiner Freundschaft etwas liegt. Ich lerne viel von dir, und das werde ich brauchen, wenn ich mich als Verbannter zurechtfinden will. Von mir aus bleib geheimnisvoll und unnahbar, ich nehme es hin. Du bist mehr als doppelt so alt wie ich und sehr erfahren. Aber versteck dich niemals hinter einer Lüge. Lügen zerstören Freundschaften ebenso wie Betrug. Und eine Freundschaft ist kein Spiel, was auch immer du über das Leben denken magst.« Er schloß die Augen und drehte sich um. Aigolf saß noch lange betroffen am Feuer.

Einige Tage später hatten sie den Yaquir überquert und erreichten an seinem Oberlauf Punin, die große blühende Stadt des Neuen Reiches, umgeben von fruchtbarem Land. »Hier gibt es alles, was das Herz begehrt«, erzählte Aigolf begeistert. »Theater, Musik, Gaukler, Märkte, Arenakämpfe und natürlich die Hohe Schule der Magier. Wenn du kräftig bist und schnell zu Geld kommen willst, brauchst du dich bloß für einen Wettstreit in der Arena zu melden, als Gladiator oder mit einem guten Pferd zu einem Rennen.«

»Hast du schon als Gladiator gekämpft?« fragte Túan sofort.

Wie meistens, reagierte Aigolf zurückhaltend. »Nun... ja. Mehr oder minder freiwillig. Jedenfalls ist Punin eine schöne Stadt, in der es sich aushalten läßt.«

»Und wie steht es mit Sklavenmärkten?«

»Im Neuen Reich ist die Sklaverei verboten, deshalb finden solche Veranstaltungen heimlich und außerhalb von Punin statt. Ich weiß aber, wohin wir uns wenden müssen.«

Er lenkte Kunak auf eine schmale Schotterstraße, die nach Punin führte. Die Mauern der Stadt waren bereits erkennbar, und am Rande der Auwälder lagen große Herrenhäuser.

»Hier leben reiche Leute«, bemerkte Túan.

»Ja, und die Armut hält sich einigermaßen in Grenzen. Sieh, dort hinten liegt eine Arena. Hier finden regelmäßig Immanspiele statt – und der geheime Sklavenmarkt wird unmittelbar nebenan abgehalten. Ich kenne den Verwalter. Er wird uns Auskunft geben.«

»Falls es noch derselbe ist.«

»Er wird es sein. Manches ändert sich nie, Túan.«

Und Aigolf behielt recht – tatsächlich erkannte der Verwalter ihn wieder, und er war auch dazu bereit, seine Fragen zu beantworten, solange es keinen Ärger gäbe.

Die Nachrichten, die er hatte, waren allerdings schlecht: die gesuchte Karawane – es waren nur noch vier Sklaven und zwei Bewacher übriggeblieben –, waren gleich nach der Ankunft in einen Pferdewagen verladen und weitertransportiert worden, zu einer kleineren Baronie in der Nähe von Angbar. Die übrigen Sklaven, die hier verkauft werden sollten, mußten als Verlust gebucht werden.

»Verdammt«, stieß Aigolf hervor. Bevor Túan irgendwie unangenehm auffallen konnte, schob er ihn aus dem Büro des Verwalters. Er rief noch einen kurzen Gruß über die Schulter und sprang auf Kunak. »Komm, beeilen wir uns. Irgendwo werden sie auf uns warten, Túan. Unser Weg nähert sich dem Ende. Wir wissen jetzt, wohin sie deine Mutter gebracht haben.«

»Das wissen wir doch gar nicht sicher«, murmelte Túan leise.

Aigolf hielt an und blickte verdutzt drein. »Stimmt«, sagte er dann. »Ich habe mich so darin verrannt, daß ich eine andere Möglichkeit ausgeschlossen habe. Es wundert mich, daß du darauf gekommen bist.«

Túan sah ihn traurig an. »Ich habe keine Hoffnung mehr, Aigolf. Es ist zu spät.«

Dem Bornländer blieb für einen Augenblick die Luft weg. »Du ... du schwachsinniger Krötenschneck!« fuhr er Túan dann an. »Du hast wohl den Verstand verloren! Den ganzen Weg hierher jagen wir wie die Verrückten, und jetzt, da wir fast am Ziel sind, gibst du auf?«

»Nun eben, weil es immer so knapp ist«, murmelte der Junge. »Jedesmal kommen wir um Haaresbreite zu spät. Und dann wissen wir nicht einmal, ob wir der richtigen Fährte nachgejagt sind.«

Aigolf öffnete den Mund und hob schon halb die geballte Hand – er war so außer sich, daß er sich beinahe vergessen hätte. Doch er fing sich rechtzeitig, entspannte sich und atmete ein paarmal ruhig ein und aus. »In Ordnung, Junge«, sagte er langsam. »Ich mache dir einen Vorschlag: Wir suchen trotzdem die Baronie auf und vergewissern uns. Wir verlieren nichts dabei, und dieser Weg ist so gut wie jeder andere, den wir einschlagen können. Ich möchte unbedingt herausfinden, welches Schicksal deiner Mutter widerfahren ist. Ich will nicht, daß mich die Fragen bis in den Schlaf verfolgen, verstehst du? Also reiten wir weiter, und wenn wir angegriffen oder auch nur verfolgt werden, ist das schon der erste Beweis, daß wir auf der richtigen Fährte sind. Komm, reiten wir nach Punin, wir müssen unbedingt unsere Ausrüstung erneuern. Außerdem möchte ich den treuen Pferden einen guten Sack Hafer gönnen – und uns und unseren Kleidern ein anständiges, warmes Bad mit duftenden Ölen.« Er gab Ta Nadik einen Klaps, damit er sich in Bewegung setzte, und ritt voraus.

Langsam ritten sie in die Stadt hinein. Auch hier, wie in jeder anderen Stadt, herrschte wimmelndes Treiben. Punin war eine alte Siedlung, deren ältester Kern noch erhaltengeblieben war. Dementsprechend unterschiedlich waren die Baustile der Häuser, die sich im Lauf der Zeit darumgruppiert hatten. Und nicht nur das – Punin verstand sich, wie Aigolf bereits berichtet hatte, als ›geistige und geistliche Metropole‹, denn hier befanden sich nicht nur die berühmte ›Yaquirbühne‹, die noch berühmtere ›Academia der Hohen Magie‹, sondern auch etliche Tempel der Zwölf, darunter die

Haupttempel der immerjungen Frau Tsa und des gestrengen Herrn Boron. Auch ein Ingerimmtempel war dabei, vermutlich wegen der vielen Zwerge, die hier lebten.

Túan sah sich staunend um. »Du hast recht, dies ist wirklich eine schöne Stadt«, meinte er. »Hier sähe ich mich gern einmal länger um.«

»Dazu wirst du sicherlich später irgendwann Gelegenheit bekommen«, erwiderte Aigolf. Er hatte währenddessen seinen Geldbeutel durchgewühlt und festgestellt, daß er nicht mehr leichtfertig mit Münzen um sich werfen durfte. Er wußte nicht, wann er das nächste Mal wieder in einen Dienst treten konnte. Das bedeutete, daß sie weiterhin mit den vorhandenen Vorräten haushalten und sich ansonsten durch die Jagd ernähren mußten. Enttäuscht steckte er den Beutel wieder ein. Nach der anstrengenden Reise durch die Khom hatte er sich schon auf ein ausgiebiges Zechgelage, ein Bad und ein weiches Bett gefreut. Auf die wenigen Stunden wäre es nicht mehr angekommen. Sie konnten Delua ohnehin wahrscheinlich nicht mehr rechtzeitig einholen, bevor sie bei ihrem neuen Herrn eintraf. Aigolf vertraute nach wie vor darauf, auf der richtigen Fährte zu sein und Delua im Fürstentum Kosch zu finden. Nachdem Túan wieder aus seiner Niedergeschlagenheit zurückfand, schloß er sich nach und nach Aigolfs Auffassung an, bis er sich geradezu daran klammerte.

Der Bornländer wollte sich gerade Túan zuwenden, um sich mit ihm abzusprechen, als er bemerkte, daß der Junge Ta Nadik angehalten hatte und schon ein ganzes Stück zurückgefallen war. Túan hockte völlig geistesabwesend da und glotzte mit großen Augen auf irgend etwas, das vor Aigolf liegen mußte. Der Bornländer schaute nach vorn, um den Grund für Túans seltsames Benehmen herauszufinden. Dann stutzte er, und seine Augen weiteten sich leicht. O nein, dachte er.

Sie waren inzwischen auf dem Hauptmarktplatz angekommen, auf dem dichtes Gedränge herrschte. Verkaufsstand reihte sich an Verkaufsstand; darüber hinaus gab es mehrere Tribünen, auf denen die verschiedensten Attraktionen wie Gauklerspiele, Vorträge, Musik und Theater geboten wurden.

Eine weitere Attraktion war die öffentliche Bestrafung und Zurschaustellung von Ehebrechern, Mördern und Dieben. Die Tribüne war ziemlich vollbesetzt mit Übeltätern – alles Männer, bis auf ein wie ein Mann gekleidetes und gegürtetes Mädchen. Es stand in einer Schandgeige neben dem Ausrufer, der soeben verkündete, daß dieses Mädchen eine Diebin sei, die man auf frischer Tat ertappt habe und der am nächsten Morgen, kurz vor dem Mittag, die rechte Hand öffentlich abgehackt werden sollte.

Die Diebin sah weder mitleiderregend noch manierlich aus, und sie überhäufte den Ausrufer mit wüsten Beschimpfungen, die manchen Männern die Röte in die Wangen trieb. Dennoch stach sie aus der Masse hervor wie ein dem Heiligen Dschungel entflogener Paradiesvogel – so empfand es zumindest Túan. Sie war groß und schlank, fast knabenhaft gebaut, hatte in alle Richtungen steil abstehende, strähnenartig in den Regenbogenfarben eingefärbte Haare, ein zwar schmutziges, aber dennoch ebenmäßiges Gesicht mit zwei blitzenden blauen Augen und einem wunderhübschen roten Mund, der unablässig saftige Sprüche ausstieß.

Aigolf drehte sich wieder zu Túan um und seufzte tief. Er lenkte Kunak zurück an die Seite des Jungen, packte dessen Schulter und schüttelte ihn. »Komm, Kleiner, zieh nicht so ein Schafsgesicht! Wir müssen weiter. Halt dich nicht mit denen auf, die machen nur Ärger.«

»Sie ist wunderschön, nicht wahr?« gab Túan mit einem gehauchten Seufzer von sich.

»Schön ist anders«, brummte Aigolf. »Sie stinkt bis hierher. Ich sag's dir nochmals: Laß dich nicht mit Diebinnen ein. Die sind von allen Frauen die schlimmsten, und ich weiß, wovon ich rede.«

»Aber ihr soll morgen die rechte Hand abgeschlagen werden!« rief Túan. »Das kann ich nicht zulassen!«

»Selbstverständlich kannst du das«, widersprach Aigolf gereizt. »Komm schon!«

Túan zog am Zügel, damit Ta Nadik nicht nachfolgte. »Ich bleibe hier«, erklärte er trotzig. »Ich werde sie befreien, und zwar sofort!«

»Was – hier? Bist du von allen guten Geistern verlassen? Warte wenigstens, bis ...« Aigolf unterbrach sich selbst, als er sah, daß Túan sich bereits einen Weg durch die Menge bahnte. »Hölle und Dämonen«, knurrte er. »Diese Kinder!« Er hieb Kunak die Fersen in die Flanken und trabte Túan rasch hinterher. Ein schneller Blick nach links und rechts zeigte ihm, daß nur wenige, nicht besonders aufmerksame Wächter um die Tribüne standen. Offensichtlich waren spektakuläre Befreiungsaktionen hier nicht an der Tagesordnung. Die Diebin war nicht einmal angekettet worden, obwohl sie mit der Schandgeige noch einigermaßen beweglich war.

»Heda, Ausrufer«, rief Túan laut, »einen Augenblick!« Er hatte die Tribüne inzwischen fast erreicht, und der Mann verstummte, während sich die Zuschauer überrascht zu dem jungen Waldmenschen umdrehten.

»Was willst du?« gab der Ausrufer barsch zurück. »Verschwinde!«

»Wurde denn überhaupt ein ordentliches Urteil gefällt?« fuhr Túan unbekümmert fort.

Einige Leute lachten. »Eh, Moha, kehr zurück in den Wald!«

»Wenn du nicht augenblicklich hier verschwindest, wirst du ihr gleich Gesellschaft leisten!« rief der Ausrufer wütend. »Misch dich gefälligst nicht in unsere Angelegenheiten ein, Bürschchen!«

Das Mädchen hatte inzwischen aufgehört herumzulärmen und beobachtete Túan neugierig. Als er ihr kurz zunickte, begriff sie sofort. »He, du schwachsinnige Ausgeburt einer Schleimkröte!« pöbelte sie den Ausrufer an. »Wer hier ein Bürschchen ist, wird sich noch herausstellen! Da, du kannst ja nicht einmal richtig stehen!« Sie sprang hoch und trat dem Mann voll in die Leistengegend, so daß er stöhnend zusammensackte. Bevor die Menge reagieren konnte, drängte Túan den Wallach an den Rand der Tribüne, und das Mädchen sprang geschickt hinter ihm auf. Sie versuchte den Schwung abzubremsen, indem sie sich an ihn drückte, und legte die Beine fest an. »Los, doch!« schrie sie.

Ta Nadik tat einen mächtigen Satz nach vorn, und die Leute stoben auseinander, als er mit den Vorderhufen ausschlug. Wiehernd galoppierte er los, begleitet vom Gelächter und den Zurufen der Zuschauer. Keiner von ihnen machte Anstalten, das Pferd aufzuhalten, dafür amüsierten sich alle viel zu sehr.

»Ich hab's gewußt«, seufzte Aigolf. »Ich hätte sie ja auch herausgehauen, aber er muß immer mit dem Kopf durch die Wand. Hätten wir das nicht heute nacht sehr diskret tun können? Aber nein.« Er zog das Bastardschwert und hieb mit der Breitseite auf den Kopf des Wächters, der ihm am nächsten stand. Mit sausenden Schwüngen trieb er die anderen Männer zurück, die mit gezückten Waffen herbeiliefen. So verschaffte er sich einen Vorsprung; dann wendete er Kunak und stürmte davon, den anderen nach. Die Wachen rannten wutentbrannt schreiend hinterher. Die Menge johlte und pfiff, der eine oder andere konnte nicht mehr rechtzeitig ausweichen und wurde von den Wachen im Vorbeilaufen weggestoßen oder gar niedergeschlagen. Túan war inzwischen halbwegs steckengeblieben; das Spektakel hatte immer mehr Leute angelockt, die ihm nun im Weg standen. Die Diebin trat kräftig nach allen Seiten aus und keifte wie ein Waschweib. Ta Nadik keilte ebenfalls aus, bockspringend bahnte er sich seinen Weg. Aigolf holte zusehends auf, aber auch die Wachen kamen rasch immer näher.

»Hier rechts hinein!« rief die Diebin. »Mach schon, durch diese Gasse! Das verschafft uns mehr Vorsprung!«

»Das sagst du so leicht!« rief Túan nach hinten. Er erhielt Unterstützung von Aigolf, der plötzlich an der rechten Seite auftauchte und mit der Breitseite des *Drachenzahns* auf die Köpfe der Leute einschlug, bis die Leute endlich beiseitewichen.

»Wir haben sie gleich!« schrie ein Gardist hinter ihnen triumphierend. Er machte einen Hechtsprung, um die Diebin vom Pferd zu reißen, doch in diesem Augenblick drehte sich Ta Nadik und sprang ebenfalls nach vorn. Gleich darauf war er um die Ecke in einer schmalen Seitengasse verschwunden, gefolgt von Kunak. Der Soldat stürzte in den Staub der Straße und wurde von seinen Leuten beinahe niedergetrampelt. »Schneidet ihnen den Weg ab!« schrie er verzweifelt.

Die Gasse war vollkommen leer, und die Pferde galoppierten mit fliegenden Hufen hindurch. »Gleich haben wir's geschafft!« schrie das Mädchen triumphierend. Sie sah schon das Ende der Gasse auf der anderen Seite, den Weg zur Freiheit, und drängte sich dichter an Túan, um nicht im letzten Augenblick noch hinunterzufallen. Die Pferde sprengten auf der anderen Seite hinaus, gerade noch rechtzeitig vor den eintreffenden Wächtern, die den Weg versperren wollten. Der Lärm war unbeschreiblich, Befehle wurden durcheinandergebrüllt, Zuschauer mischten sich ein und gerieten untereinander in Streit, weil sie sich gegenseitig behinderten. Aigolf biß die Zähne zusammen und trieb Kunak noch schneller voran. Inzwischen war ihnen wahrscheinlich schon die halbe Stadt auf den Fersen, wie ihm ein kurzer Blick über die Schulter bestätigte. Die meisten Leute liefen einfach aus Schaulust mit, doch etliche hatte inzwischen das Jagdfieber gepackt und sie rannten mit der Wache um die Wette. Glücklicherweise kannte sich die Diebin in Punin gut aus; sie leitete Túan sicher durch das Gewirr von aufeinandertreffenden und verwinkelten Gassen bis zum Nordtor.

»Sie wollen es schließen!« schrie der Junge Aigolf nach hinten zu.

»Dann müssen wir eben schneller sein!« gab der Bornländer zurück. Mit hocherhobenem Schwert zog er an Kunak vorbei, und stieß seinen für Túans Ohren nunmehr schon gewohnten Kriegsschrei aus. Die Torwache erwartete ihn bereits, und er hielt sich nicht lange auf, sondern stürzte sich in den Kampf.

»Prächtig!« ließ sich die Diebin vernehmen. »Nun befinden wir uns zwischen der Menge hinten und den Wachen vorn, und das Tor ist auch zu. Organisierst du deine Befreiungsaktionen immer so?«

»Das war nicht geplant«, murmelte Túan, sprang von seinem Wallach und lief zum Tor. Aigolf war zusammen mit seinem Pferd im Getümmel untergegangen, und beim Tor stand nur noch ein Wächter. Túan spannte die Muskeln an und sprang. Der Hruruzat wurde allgemein *Nackter Tod* genannt, doch bedeutete nicht jeder Tritt oder Schlag den Tod, es gab auch Techniken, andere nur kampfunfähig oder bewußtlos zu schlagen. Túan beherrschte auch diese Technik, und ihm lag nichts daran, diesen Mann zu töten, der nur seine Pflicht tat. Er warf ihn mit einem leichten Tritt um und führte dann einen gezielten Schlag gegen eine bestimmte Stelle am Hals, der ihn bewußtlos zusammensacken ließ.

»Trödle nicht so lang!« schrie die Diebin. Sie versuchte verzweifelt, Kopf oder Hände aus der Schandgeige zu ziehen, aber es gelang ihr natürlich nicht, dafür verlor sie den Halt und stürzte unsanft auf die Straße. Die heulende Menge war nicht mehr weit entfernt, und Túan hatte den Balken noch nicht einmal zur Hälfte zurückgeschoben. Ta Nadik tänzelte unruhig umher, und das Mädchen versuchte beruhigend auf ihn einzureden, damit er nicht durchging.

Da endlich löste sich der Riegel, und der erste Flügel schwang auf. Túan rannte zu Ta Nadik zurück, half der Diebin hinauf und sprang selbst auf. »Aigolf!« schrie er. »Weg hier, schnell!« Er trieb den Wallach an, kurz bevor die ersten Verfolger nahe genug waren, um ihn festzuhalten, und jagte aus der Stadt. Er hörte hinter sich das donnernde Wiehern von Kunak und Aigolfs wütendes Brüllen und drehte sich um. Er sah, wie die beiden sich langsam zum Tor durchkämpften, das pflichteifrige Bürger bereits wieder schließen wollten. Eine Menschentraube umringte sie, die sich gegenseitig jedoch zu sehr behinderte, um das Pferd tatsächlich aufhalten zu können. Schließlich bäumte sich der Wallach machtvoll auf, um die Menschen abzuschütteln, stieg hoch auf und sprang dann gestreckt, mit den Hinterbeinen ausschlagend, über die Köpfe der Leute hinweg. Mit drei weiteren Sätzen hatte er das Tor erreicht, und er stürmte in gestrecktem Galopp durch die sich schließende Lücke. Bald ließen Roß und Reiter die Flüche und Verwünschungen der Leute von Punin hinter sich zurück.

Túan, der ein Stück voraus war, lenkte Ta Nadik in ein nahe bei der Straße liegendes Wäldchen hinein und auf der anderen Seite wieder hinaus. In einer Senke hielt er an und wartete auf Aigolf.

»Das war verdammt knapp«, meinte er fröhlich. »Ich glaube aber nicht, daß sie uns weiter verfolgen werden.«

»Sicher nicht«, meinte die Diebin und ließ sich von Ta Nadiks Hinterteil zu Boden gleiten. »So wichtig bin ich denen nicht. Um in Erinnerung zu bleiben, war ich nicht lange genug dort.«

Inzwischen war Aigolf eingetroffen; er hatte blutende Schrammen am linken Arm und am linken Bein und ein paar bläulich verfärbte Flecken im Gesicht davongetragen, schien aber nicht ernsthaft verletzt zu sein. Er saß ab und untersuchte Kunak, der ebenfalls eine Wunde an der linken Flanke hatte. Der Wallach wirkte ebenso gereizt wie sein Herr, er hatte die Ohren flachgelegt, schnaubte und funkelte böse vor sich hin.

Túan tat so, als wäre nichts geschehen, und befreite die Diebin aus der Schandgeige. »Ich bin Túan der Verbannte. Wie heißt du?«

Sie massierte sich die Handgelenke und den Nacken. »Anadis«, antwortete sie. »Ich schätze, jetzt ist wohl ein Dank fällig, oder?«

Túan grinste verlegen. »Ich hab's gern getan.«

Anadis warf einen schrägen Blick zu dem Bornländer hinüber, der immer noch mit seinem Pferd beschäftigt war. Roß und Reiter schienen weiterhin wütend zu sein. »Nun, es gibt eben doch noch echte Helden, die junge Mädchen in Not befreien«, sagte sie laut. »Wobei man diese Schwäche früher eher alten Männern zuschrieb. Doch das hat sich wohl geändert.«

»Dummheit gehört bestraft«, brummte Aigolf. »Wer sich erwischen läßt, verdient es nicht anders.«

»Er heißt Aigolf Thuransson«, stellte ihn Túan vor.

»Das hebt sein Ansehen keineswegs«, erwiderte das Mädchen spitz. Sie keuchte auf, als sich der Bornländer plötzlich aufrichtete und ihr einen Beutel an die Brust warf, dessen Gewicht ihr die Luft aus den Lungen trieb.

»Statt hier die große Dame zu spielen, solltest du lieber ein wenig Dankbarkeit zeigen und was zu essen machen«, knurrte Aigolf.

»Ich bin doch nicht eure Dienstmagd!« rief Anadis empört.

»Nein, du bist nur eine lausige, nichtsnutzige Diebin, die es verdient hätte, im finstersten Kerker zu verrotten. Wenn du dich nicht augenblicklich an die Arbeit machst, erledige ich hier und jetzt selbst die Arbeit des Scharfrichters«, erwiderte Aigolf. Das Mädchen versuchte, seinem grünfunkelnden finsteren Blick standzuhalten, griff dann aber doch nach dem Beutel.

»Ich sammle Holz«, schlug Túan vor. Als er keine Antwort erhielt, ging er schweigend zum Wald. Auf dem Weg zurück sah er Aigolf an einem Wasserloch in der Nähe des Lagers und trat zu ihm.

»Du, Aigolf ...«, begann er zögernd. »Muß das jetzt so bleiben?«

Der Bornländer legte die Blasen hin, die er gerade mit Wasser füllte, und richtete sich auf. »Hör zu, junger Mann«, sagte er ernst, »das war das erste und letzte Mal, daß du dir eine solche Eskapade geleistet hast, ohne daß wir darüber gesprochen hätten. Du hast völlig unnütz unser Leben in Gefahr gebracht! Kunak und ich sind beinahe dabei draufgegangen, und nur Rondras Schutz bewahrte uns davor. Mir scheint, du hast dein Ziel völlig aus den Augen verloren, nur weil du dich in eine Rotznase aus der Gosse vergaffen mußtest, die dir nicht einmal zugetan ist. Sie ist vorlaut, undankbar, hochfahrend und eine Diebin. Wenn du darin die Erfüllung deiner lüsternen Träume siehst, ist das in Ordnung. Aber dann trennen sich unsere Wege hier und jetzt, verstanden? Solange wir zusammen reiten, entscheide *ich, was* wir tun und *wie* wir es tun. Du bist noch nicht einmal zwanzig und besitzt nicht *ein* Flux von meiner Erfahrung. Und dafür riskiere ich nicht den Hals.« Er wandte sich ab, nahm die gefüllten Blasen auf und ging zu Kunak hinüber, der an seinem Hals schnoberte und Túan über Aigolfs Schulter hinweg böse anblinzelte.

»Ich hab's verstanden«, murmelte Túan leise. Er schämte sich ein wenig, aber das verflog schnell, als er zum Lager zurückkehrte und Anadis sah. Sie hatte sich inzwischen gewaschen und trug nur ein schenkellanges dünnes Lederhemd, da Wams und Hose erst getrocknet werden mußten. Das engsitzende Hemd brachte ihre Figur und die schlanken langen Beine vorteilhaft zur Geltung, und Túan wurde es merkwürdig warm, während er sie betrachtete. Sie hatte sich einige bunte Ketten um den Hals und die Arme gelegt; an den Ohren hingen mehrere einfache Silberringe. Sie trug ein dünnes Lederstirnband, das mehr oder minder erfolgreich die bürstenartigen bunten Haare daran hinderte, ihr in die Augen zu fallen. Sie sah überaus hübsch aus, und Túan konnte den Blick nicht von ihr wenden, als er ihr das Holz brachte und sie sich daran machte, ein Feuer anzufachen.

»Wenn du mich weiter so anstarrst, fallen dir irgendwann die Augen aus dem Kopf«, meinte sie spöttisch. »Dir sind wohl noch nicht viele Mädchen begegnet, wie?«

»Keine wie du«, entgegnete Túan treuherzig.

»Aber ich bin doch viel älter als du – und außerdem größer.«

»Das macht nichts. Und soviel älter kannst du gar nicht sein. Du bist höchstens Anfang Zwanzig.«

»Nun ja. Laß mich jetzt arbeiten.« Sie sah auf. »He, alter Mann, willst du auch was zu essen haben? Dann mach ein freundlicheres Gesicht, sonst kannst du's vergessen. Ich kann Griesgrame nicht leiden.«

Der Bornländer bereitete sich schweigend sein Nachtlager und streckte sich lang aus. Kurz darauf zeigten leise Schnarchtöne an, daß er eingeschlafen war.

Anadis zuckte die Achseln. »Dann eben nicht.«

Trotzdem ging Túan später zu ihm und brachte seinem Freund etwas zu essen, einige frische Wurzeln,

Kräuter und in kleine Streifen geschnittenes Fleisch. »Findest du nicht, daß du allmählich wieder freundlicher sein könntest?« meinte er. »Ich habe einen Fehler gemacht, zugegeben, aber immerhin sind wir alle noch am Leben.«

»Ich denke nur nach«, gab Aigolf zurück. »Wie lange will sie bei uns bleiben?«

»Anadis? Keine Ahnung. Bis zur nächsten Stadt sicher. Sie meint, ihr sei jeder Weg recht, und sie habe nichts gegen ein wenig Gesellschaft. Sie wollte wissen, wohin wir unterwegs sind, aber ich gab ihr keine richtige Auskunft.«

»Das geht sie auch nichts an.«

»Was hast du gegen sie?«

»Geht dich nichts an.«

»Ich kann dir sagen, was er gegen mich hat«, ertönte die Stimme der Diebin vom Feuer. »Ich erinnere ihn an seine Vergangenheit, und das hat er nicht gern. Mach dir nichts draus, Túan. Ich kenne diese Sorte, sie sind alle gleich.«

Túan sah Aigolf an. »Hättest du sie wirklich nicht gerettet?« fragte er leise.

»Pah, der doch nicht«, mischte Anadis sich erneut mit schnippischer Stimme ein. »Aber das beruht auf Gegenseitigkeit. Ich ließe ihn in der Wüste neben mir verdursten.«

»Du hörst es gerade selbst«, antwortete Aigolf ruhig. Er nahm den Blechnapf aus Túans Hand und begann zu essen.

Der Junge setzte sich wieder neben Anadis ans Feuer. »Er hätte dich bestimmt gerettet«, wisperte er ihr zu. »Mich hat er schließlich auch gerettet und dabei sein Leben genauso riskiert ... nun ja, zumindest fast.«

»Kann sein, Kleiner«, flüsterte sie zurück. »Aber dein Rettungsplan war reichlich tölpelhaft, das mußt du doch zugeben. Nur das reine Glück bewahrte uns. Du hättest dich mit ihm absprechen müssen, sein Plan wäre bestimmt weniger aufwendig und gefährlich gewesen.«

»Woher willst du das wissen?« fragte er erstaunt.

Sie zuckte die Achseln. »Er ist schließlich ein alter Abenteurer, der noch sämtliche Gliedmaßen, Augen, Ohren und Nase besitzt. Das ist nicht unbedingt selbstverständlich. Aber davon verstehst du natürlich nichts. Du bist nur ein Moha.«

»Erstens bin ich nicht *nur* ein Moha und zweitens nicht einmal das! Ich bin ein M'nehta! Aber davon verstehst du als bleichgesichtige Diebin natürlich nichts.«

Sie starrte ihn an. Dann grinste sie. »Du bist in Ordnung. He, alter Krieger«, rief sie Aigolf zu, »wo hast du den Kleinen her? Selten trifft man einen hübschen Jungen mit Verstand.«

»Jedenfalls nicht als Verurteilten auf dem Marktplatz in Punin«, konterte Aigolf, und zum erstenmal lächelte er wieder.

13. Kapitel

In den
Amboßbergen

Am nächsten Morgen erhob sich Aigolf sehr zeitig und weckte die beiden jungen Leute mit leichten Fußtritten. »Auf, ihr Winterschläfer! Wir müssen weiter.«

»Warum hast du's so eilig, alter Mann? Läuft dir das Alter davon?« fragte Anadis, setzte sich auf und rieb sich gähnend die Augen.

»Du kannst hierbleiben, wenn es dir nicht paßt, Rotznase.«

»Hört auf zu streiten!« schrie Túan gereizt. »Wenn ihr so weitermacht, reite ich ganz allein weiter!«

Anadis starrte ihn verwundert an, dann grinste sie frech von einem Ohr zum anderen. »Weißt du, daß du hübsch aussiehst, wenn du zornig bist?«

»Du wärst auch viel hübscher, wenn du nicht dauernd andere beschimpfen würdest«, fauchte Túan. Er verstummte, als sie sich mit anmutigen, aufreizenden Bewegungen aus der Decke wickelte und aufstand, und er spürte, wie sein Gesicht schon wieder heiß wurde. Hastig sah er weg. Ihre tiefblauen Augen blitzten erheitert auf, und sie ging mit wiegenden Hüften zum Wasserloch.

Bald darauf waren sie unterwegs. Anadis saß hinter Túan, und es war ihm sehr angenehm, ihre Wärme im Rücken zu spüren. So hatte er sie wenigstens in diesen Momenten für sich allein und durfte träumen, ohne daß sie sich über seinen Gesichtsausdruck lustig machen konnte.

Die nächsten Tage vergingen auf diese Weise sehr abwechslungsreich. Anadis war eine überaus lebhafte Begleiterin, die die Geduld ihrer Reisegefährten oftmals auf die Probe stellte. Sie erzählte Túan, daß sie in Gareth geboren sei und bereits als kleines Kind das Diebeshandwerk erlernt habe – von ihrer Mutter. Als sie alt genug war, um für sich selbst zu sorgen, hatte sie sich von ihrer Mutter getrennt.

»Hast du sie nicht mehr wiedergesehen?« fragte Túan betroffen. Daß jemand die Geborgenheit der Familie oder auch nur die Mutter so früh verlassen konnte, war ihm unbegreiflich, vor allem da Anadis wie er keinen Vater hatte.

»Doch, natürlich. Ich sehe sie mindestens einmal im Jahr. Mit dem angesparten Geld hat sie sich inzwischen ein seßhaftes Leben aufgebaut. Sie besitzt ein gutgehendes Freudenhaus in Gareth.« Dabei warf Anadis dem Bornländer einen seltsamen Blick zu, den Túan nicht zu deuten vermochte. »Du warst bestimmt schon dort.«

Aigolf schüttelte den Kopf. »In den letzten Jahren war ich nicht in Gareth, und Freudenhäuser besuche ich in der Regel nicht.«

»Und dein Vater?« fuhr Túan fort.

»Was soll mit ihm sein?«

»Wer ist er? Wo ist er?«

Anadis lachte. »Er ist ein alter Krieger, der sich auf der ganzen Welt herumtreibt. Jedenfalls ist er nicht von der seßhaften Sorte.«

»Da hast du mehr Glück als ich«, sagte Túan leise. »Ich habe meinen Vater nie kennengelernt. Ich weiß nicht einmal seinen Namen.«

»Und was stört dich daran?« fragte sie verwundert. »So kannst du dir alles mögliche Wunderbare vorstellen, was er sein mag. Er kann der größte Held Aventuriens sein, ein mächtiger Zauberer – oder sogar unser allergöttlichster Kaiser selbst!« Sie lachte. »Also, ich könnte mir da eine Menge ausmalen, und das finde ich weitaus reizvoller als das Wissen, daß mein Vater nur ein ganz normaler Mensch ist wie jeder andere auch.« Sie deutete auf Aigolf.

»Du liebst dein Leben, nicht wahr?«

»Klar, weshalb auch nicht? Ich bin frei wie ein Vogel, ich suche mir meine Ziele aus, wie ich will. Wo es mir gefällt, bleibe ich. Ich will die ganze Welt sehen, Túan, und ein Menschenleben ist so kurz! Als Diebin kann ich mich durchschlagen, ohne je wirklich arm zu sein und betteln gehen zu müssen. Ich suche mir die Männer aus, die ich will. Ich bin jung, ich bin gesund. Das Leben ist herrlich!« Sie sprang plötzlich von Ta Nadik ab und wirbelte davon, halb tanzend, halb springend, fast akrobatisch. Sie beherrschte ihren Körper in Vollendung, er war biegsam, kräftig und widerstandsfähig. Eine geborene Diebin. Túan gaffte ihr mit offenem Mund hinterher. Sie war so frisch und übermütig, so anders als alle Frauen, die ihm bisher begegnet waren, daß er sich nur rettungslos in sie verlieben konnte.

Der Junge kehrte jählings auf die Erde zurück, als sein Blick zufällig auf Aigolf fiel. Der Bornländer saß ebenso versunken wie gerade noch er selbst auf seinem Pferd und beobachtete das Mädchen; ein zärtliches Lächeln verklärte seine plötzlich weichen Züge. Túan schluckte und fühlte die schwere Last der Einsamkeit auf seinem Herzen. Die beiden waren weiß. Sie würden zusammenfinden, ohne Frage, auch wenn Aigolf mehr als doppelt so alt war wie das Mädchen. Aber das spielte keine Rolle, wenn beide dasselbe Verlangen, dasselbe Feuer besaßen, und sie waren beide Abenteurer und sich im Grunde ihrer Seele ähnlich. Er trieb Ta Nadik mit lauter Stimme an, um diesen friedlichen Augenblick zu zerstören, und trabte zu Anadis hinüber, um sie aufs Pferd zu nehmen.

Den Rest des Tages ritt er schweigend und grüblerisch dahin, bis er entschied, daß noch nicht alles verloren war. Schließlich war er jung, und Anadis ritt nach wie vor mit ihm, nicht mit Aigolf. Vielleicht mochte sie ihn lieber als den unnahbaren Krieger. Zumindest schien es so, denn beide setzten die üblichen Zwistigkeiten fort, und sie fanden dabei immer neue erstaunliche Bezeichnungen füreinander, die einer Niederschrift wert gewesen wären.

Am Abend jedoch wurde Túans Selbstvertrauen erneut erschüttert. Heute war es an ihm, die treuen Pferde zu pflegen, eine Arbeit, die er normalerweise gern verrichtete. Er war dabei, Kunaks Hals zu striegeln, als sein Blick unwillkürlich zum Feuer glitt. Aigolf war einige Zeit zur Jagd verschwunden gewesen, inzwischen jedoch mit einem Karnickel zurückgekehrt, das nun über dem Feuer briet. Túans Magen krampfte sich zusammen, als er Anadis und Aigolf dicht beieinander stehen sah, vertieft in ein trauliches Gespräch. Schließlich neigte sich Aigolf zu dem Mädchen und küßte es leicht auf die Stirn. Dann wandte er sich wieder dem Braten zu, Anadis verließ ihn – und kam auf Túan zu. Der Junge zog den Kopf ein und setzte das Striegeln ungewohnt heftig fort; Kunak schnaubte empört.

»Der Braten ist bald fertig«, sagte Anadis. Sie zeigte sich in ungewohnt friedlicher Stimmung, und ein seltsamer Schimmer lag auf ihrem Gesicht. »Du solltest dich lieber beeilen, wenn du ein gutes Stück abbekommen willst. Sonst essen wir alles allein.«

»Ich habe ohnehin keinen Hunger«, entgegnete Túan. Er striegelte verbissen zum wiederholten Mal dieselbe Stelle.

»Möchtest du ihm ein Loch ins Fell kratzen?« fragte Anadis und lachte.

»Nein, natürlich nicht. Ich will's nur gründlich machen«, murmelte er.

»Schade, daß du nichts essen willst«, meinte sie bedauernd. »Ich habe mir wirklich Mühe gegeben. Schließlich habe ich dir noch gar nicht richtig gedankt – für meine Befreiung und die Rettung meiner Hand.« Sie hielt ihre Rechte hoch und ließ sie dann wie zufällig auf seinen Arm fallen, wo sie liegenblieb. Behutsam strich sie mit ihren Fingern über seine Haut, und ihn überlief es heiß und kalt. Er stand kurz davor, sie an sich zu reißen, zu küssen und nie mehr loszulassen, aber er beherrschte sich und bemühte sich um eine möglichst gleichgültige Miene.

»Du hast eine wundervolle Samthaut«, sagte sie leise und sanft. »Ganz weich und warm.«

»Paß auf, daß der Braten nicht verbrennt«, fuhr er sie schroff an. »Geh nur ruhig. Ich habe hier noch zu tun.«

Sie zog die Hand zurück, als hätte sie sich verbrannt. »Na schön«, fauchte sie. »Wenn dir das Essen und meine Gesellschaft nicht passen, gehe ich besser. Aber laß dir nicht einfallen, nachher noch nach Resten zu suchen, und komm ja nicht in meine Nähe. Ich habe einen unruhigen Schlaf und bin bewaffnet.« Sie schlug mit der linken Hand an die Scheide ihres Kurzschwertes, drehte sich brüsk um und kehrte zum Feuer zurück.

Túan verbrachte eine erbärmliche, einsame Nacht. Er war wütend auf Anadis, weil sie sich offensichtlich nicht entscheiden konnte oder möglicherweise beide Männer für sich wollte, und er war wütend auf sich selbst, weil er sie abgewiesen hatte. Damit hatte er sich selbst mehr Leid zugefügt als ihr, und möglicherweise hätte er Aigolf ein für allemal aus ihren

Gedanken verdrängt. Aber jetzt konnte er nicht mehr zu ihr kommen, das hatte sie ihm deutlich genug gemacht. Und sie zeigte es ihm auch am nächsten Tag. Sie ritt wohl noch mit ihm, aber er spürte ihre Nähe kaum mehr, und wenn sie mit ihm sprach, dann ebenso giftig wie mit Aigolf.

Am folgenden Abend nahm Aigolf Túan ein wenig beiseite. »Was ist denn los mit dir?« fragte er. »Du bist auf einmal so übel gelaunt. Hat Anadis in ihrer Art irgend etwas gesagt, das dich gekränkt hat? Wenn ja, dann sag es ihr bitte. Sie hat ein loses Mundwerk, aber sie möchte deine Gefühle nicht verletzen.«

»Und was ist mit dir?« fragte Túan zurück.

»Mit mir? Was soll mit mir sein?« erwiderte Aigolf verdutzt. »Zu mir war sie schon immer so. Liegt an ihrer Erziehung, und wir sind uns wohl auch ein wenig ähnlich.«

»Dann ... dann kennt ihr euch von früher?«

»Selbstverständlich! Ich dachte, das wüßtest du. Tut mir leid, wenn ich da etwas Falsches vorausgesetzt habe. Aber ich habe dir ja schon erzählt, daß Aventurien trotz seiner Größe für Abenteurer eine kleine Welt ist. Man begegnet sich immer wieder.« Er hob die Schultern und lachte. »Túan, wenn du dich je bei uns zurechtfinden willst, darfst du nicht immer so grüblerisch sein. Wenn wir etwas falsch machen, mußt du es uns sagen, Junge. Wir stammen nun einmal aus verschiedenen Welten. Abgesehen davon solltest du dich allmählich darauf vorbereiten, deine Mutter bald wiederzusehen. Morgen erreichen wir das Amboß-Gebirge. Ich kenne einen Weg, der einigermaßen direkt verläuft, für die Pferde gangbar ist und auch für dich erträglich sein müßte. Wenn es nicht anders möglich ist, werden wir dir eben wieder die Augen verbinden.«

Ein Licht glühte bei dem Hinweis auf Delua in Túans dunklen Augen auf, und er nickte. »Du hast

recht, Aigolf. Bald ist es soweit, Rache zu nehmen. Und wenn ich dafür Berge erklimmen muß, werde ich es tun.«
Das Gelände, das die ganze Zeit über allmählich angestiegen war, ging nun in die Bergwelt über, mit schmalen Pfaden zwischen Geröllhalden und sich immer höher auftürmenden Felsen, mit gewaltigen Bergriesen, deren Gipfel in den Wolken verborgen lagen. Túan erfaßte bereits heftiger Schwindel, als er nur hinaufsah, aber er wollte sich den atemberaubenden Anblick dieser mächtigen grauen und braunen Massive nicht entgehen lassen. Die Pflanzenwelt wurde hier karg und bescheiden. Moose, Farne, widerstandsfähige Gräser und Kräuter und hin und wieder an den Berg geschmiegte verkrümmte Bäume wie Kiefern und Wacholdergewächse. Die Berge entlang strichen Sturmfalken mit klagenden Schreien; kleine Nagetiere flüchteten über die Felsen davon und verschwanden in winzigen Höhlen oder Büschen. Ganz oben, weit entfernt, erklang der einsame, hoch pfeifende Ruf eines Königsadlers, dessen großer Schatten an der Sonne vorbeizog und dann abdrehte. Die Luft war hier ganz anders, sie wurde kühler, frisch und würzig, und Túan hatte das Gefühl, plötzlich freier zu atmen. Er war so gebannt von dieser ganz neuen Welt, daß sich seine Höhenkrankheit zunächst, außer durch Kopfschmerzen und ein leichtes Schwindelgefühl, kaum bemerkbar machte. Solange er den Blick nach vorn und nach oben gerichtet hielt, war es einigermaßen erträglich. Anadis, die seine Beklommenheit bemerkte, dachte sich einige neue Sticheleien aus; aber Túan ertrug sie mit Gleichmut. Er wußte, daß er der Diebin nicht gewachsen war, und überließ es Aigolf, ihr Widerstand zu leisten.

»Wie kommt es eigentlich, daß ihr zusammen reist?« fragte Anadis einmal unvermittelt. »Ihr tut die ganze Zeit geheimnisvoll, also muß es einen Grund geben. Da ihr miteinander mindestens ebenso oft wie mit mir streitet, kann es kein Kameradschaftsbund sein, der euch zusammen ziehen läßt.«

»Wenn ich das recht sehe, sind wir inzwischen zu dritt«, erwiderte Aigolf. »Welchen Grund hast du denn?«

»Ich reite ja nur bis zur nächsten Stadt mit, zum Beispiel nach Angbar«, erklärte sie giftig. »Das ist die nächste größere Stadt, in der es sich lohnt, tätig zu werden.«

»So ähnlich ist es bei uns auch«, lautete Aigolfs Antwort.

Damit war Anadis so klug wie zuvor; wütend über die erneute Abfuhr, sprang sie von Ta Nadiks Rücken und ging zu Fuß weiter, an Kunak vorbei, den sie grob anrempelte. Dabei ließ sie jedoch die gebotene Vorsicht außer Acht und geriet zu weit von dem schmalen Bergpfad ab. Er war an dieser Stelle, einer Rundung um eine Bergflanke herum, sehr abschüssig und steil. Plötzlich löste sich Geröll unter den Stiefeln der Diebin, und sie verlor den Halt. Blitzschnell, so wie sie es ihr Leben lang eingeübt hatte, warf sie sich mit gestreckten Händen nach vorn, doch sie verfehlte Aigolfs Fuß, schlug der Länge nach hin und rutschte über die Kante ab. Túans Herzschlag setzte für einen Moment aus, als er Anadis' schrillen Schrei hörte und sie nach unten verschwinden sah. Ihr Schrei endete jäh, und er war sicher, daß sie irgendwo aufgeschlagen war und sich das Genick gebrochen hatte.

Dann schrie sie erneut. »Hilfe! Holt mich von hier hinauf!«

Ihr war es wohl gelungen, sich noch irgendwo festzuhalten, bevor sie endgültig in der Tiefe verschwand. Túan stieg von Ta Nadik ab und lief zum Wegerand, als er grob zurückgerissen wurde.

»Bist du verrückt?« zischte Aigolf. »Noch einen

Schritt, und du stürzt hinterher! Laß mich das machen!«

»Aber ich will ihr doch helfen ...«, stieß Túan kläglich hervor. Er sackte in Aigolfs Armen zusammen, als er einen Blick über die Bergkante nach unten warf. Der Bornländer ließ ihn zu Boden gleiten und trat dann selbst zum Rand. Túan preßte sich flach auf den Boden und robbte ihm nach. Doch als er erneut nach unten sah, wurde ihm so schwindlig und übel, daß er sich stöhnend zurückrollte, dann wurde ihm schwarz vor Augen.

»Sie hängt unten an einem Felsvorsprung«, berichtete Aigolf. Er schien sich nicht im geringsten aufzuregen oder irgendeine Gefahr zu sehen.

»Hol mich endlich hinauf!« brüllte Anadis. »Was glaubst du, wie lange ich mich hier noch festhalten kann?«

»Solange du deinen Mund noch so weit aufreißt, habe ich da keine Angst!« rief Aigolf hinunter und lachte.

Túan konnte es nicht fassen. Anadis befand sich in höchster Lebensgefahr, und Aigolf *lachte!*

»Du Krötenmolch«, keuchte der Junge. »Wenn ich wieder auf die Beine komme, bringe ich dich um ... Wie kannst du dich nur so verhalten ... Du willst sie sterben lassen ...«

»Aber nein«, erwiderte Aigolf vergnügt. »Ich lasse sie nur ein wenig zappeln. Das hat sie verdient.« Er ging leicht in die Knie. »Nun, du da unten, wie gefällt es dir? Spürst du, wie der Wind des Abenteuers dich umweht? Wie ist das jetzt mit den alten Männern und gewissen Dingen, die man gewissen Leuten immer vorwirft? Und sie bestiehlt, während sie schlafen? Denkst du, daß sich dir *eine* helfende Hand entgegenstreckt, wenn du sogar die *eigene* Familie bestiehlst?«

»Geschäft ist Geschäft!« schrie Anadis trotzig.

»Was hast du mit dem Stein gemacht?« fuhr Aigolf

ungerührt fort. »Weißt du, was er mir bedeutet hat? Nicht sein materieller Wert war es, du lausige Diebin, sondern ganz etwas anderes. Der Stein war neben meinen Schwertern mein wertvollster Besitz, an dem mein Herz hing – und du hast ihn gestohlen und dich davongemacht, als ob ich irgendein dahergelaufener Kaufmann gewesen wäre! Fühlst du, was ich damals empfand? *Fühlst du es jetzt?*«

»Es tut mir leid! Ich tu's auch nie wieder!« beteuerte Anadis. »Bitte, hilf mir!«

»Warum sollte ich dir helfen?« fragte Aigolf kalt. »Was hast du denn für mich getan, außer mich in Schwierigkeiten zu bringen, mich zu bestehlen und auszunutzen?«

Das Mädchen umklammerte verzweifelt die Felsspitze, die Knöchel traten weiß hervor; die linke Hand glitt immer wieder ab, ohne einen sicheren Halt zu finden.

»*Es tut mir leid!*« wiederholte sie mit schriller Stimme, die Tränen liefen ihr übers blutverschmierte, aufgeschürfte und zerkratzte Gesicht, und sie begann vor Angst zu schluchzen, als sie spürte, wie die Kraft in den Fingern nachließ. Ihre Füße schwangen frei in der Luft, ohne einen Halt zu finden. »*Vater, bitte!*«

Túan, der immer noch hilflos auf der Erde lag, starrte verdattert zu Aigolf auf. »Wa… wa…«, stieß er hervor, dann versagte ihm die Stimme.

Der Bornländer hatte inzwischen ein Seil geholt, das er zu Anadis hinabließ. »Streif dir die Schlinge über, ich ziehe dich hoch.«

»Ich kann nicht!« schrie das Mädchen. »Alles ist verkrampft, ich spüre meine Hände nicht mehr…«

»Ganz ruhig«, redete Aigolf auf sie ein. »Noch ist nicht alles verloren. Erinnere dich an die Regeln der Diebe. So lautet die zweite Regel: *Gerate niemals in Panik, selbst wenn dir die Lage aussichtslos erscheint.* Nun halt dich daran, nimm das Seil mit der linken

Hand, die sich ohnehin schon gelöst hat, und streif dir die Schlinge über. Dann greif mit beiden Händen nach dem Seil und laß dich hochziehen.«

Aigolfs ruhige, tiefe Stimme verfehlte ihre Wirkung nicht, das Mädchen gehorchte wie in Trance, und kurz darauf war sie in Sicherheit. Sie weinte immer noch – für kurze Zeit war sie nur ein verängstigtes, zitterndes Kind, das Schutz suchte. Sie barg das Gesicht an Aigolfs breiter Brust. Er legte die Arme um sie und drückte sie an sich.

»Es tut mir so leid«, schluchzte sie gedämpft. »Ich wünschte, ich könnte es wiedergutmachen!«

»Das hast du getan«, sagte er sanft. »Du hast es eingesehen, Kind.« Er löste sie von sich und legte eine Hand unter ihr zerkratztes Kinn. »Laß dir das eine Lehre sein, Anadis.«

Sie nickte und wischte sich die Tränen von den Wangen. »Du warst immer mein bester Lehrmeister«, murmelte sie.

Túan rappelte sich langsam hoch. »Er ist dein *Vater?*« fragte er Anadis und wies auf Aigolf.

Anadis sah ihn ein wenig verwundert an, weil er verstört, geradezu zornig wirkte. »Ja, natürlich«, antwortete sie. »Wieso – ich dachte, das wüßtest du.«

»Nein, ich wußte es nicht!« Túan funkelte Aigolf wütend an. »Warum hast du mir das nie erzählt?«

»Aber das haben wir doch, beide... zumindest in Andeutungen«, versuchte Aigolf klarzustellen. »Túan, das war bestimmt keine böse Absicht. Normalerweise reden wir nicht so offen darüber, deshalb... habe ich einfach nicht darauf geachtet.«

»So wie du alles verleugnest, was mit deiner Vergangenheit zusammenhängt, nicht wahr? Soll ich dir sagen, was ich geglaubt habe?« Er wollte gestehen, daß er in Aigolf einen Konkurrenten gesehen hatte, daß er sich vorgestellt hatte, sie seien ein Liebespaar. Dabei waren die Blicke und der Kuß nur die Zuneigungsbezeigungen eines Vaters gewesen – nichts weiter. »Ach, vergiß es!« rief er zornig. Ein wenig unsicher wankte er zu Ta Nadik hinüber und zog sich hinauf. »Laßt uns endlich weiterreiten.«

Von da ab war der freundschaftliche Umgang der kleinen Gemeinschaft getrübt wie bei einem ruhigen Bach, in dem der Morast aufgewirbelt worden ist. Túans Verbitterung darüber, nicht eingeweiht worden zu sein, legte sich zwar nach einiger Zeit – die beiden hatten wirklich betroffen gewirkt –, aber einmal mehr fühlte er sich ausgeschlossen. Zuvor waren sie drei verschiedene Menschen mit verschiedener Vergangenheit gewesen, die der Zufall zusammengeführt und zu Gefährten gemacht hatte. Nun aber bildeten Aigolf und Anadis als Vater und Tochter eine Einheit, eine Familie. Obwohl Aigolf sich offensichtlich nie wirklich an Anadis' Erziehung beteiligt hatte und weiterhin auf Wanderschaft gegangen war, bekannte er sich offen zu seiner Tochter, und daß er sie aufrichtig liebte, daran zweifelte Túan keinen Augenblick. Warum hatte das sein eigener Vater nicht getan? Warum hatte seine Dorfgemeinschaft, der er sich zugehörig gefühlt hatte, es nicht verzeihen können, daß er in die Gefangenschaft der Weißen geraten war? Er war unschuldig gewesen, und trotzdem hatten sie ihn verbannt. Aigolf hatte Anadis verziehen, obwohl sie sich schuldig gemacht hatte, er hatte sie nicht verstoßen, obwohl sie ihn verletzt hatte.

Er hatte niemanden. Er war der Verbannte.

Túan kauerte sich zusammen und bedeckte das Gesicht mit dem Arm. Irgendwo dort draußen, hinter den Bergen, war seine Mutter. Er klammerte sich zäh an die Hoffnung, daß sie noch lebte und darauf wartete, daß er sie finden und befreien würde. Wenn er sie erst befreit hätte, würde alles anders werden. Dann wäre er kein Verstoßener, Außenstehender mehr. Er hätte eine Mutter, die ihn liebte, die seine

Familie, seine Freundin wäre. Er würde nie mehr einsam sein.

Der Weg führte nun steil bergauf, und sie mußten zu Fuß gehen. Die Pferde kamen, von wenigen Stellen abgesehen, mühelos zurecht. Túan ging stets auf der Bergseite, auf der anderen Seite hielt er Ta Nadik, damit er den Abgrund nicht sehen mußte. Es wäre sehr mühsam gewesen, mit verbundenen Augen zu wandern, und sie hätten noch länger gebraucht. So kamen sie einigermaßen rasch voran. Túan lenkte sich ab durch leise Gesänge und Rätselspiele mit sich selbst. Mit den anderen beiden redete er nur das Notwendigste, und auch sie schwiegen die meiste Zeit. Durch die körperliche Anstrengung war auch Anadis endlich einmal die Luft ausgegangen, und die beiden anderen blieben von ihrem ewigen Geschnatter verschont. Aigolf kannte sich hier einigermaßen aus und fand zumeist den leichtesten Weg, der zwischen den Bergen hindurch und nicht über die höchsten Pässe führte. Eine beschwerliche Reise war es dennoch, und allmählich gingen auch die Vorräte zur Neige.

»Noch ein Nachtlager, dann haben wir das Schlimmste hinter uns«, behauptete Aigolf eines Abends munter. »Morgen nachmittag schon lassen wir die Berge hinter uns, und dann befinden wir uns im Fürstentum Kosch. Dann haben wir unser Ziel bald erreicht. Anadis, du wirst allein nach Angbar weiterreisen müssen, da wir nicht bis dorthin reiten.«

»In Ordnung«, sagte sie. »Ich kann's gar nicht mehr erwarten, endlich wieder in zivilisiertere Gegenden zu kommen. Diese Wildnis ist ganz nett, aber nichts für mich. Ich bewege mich lieber im Dschungel der Städte, durch enge Gassen und über Dächer hinweg, immer auf der Jagd nach einem kostbaren Wild.«

Sie bückte sich, um ein Stück Holz nachzulegen. Genau in diesem Augenblick zischte sirrend ein Pfeil an ihr vorbei und landete im Feuer. Anadis fuhr herum, das Schwert schon in der Hand. Ihr Atem ging rasch; hätte sie sich nicht zufällig bewegt, wäre sie jetzt vermutlich tot gewesen.

Aigolf und Túan standen ebenfalls bereit. Sie hatten das Lager in einer geschützten Felsnische aufgeschlagen, und es blieb kaum Raum zum Kämpfen. Die Angreifer schienen sich auszukennen, denn sie gingen geplant vor. Entweder hatten sie Stunden gewartet, oder sie hatten sich so still wie Nachteulen angeschlichen und ihre Beute belauert. Es herrschte eine unwirkliche Stille, die Gefährten sprachen nichts, und auch die Angreifer bewegten sich schweigend – und schnell. Sie trugen schwarze Lederrüstungen und Helme, die ihre Gesichter verdeckten. Sie kamen wie Schatten über die umliegenden Felsen herab und zeichneten sich kaum gegen den rasch dunkler werdenden Abendhimmel ab. Sie griffen mit Schwertern und Beilen an. Aigolf stand hochaufgerichtet und gerüstet neben dem Feuer und erwartete sie mit beiden Schwertern. Zu solchen Gelegenheiten legte er ein breites stählernes Armband und einen starren Handschutz an, der bis zu den Fingern reichte. Damit war er in der Lage, den Feuerdorn mit nur einer Hand zu führen. Zum Anlegen des Armschutzes und des in Al'Anfa erstandenen Waffenrocks hatte er nur wenige Herzschläge gebraucht, so daß er die unbekannten Feinde ruhig erwarten konnte. Er bot eine eindrucksvolle Erscheinung, und die unheimlichen schwarzen Gestalten umkreisten ihn zunächst, um ihn abzuschätzen. Er stand so reglos wie eine Statue und ließ sich durch nichts ablenken – bis sie angriffen. Dann erwachte er zum Leben und setzte seinen Körper als als einen vollendet abgestimmten Organismus aus Sehnen und Muskeln ein, der ihn schneller und gewandter machte als seine Gegner. Er bewegte sich mit traumwandlerischer Sicherheit; mit der Geschmeidigkeit eines Tänzers umkreiste er die Angreifer, wich ihren Hieben aus, übersprang sie oder tauchte unter ihnen hindurch. Sie fielen, wie sie sich ihm entgegenstellten, doch sofort traten neue an ihre Stelle, es wurden nicht weniger. Auch Anadis und Túan kämpften gut, dennoch gelang es immer mehr Angreifern, über die Felsen herabzuspringen. Plötzlich stieß Túan einen lauten Schrei aus und brach zusammen, und Anadis wurde an die Felswand zurückgedrängt. Aigolf fuhr herum und schlug die Vermummten zurück, doch schon trafen die nächsten ein und bedrängten ihn immer mehr. Aigolf wurde rasch klar, daß das Glück sich bald dem Feind zuwenden würde; dieser Übermacht konnte auch er nicht mehr lange standhalten.

Da sah er plötzlich etwas hinter einem Angreifer aufblitzen, kurz und schnell. Dann fiel der erste, gleich darauf der nächste.

Aigolf stellte sich schützend vor Túan und Anadis, ließ den *Drachenzahn* fallen und den *Feuerdorn* kreisen. Wer auch immer zu Hilfe gekommen war, konnte den Rest erledigen. Immer mehr Beile blitzten auf, immer mehr Vermummte stießen dumpfe Laute aus und stürzten zu Boden. Und dann flohen sie – die wenigen, die es noch konnten. Sie wurden auf den Felsen bereits erwartet und erschlagen oder herabgestürzt.

Schließlich erkannte Aigolf etwas, über das Dunkel der gefallenen Leiber hinweg.

»Angroschim!« rief er.

»Die Zwerge«, flüsterte Anadis erleichtert. Dann sank sie erschöpft und kraftlos neben Túan zu Boden. Sie hatte ein paar Schrammen abbekommen, war aber nicht ernsthaft verletzt.

»Aigolf Thuransson, ein Mann wie ein Berg, so kenne und grüße ich dich«, erklang eine tiefe rauhe Stimme, und ein ungeschlachter Zwerg mit einem großen Kriegsbeil und einem gehörnten Helm auf den Kopf trat nach vorn.

»Dorgan, Sohn des Digen, ich grüße dich gleichfalls!« rief Aigolf lachend. »Rondra sei Dank, daß sie dich zu mir führte!«

»Danke Ingerimm, der mich diesen Weg heute auskundschaften ließ«, erwiderte der Zwergenhauptmann. »Ich sah von weitem diese finsteren Gestalten und ahnte schon, daß Hilfe vonnöten wäre. Dich hier zu treffen, erstaunt mich – und erstaunt mich doch nicht. Es hieß, du seist tot, aber Berge sterben nicht so schnell, nicht wahr?« Er lachte dröhnend, trat zu Aigolf und drückte seine Arme. »Du siehst hervorragend aus, mein alter Freund und Kampfgefährte, und ich freue mich, dich wiederzusehen! Wir sollten morgen eine kleine Probe versuchen!«

»Das werden wir tun, Dorgan, aber jetzt müssen wir uns erst um diese jungen Leute kümmern.« Aigolf drehte sich um und kniete bei Túan nieder. Der Junge war bewußtlos, und aus einer tiefen Fleischwunde an der Seite tropfte dunkles Blut. »Es hat ihn böse erwischt«, stellte er ernst fest.

Anadis, die Túans Kopf in den Schoß gebettet hatte, fragte besorgt: »Er wird doch überleben, oder?«

»Aber natürlich!« erklärte Dorgan. »Mein Kind, du kennst die Heilkunst der Zwerge schlecht, wenn du das bezweifelst. Solange sein Herz noch schlägt und die Waffe nicht vergiftet war, besteht Hoffnung. In zwei, höchstens drei Tagen wird er wieder gesund und stark sein.« Er winkte einige Zwerge herbei, die rasch eine Trage aus den mitgeführten Gepäckteilen anfertigten und Túan darauflegten. »Wir sind stets auf alles vorbereitet. Nun kommt erst einmal mit, der Junge wird bei uns gut versorgt, und ihr könnt euch stärken. Kannst du noch laufen, Mädchen?«

»Natürlich«, antwortete sie. »Oder denkst du, ich krieche wie eine Schlange?«

Der Zwergenhauptmann lachte erneut schallend. »Du gefällst mir, Kleine! Wo hast du sie her, Aigolf?«

»Sie ist meine Tochter«, gestand der Bornländer mit einer seltsamen Mischung aus Seufzen und Stolz.

Dorgan verschlug es für einen Augenblick die Sprache, dann lachte er so sehr, daß er die Felsen schier zum Wackeln brachte. »Davon mußt du mir in aller Ausführlichkeit berichten, Freund, während du dich bei uns erholst!«

Schon bald darauf wurde Túan in der Zwergensiedlung im Berginnern bestens versorgt, und Aigolf und Anadis wurden von Dorgans Frau freundlich bewirtet.

»Nun erzähl mir von deiner Reise!« forderte ihn der Zwergenhauptmann auf, und Anadis nickte beipflichtend.

»Ich denke auch, es wird Zeit, mir endlich die Wahrheit zu sagen. Ich will schließlich wissen, wofür ich meinen Kopf hinhalte.«

Der Bornländer berichtete daraufhin, während er sich stärkte, und die anderen hörten gespannt zu. »Nahezu seit Beginn unserer Suche werden wir verfolgt«, schloß er schließlich. »Hast du eine Vorstellung, wer diese Schergen waren, die uns überfielen?«

Dorgan nickte. »Ich kenne diese Schläger. Es ist eine Art Bruderschaft von Meuchelmördern, die im Dienst Holgons stehen, des Barons von Geistmark. Seine Baronie ist nicht besonders groß, sie umfaßt nicht mehr als sechshundert Quadratmeilen, aber was ihm an Ländereien fehlt, macht er durch Grausamkeit wett. Wir haben oft mit ihm zu tun, wenn er seine Meute auf Raubzug ausschickt.«

Anadis beobachtete das Gesicht ihres Vaters. Sie kannte ihn viel zu gut, um hinter der starren Fassade den Aufruhr zu bemerken. »Ist das euer Ziel?«

Aigolf nickte. »Ich muß nun wohl davon ausgehen,

daß genau dieser Baron, der Delua gekauft hat, uns seit Al'Anfa verfolgen läßt. Aber weshalb?«

»Glaubst du, daß er nur hinter dir her ist?«

»Nein, ich vermute, er will Túan an den Kragen. Irgendein Geheimnis umgibt diesen Jungen. Er trägt das Zeichen des Jaguars hinter dem linken Ohr, das irgend etwas zu bedeuten scheint. Und er kann sich nicht an seine frühe Kindheit erinnern. Ich bin mir sicher, daß auch seine seltsame Höhenkrankheit damit zu tun hat.«

»Hast du schon versucht, mit ihm zu reden?«

»Ja. Er behauptet, sich an nichts zu erinnern, und ich glaube ihm.«

Anadis klopfte sich leicht auf die Schenkel und stand auf. »Nun, dann werden wir eben zu Holgon von Geistmark reiten und ihn fragen, was das alles zu bedeuten hat.«

Aigolf sah auf. »Wir?«

Das Mädchen grinste. »Wieso nicht? Zum ersten: Ich habe heute abend wegen Túan beinahe das Leben verloren. Das kann ich nicht leiden, und das verlangt Genugtuung. Zum zweiten: Beim Baron gibt es bestimmt einiges von Wert für mich. Zum dritten: Es ist gar nicht so schlecht, mal auf der anderen Seite des Gesetzes zu stehen und eine *Heldin* zu sein.«

Dorgan lachte. Er hatte sich seit ihrer ersten Bemerkung in Anadis verliebt, was er offen zugab, und schwärmte seiner Ehefrau nicht wenig vor von ihr. »Soll ich dich auch begleiten, Bruder?«

»Diesmal nicht, Freund.« Aigolf schüttelte den Kopf. »Halt lieber die Berge sicher. Wenn ich wieder einmal einen größeren Rachezug unternehme, bist du willkommen.«

»Schade. Aber wenn es dein Wunsch ist... Ich werde euch bis zum Ende der Berge begleiten, einverstanden? Nur für den Fall, daß wir wieder ein paar schwarzen Freunden begegnen.«

Túan verbrachte zwei Tage zwischen Fieberträumen und Schmerz. Manchmal merkte er, wie er gewaschen und neu verbunden wurde, und hin und wieder gelang es ihm, ein paar Löffel stärkende Brühe zu sich zu nehmen. Am Abend des zweiten Tages ließ der Schmerz spürbar nach, das Fieber sank, und er kam zu sich. Aigolf saß an seinem Bett, hielt geduldig Wache und lächelte, als er Túans Blick bemerkte.

»Wie fühlst du dich, Junge?«

»Was war denn los?« brachte Túan krächzend hervor und hustete. »Ich erinnere mich an einen Kampf...«

»Du wurdest ziemlich schwer verwundet. Aber die Zwerge sind rechtzeitig gekommen, und dank ihrer Pflege bist du schon wieder fast gesund. Noch ein Tag Ruhe, dann können wir weiter.«

Túan richtete sich langsam auf und verzog das Gesicht. »Zwerge?« fragte er staunend. Dann entdeckte er die Felsen um sich herum in einem fensterlosen, durch große Kerzen mattgolden beleuchteten Raum, der mit vielen Fellen ausgelegt war. »O ja...«

Aigolf gab ihm einen Kräutersaft zu trinken und berichtete, was sich zugetragen hatte. »Sobald du dich kräftig genug fühlst, werden wir unserem Freund Holgon einen Besuch abstatten. Dorgan hat sich inzwischen umgehört, und wie es aussieht, ist Delua tatsächlich in seiner Burg.« Er drückte leicht Túans Schulter. »Ruh dich jetzt aus, Junge. Ich komme später wieder.«

Er war schon halb aus der Tür, als Túan ihm nachrief.

»Aigolf...«

Der Krieger wandte sich um. »Ja?«

»Es tut mir leid.«

Der rothaarige Bornländer, der sich in den Höhlen der Zwerge nur gebückt bewegen konnte, hob eine

Braue. Wenigstens damit stieß er nirgendwo an. »Dummkopf«, brummte er. Dann war er draußen.

Túan legte sich zurück und starrte zur porösen, gefurchten Decke hoch. Die Gedanken drängten sich in seinem Kopf, aber noch war die Schwäche größer, und bald umfing ihn wieder dämmriger Halbschlaf.

Er kam zu sich, als er eine leise Bewegung in seiner Nähe spürte, öffnete die Augen und drehte den Kopf. »Anadis...«

Ihre kleinen weißen Zähne blitzten im Kerzenschein auf, als sie lächelte, und sie ließ sich dicht bei ihm nieder. »Aigolf hat mir alles erzählt«, sagte sie. »Es tut mir leid, Túan. Ich wußte nicht, was du alles durchgemacht hast. Ich mag mich ziemlich ungehobelt benehmen, doch ich bin bestimmt nicht herzlos. Und du hast dich auch ziemlich abweisend benommen.«

»Ich weiß. Was wirst du jetzt tun?«

»Was schon? Mitkommen natürlich. Du kennst meinen Vater. Ich geb's nicht gern zu, aber ich bin ihm ähnlich.«

»Du liebst ihn, nicht wahr?«

»Lieben? Ich weiß nicht.« Sie hob verlegen die Schultern. »Ich bewundere ihn. Aber ich hab's nicht gern, über unsere... Verwandtschaft zu reden. Macht mich unabhängiger, weißt du. Er hält nicht viel von meinem Beruf. Abgesehen davon ist es besser, wenn niemand sonst davon weiß. Falls einer von uns in Schwierigkeiten gerät oder so. Manche nutzen das zur Erpressung aus.«

»Ich sag's nicht weiter. Aber es hat mich gekränkt, daß ihr mich nicht als Freund behandelt habt.«

»Nimm das nicht zu ernst, Túan. Wir gehen keine engen Beziehungen ein, weil uns das verletzbar macht. Und durch unser unstetes Leben würde es zu oft schmerzen, Abschied zu nehmen. Wir sind zu ruhelos für Freundschaften und Gefühle.«

»Ich weiß aber, daß er dich liebt.«
Sie lachte leise. »Er ist sehr gefühlvoll. Ich weiß zum Beispiel auch, daß er dich sehr gern hat.«
»Und du?« fragte Túan geradeheraus. Waldkinder redeten frei heraus, und die Welt der Weißen hatte ihn noch nicht allzu stark geprägt.
Ihre leicht schrägen blauen Augen schimmerten, als sie sich über ihn beugte. »Ich hab dich auch gern«, wisperte sie. »Aber verlang nicht von mir, daß ich dich liebe. Ich liebe nur mich selbst und den Glanz von Geschmeide. Ich werde mich nicht fest an jemanden binden, dafür gibt es viel zu viele Männer, die ich begehre.«
Er hob eine Hand zu ihrem Gesicht und strich leicht darüber. »Es macht dir nichts aus, Männer in dich verliebt zu machen und sie dann zu verlassen, nicht wahr?« flüsterte er. »Ich hab' keine Erfahrung damit, und ich...«
»Sch-scht«, unterbrach sie ihn sanft und legte ihm einen Finger auf den Mund. »Sprich nicht von Liebe, schöner Waldmensch. Zerstör nicht diesen Augenblick, der nur uns gehört.« Ihr Finger strich zart über seine Lippen, glitt über das Kinn den Hals hinab zu seiner Brust. Sie streichelte seine glatte Haut. »So weich, so warm...«, murmelte sie.
»Anadis, ich bin verwundet...«, versuchte er sich schwach zu wehren. Sein Herz hämmerte bis in die Schläfen hinauf, und er spürte, wie sein Körper erwachte, wie jede Faser ihrer Berührung entgegenfieberte.
»Das macht nichts. Du brauchst überhaupt nichts zu tun. Ich werde ganz behutsam sein. Laß dich einfach von mir leiten...«
Ihre Hand streichelte und liebkoste ihn, und ihre Lippen drückten sich weich auf seinen Mund, spielten und knabberten, bis sie ihn immer leidenschaftlicher küßte. Als sie sich an ihn schmiegte, spürte er

ihre kühle, zarte Haut und legte die Arme um sie, um sie noch inniger zu spüren und zu erkunden. »Nur ruhig...«, hauchte sie. Sie fuhr fort, ihn zu küssen und zu liebkosen, ihre kräftigen glatten Beine umschlangen ihn, und sie glitt behutsam über ihn, offenbarte ihm die Geschmeidigkeit ihres Körpers und entführte ihn schließlich in Rahjas geheimnisvolles Reich.

14. Kapitel

Das Zeichen des Jaguars

Der Zwergenhauptmann begleitete die Gefährten bis zum Ende des Amboß-Gebirges und verabschiedete sich besonders herzlich von Anadis, die sich seine kräftige Umarmung und den rauhen Kuß auf die Wange gern gefallen ließ. Túan war noch ein wenig blaß, aber nichts konnte ihn mehr halten. Er mußte sein Ziel endlich erreichen.

Die letzte Etappe mußte er mit verbundenen Augen zurücklegen, dennoch litt er zwischendurch unter krampfartigen Zuständen. Um ihn nicht zusätzlich zu belasten, gingen Aigolf und Anadis zumeist darüber hinweg. Abends, in der alles umhüllenden Dunkelheit, erholte er sich rasch wieder; er bemühte sich sehr um Anadis und war weit davon entfernt, aufzugeben. »Ich werde dir weh tun«, sagte sie. »Das riskiere ich«, erwiderte er. Anadis war seine erste große Liebe, und dementsprechend hing er an ihr. Obwohl sie es nicht wollte, wurde sie immer wieder schwach und gab seiner schüchternen, unschuldigen Verführung nach. Unter ihrer sachkundigen Führung entwickelte er sich erstaunlich schnell und zeigte sich als Naturtalent, dem sie schließlich nicht widerstehen konnte.

Aigolf beobachtete das Geplänkel der jungen Leute aus der Entfernung, mit leisem Schmunzeln und vielleicht auch ein wenig wehmütig, wenn er dabei an die eigene Jugend dachte. Er verstand Dorgan, dem es schwerfiel, die Abenteurer zu verabschieden. Von allen einstigen Kampfgefährten kannte Aigolf den Zwergenhauptmann am längsten, und von allen war Dorgan der einzige, den er wirklich als Freund betrachtete, dem er sich blindlings anvertraut hätte. Dem Zwerg erging es ebenso, denn er flüsterte Aigolf zu, er brauche nur eine Botschaft zu schicken, und er, Dorgan, werde sofort kommen. Vielleicht, wenn ich dereinst ins Bornland zurückkehre, dachte Aigolf. Dann kann ich gute Freunde gebrauchen.

Nachdem die Berge zurückgewichen waren, erwartete die Gefährten ein liebliches, waldreiches und fruchtbares Land, das Túan entfernt an seine Heimat erinnerte. Sie überquerten über eine Furt den Nordarm des Großen Flusses, der an seinem Ursprung Ange genannt wurde, und machten sich auf den Weg zur Baronie Geistmark, die am Rande der Koschberge liegen sollte. Obwohl Aigolf es erwartet hätte, wurden sie nicht weiter verfolgt oder angegriffen. Der Baron hatte entweder aufgegeben oder erwartete sie nunmehr in seiner Burg. Als der Bornländer Túan darauf angesprach, zuckte der Junge nur die Achseln. Er hatte nach wie vor keinerlei Vorstellung, weshalb gerade er verfolgt wurde und wie das mit seiner Mutter zusammenhing. Die Antworten lagen bei Holgon; ohne ihn würde Aigolf das Rätsel niemals lösen, wie verbissen er es auch versuchen mochte.

Sie fragten sich in den umliegenden Dörfern durch und fanden schließlich den Weg zu einem abgeschiedenen kleinen Tal, das auf der Nordseite von einem Hügel begrenzt wurde, und dort oben stand die trutzige Burg. Sie war gut befestigt und von dem am Fuß des Hügels liegenden Dorf nur durch eine Straße zugänglich, auf der ein lebhaftes Treiben herrschte. Die Gefährten stellten die Pferde in einem Mietstall im

Dorf unter und mischten sich zu Fuß unter die Leute. Sie gelangten auf diese Weise ohne Schwierigkeiten in die Feste hinein. Es gab keine besonderen Wachen, niemand schien über den Verbleib der Mördertruppe beunruhigt zu sein. Während Aigolf und Túan sich mehr im Hof und in den Ställen umsahen, war Anadis bereits innerhalb der Burg verschwunden und schnüffelte dort herum. Nach einer Weile kam sie zu den beiden zurück.

»Ich habe sie gefunden«, gab sie kund.

Túan war so überrumpelt, daß es ihm die Sprache verschlug. Dem Ziel plötzlich so nahe zu sein, war wie ein Schock, beinahe unfaßbar.

»Wirklich?« flüsterte er dann. »Du hast sie wirklich gesehen? Lebendig und leibhaftig?«

Anadis nickte. »Sie ist ein bißchen dünn, aber gesund und munter. Ich habe ihr erzählt, daß du hier bist. Sie weinte vor Freude, weil du noch lebst. Sie wird euch heute abend treffen. Baron Holgon hat zu einem Bankett geladen, da kann sie sich davonschleichen. So lange mußt du noch Geduld haben.«

»Wo werden wir uns treffen?« fragte Aigolf.

»Im letzten Stall, dort stehen zur Zeit keine Pferde. Dort können wir warten.«

Túan verbrachte den Rest des Tages damit, unruhig auf- und abzulaufen, während Aigolf und Anadis es sich im Stroh gemütlich machten. Niemand schaute herein, jeder schien seine Beschäftigung zu haben, und die Wachen hatten keine besondere Order.

»Das macht mich mißtrauisch«, murmelte Aigolf. »Irgend etwas stimmt hier ganz und gar nicht.«

»Wart nur ab«, tröstete Anadis. »Delua kommt bald und klärt alles auf.« Sie zögerte kurz, dann rückte sie nahe an ihn, und er legte einen Arm um sie. »Weißt du, daß dies das erste Mal ist, daß wir zusammen unterwegs sind – und auf derselben Seite?«

»Einmal ist immer das erste Mal, kleines Küken«,

schmunzelte er. »Anadis, du bist noch so jung. Nutz den Augenblick, mein Kind.«

»So wie du das tatest?«

Er blickte auf die Tochter hinab. »Ich wußte nicht, daß sie ein Kind erwartete. Als ich nach einem Jahr zurückkehrte, warst du bereits geboren. Sie wollte mich trotzdem genauso wenig bei sich haben wie zum Zeitpunkt meiner Abreise.«

»Wärst du bei ihr geblieben, wenn sie dich gebeten hätte?«

»Ja, das darfst du mir glauben, Anadis. Deine Mutter verläßt man nicht so leicht. Ich habe sie nie vergessen, aber sie traf ihre Wahl ebenso wie ich. Und, offengestanden, es war so die beste Entscheidung für uns beide. Miteinander wären wir wahrscheinlich nur unglücklich geworden.«

»Hm.« Sie kuschelte sich an ihn und schloß die Augen. »Sie hat mir dasselbe erzählt, aber ich wollte es auch von dir hören. Und irgendwie ... irgendwie warst du ja immer da. Zumindest gab es immer Geschichten über dich.«

Er lachte leise. Dann gähnte er und schloß ebenfalls die Augen. Bald darauf schlummerten beide friedlich ein. Túan beobachtete sie von seiner Ecke aus, und für einige Zeit wurde er ruhiger.

Endlich brach die Abenddämmerung an, Túan rieb sich nervös die Hände und starrte ununterbrochen zur Stalltür. Er zuckte zusammen, als er plötzlich das Licht einer kleinen Laterne sah, das sich langsam auf den Eingang zu bewegte. Dann erschien der Umriß eines Menschen dahinter. Túan stieß einen leisen Schrei aus und lief auf seine Mutter zu, und für eine Weile standen sie schweigend, in fester Umarmung da. Aigolf schloß die Stalltür und schob die beiden in den hinteren Bereich, um keine unnötige Aufmerksamkeit zu erregen.

»Ich habe nicht viel Zeit«, flüsterte Delua. »Im Augenblick sind alle mit dem Saufgelage beschäftigt, und niemand wird mich vermissen. Aber ich möchte euch nicht gefährden ...«

»Wir sind hier, um dich zu befreien«, unterbrach Túan. Er musterte seine Mutter eindringlich, und wie Anadis gesagt hatte: Sie war sehr schmal geworden, wirkte jedoch gesund. Sie sah vielleicht ein wenig älter aus durch die Strapazen der Reise, einige weiße Strähnen leuchteten in ihrem dichten schwarzen Haar, aber sie war so schön, wie er sie in Erinnerung gehabt hatte.

»Túan, viel wichtiger ist es mir, daß du gesund und frei bist«, hauchte sie und brach in Tränen aus. »Dann war – wenigstens nicht alles umsonst.« Sie ergriff Túans Arm und zog ihn ins Stroh. »Setz dich hin, mein Sohn, denn ich muß dir etwas sagen.«

Eine Weile suchte Delua nach Worten, streichelte Túans Hände und sah ihn an wie jemand, der um Vergebung bittet.

»Nachdem du nicht zurückgekommen bist«, begann sie schließlich, »habe ich mich auf die Suche nach dir gemacht – und bin, ebenso wie du, den Sklavenjägern in die Hände gefallen. So... nahm das Unglück unaufhaltsam seinen Verlauf. Eine Geschichte, die längst vergangen sein sollte, ist dadurch wieder sehr lebendig geworden. In Al'Anfa arbeitet ein Sklavenbeschauer, der einst hier am Hof Dienst tat. Ausgerechnet diesem Mann wurdest du vorgeführt. Er erkannte dich, doch bevor er etwas unternehmen konnte, bist du ihm entwischt. Das Schicksal wollte es, daß auch ich ihm kurz darauf vorgeführt wurde. Diesmal handelte der Sklavenbeschauer sofort, er gab die Nachricht durch einen Botenfalk weiter und schickte mich zusammen mit anderen Sklaven auf die Reise hierher. Er konnte sich denken, daß du von meiner Gefangennahme erfahren und nach mir suchen würdest, und gab einem seiner Handlanger den Auftrag, dich abzufangen. Ich danke allen Göttern Aventuriens, daß ihm das nicht gelungen ist.« Sie schluchzte erneut auf und wischte über ihre Augen.

»Ich verstehe kein Wort«, sagte Túan. »Was ist das für eine längst vergangene Geschichte? Und weshalb sollte dieser Mann uns kennen? Ich bin ihm nie zuvor im Leben begegnet.«

»Du nicht, aber ich«, flüsterte sie. »Er hat dich auch nicht gleich erkannt – bis er die Narbe hinter deinem linken Ohr sah.«

»Die Narbe? Aber ... das ist doch ein Mal – das Zeichen des Jaguars! Das hast du selbst mir erzählt!«

»Ich habe dich belogen«, antwortete Delua. »Ich habe dich immer belogen, Túan. Von Anfang an. In Wahrheit – bin ich nicht einmal deine Mutter.«

Ein Moment atemloser Stille trat nach Deluas Eröffnung ein.

»Was?« flüsterte Túan entsetzt. »Was – was redest du da?« War er in einem bösen Traum gefangen? Hilflos blickte er zu Anadis und Aigolf, die still dabeisaßen. Die Worte hallten in seiner Erinnerung nach, dennoch konnte er sie nicht fassen oder begreifen.

Delua rang ihre Tränen nieder und drückte Túans Hände. »Mein Sohn, eines mußt du wissen: Ich habe dich immer geliebt wie mein eigenes Kind, und für mich macht es keinen Unterschied, daß ich dich nicht selbst geboren habe. Ich hätte es dir auch nie erzählt, aber da du nun hier bist, habe ich keine andere Wahl. Es ist kein Zufall, daß du mich ausgerechnet hier gefunden hast, Túan. Denn Baron Holgon – ist dein Vater.«

Túan zog die Hände ruckartig zurück. Er war außerstande, etwas zu erwidern. Er war sich nicht einmal sicher, ob er in diesem Moment überhaupt etwas empfand.

»Hör mich an«, bat Delua. »Ich will dir die Wahrheit sagen. Verzeih mir, daß das erst jetzt geschieht, aber ich hatte sosehr gehofft, daß es nie soweit käme. Ich wollte kein Leid über dich bringen, sondern dich davor bewahren... Aber Kamaluq fordert immer seinen Tribut.« Sie stieß einen tiefen langen Seufzer aus, bevor sie fortfuhr.

»Vor beinahe neunzehn Jahren war Baron Holgon einst zu Besuch in Al'Anfa, um den berühmten Sklavenmarkt kennenzulernen und sich die besten Sklaven auszusuchen. Er hatte gerade die Nachfolge seines Vaters angetreten und wollte seinen Hof entsprechend ausstatten. Er war ein schmucker junger Mann, grausam und herablassend wie die meisten Adligen des Neuen Reichs. Bis zu dem Augenblick, da er deine Mutter Sarina erblickte – und sich in sie verliebte. Wir beide, Sarina und ich, waren beim Jagen gefangen und auf den Sklavenmarkt gebracht worden. Wir waren von frühester Kindheit an unzertrennliche Freundinnen.

Holgon hatte vom ersten Augenblick an nur noch Augen für Sarina, und das zu Recht. Sie war das schönste Mädchen, das du dir vorstellen kannst. Holgon erwarb sie umgehend und ohne langes Feilschen, glücklicherweise zusammen mit mir.

Während die anderen Sklaven und ich für den Hofstaat des Barons zu sorgen hatten, wurde Sarina zuvorkommend behandelt – wie eine Geliebte. Natürlich hat Holgon meiner Freundin niemals die Rechte einer freien Frau zugestanden, sie blieb seine Sklavin und mußte ihm zu Diensten sein, wann immer er es verlangte. Aber ich bin mir sicher, daß er sie auf eine gewisse Weise wirklich *geliebt* hat.

Trotz der Ferne von der Heimat und der Demütigung durch die Sklaverei war es keine allzu schlechte Zeit – für uns alle. Wir wurden nicht geschlagen oder mehr ausgebeutet, als wir verkraften konnten. Sarina, die wiederum von Holgon unterrichtet wurde, lehrte uns das Garethi sprechen, lesen und schreiben.

Sarina gab sich die Jahre über stets als stille, geduldige Frau, und so ist Holgon verständlicherweise nicht auf den Gedanken gekommen, daß sie niemals den Wunsch nach Freiheit und den Gedanken an die Flucht nach Hause aufgegeben hatte. Sie hat dich heimlich in allen Dingen unterrichtet, die ein Waldkind wissen muß. Sie hat dir beigebracht zu kämpfen, dich im Dickicht zu verbergen und zu jagen. Du bist ein sehr aufmerksamer und gelehriger kleiner Junge gewesen, mit einer flinken Auffassungsgabe. Die meiste Zeit hast du bei mir verbracht, denn der Baron wollte dich, seinen Sohn, nicht um sich haben, und so fand sich immer eine Gelegenheit für ein Zusammensein.

Du bist bereits acht Jahre alt gewesen, als Sarina den richtigen Zeitpunkt für gekommen sah. Während Holgon sich fern der Burg auf einem Kriegszug befand, haben wir in aller Eile ein paar Vorräte und Habseligkeiten zusammengepackt und sind geflohen.

Aber der Baron kam vor der geplanten Zeit zurück, mobilisierte sofort eine Einheit und machte sich selbst auf die Suche nach uns. Wir waren inzwischen schon weit gekommen – bis in den heimatlichen Dschungel. Am Ende unserer Kräfte, hatten wir unseren Stamm erreicht und geglaubt, uns nach so vielen Jahren wieder glücklich und in Freiheit wähnen zu können. Wie bitter war daher unser Erwachen, als unsere eigenen Familien uns nicht aufnehmen wollten und uns sogar als böse Geister verfluchten!

Und ein Fluch schien wahrhaftig über uns zu liegen, denn Baron Holgon hatte uns bereits eingeholt. Er hatte unsere Spur durch den Wald zunächst allein verfolgt und dann seine Leute zu sich gerufen. Er war außer sich vor Zorn, daß Sarina es gewagt hatte, ihm die Stirn zu bieten. Und ihn peinigte der Gedanke daran, daß sie dich gegen ihn aufbringen könnte und du eines Tages dein Recht als sein Sohn einfordern würdest. Beweise dafür gab es genug, nahezu jeder in der Baronie kannte dich und wußte von deiner Herkunft. Solange Sarina und auch ich noch lebten, konnten wir deinen Anspruch belegen, und das durfte er nicht zulassen.

Holgon betrat das Dorf wie ein Herrscher und forderte die Herausgabe von uns Flüchtlingen. Der Stamm, der uns ohnehin verstoßen hatte, wollte dieser Forderung unter der Bedingung nachkommen, daß der Baron sich dann augenblicklich und in Frieden zurückzöge.

Sarina jedoch ergriff deine und meine Hand und stellte sich Holgon entgegen. Und niemals war sie schöner als in diesem Moment; als sie sich ganz allein und hocherhobenen Hauptes schützend vor uns beide stellte – eine Kriegerin des Waldes. Ohne sich von dem Aufgebot und der Bewaffnung der Soldaten hinter dem Baron beeindrucken zu lassen, sprach sie mit lauter Stimme ihre Weigerung aus, in ihr Sklavendasein zurückzukehren. Sie wischte die Befehle unseres Kriegshäuptlings stolz beiseite und bezeichnete ihren Bogen als den einzigen Herrn, dem zu dienen sie bereit sei.

Da erhielten wir unerwartet Unterstützung. Sarinas Mahme, die Mutter ihrer Mutter, eine hochbetagte Greisin, stellte sich plötzlich an Sarinas Seite und forderte Holgon auf, sofort zu verschwinden, sonst würde sie selbst ihren Bogen noch gebrauchen.

Einer der Soldaten nahm diese Warnung allzu ernst und allzu wörtlich. Ohne lange zu zögern, stürmte er vor und erschlug die wehrlose alte Frau, die noch nicht einmal einen Pfeil in der Hand gehalten hatte.

Das brachte endlich den ganzen Stamm auf; eine solchermaßen ruchlose Tat schrie nach Rache, und alle kampffähigen Stammesangehörigen griffen zornentbrannt zu den Waffen. Ein furchtbares Blutbad wurde daraufhin angerichtet, bei dem viele Soldaten und fast der ganze Stamm umkamen.

Du selbst, Túan, hattest dich in den dichten Blätterschutz eines Baumes geflüchtet...«

Delua unterbrach ihre Erzählung, als sie sah, wie sich Túans Augen auf einmal weiteten und seltsam flackerten. »Erinnerst du dich?« fragte sie leise.

»Ich – ich weiß nicht...«, flüsterte der Junge. »Ich sehe wirre Bilder, und da ist ein...«

»Laß dir Zeit«, bat Delua. »Überstürz nichts...«

»Nein, ich weiß es jetzt!« unterbrach Túan heftig. »Ich sitze im Baum, und ich sehe einen Mann, er kommt auf meine Mutter zu, und er...« Der junge Waldmensch stockte und schloß die Augen, unbeschreibliches Grauen verzerrte sein Gesicht.

»Du hast gesehen, wie er sie enthauptete«, hauchte seine Ziehmutter. »Du hast laut geschrien. Dein Vater hat dich daraufhin im Baum entdeckt und seinen Dolch nach dir geworfen. Die scharfe Klinge hat dich hinter dem linken Ohr getroffen, und du bist bewußtlos vom Baum gestürzt. Holgon hat den Dolch, der noch in der Wunde steckte, herausgezogen und dir damit den zweiten Schnitt zugefügt. Mit einer Stimme, die vor Haß ganz heiser war, hat er dich verflucht und dir den Tod gewünscht.

Ein zweites Mal zuzustechen wagte Holgon jedoch nicht; das Blut deiner Mutter besudelte schon seine Hände, und er ist sehr abergläubisch. Ein Soldat – jener Mann, der heute Sklavenbeschauer in Al'Anfa ist – kam in diesem Moment zu ihm und berichtete, daß der Stamm ausgelöscht sei. Holgon konnte sich ausmalen, daß sein kleiner Sohn in der Wildnis ohne Hilfe kaum überleben würde, und er verließ die Stätte seines grauenvollen Wirkens, ohne einen weiteren Gedanken daran zu verschwenden.

Dennoch waren ein paar Frauen und Kinder, die

sich tief in den Wald geflüchtet hatten, und einige Männer, die auf der Jagd gewesen waren, dem Tod entkommen. Ich selbst habe nur deswegen überlebt, weil ein Erschlagener auf mich gestürzt war und ich für tot gehalten wurde. Nachdem die Frauen mich befreit hatten, lief ich sofort zu dir – und wie durch ein Wunder warst du noch am Leben.

Bedingt durch dieses furchtbare Geschehnis, waren dein und mein Bann aufgehoben, von den wenigen Überlebenden kümmerte sich keiner mehr darum. Wir waren froh, daß wir wenigstens noch uns hatten und an einem anderen Ort wieder ein neues Leben aufbauen konnten.

Du bist bald wieder zu dir gekommen, aber du konntest dich an nichts mehr erinnern, nicht einmal an deinen Namen. Alles war wie ausgelöscht. Ich war froh darüber, denn damit konntest du wenigstens unbelastet aufwachsen. Ich pflegte dich gesund und zog dich von nun an als meinen Sohn auf, wie ich es Sarina einst auf der Flucht versprochen hatte, sollte ihr etwas zustoßen. Wir sprachen untereinander nie wieder über dieses furchtbare Geschehnis; nur mir selbst blieb die Erinnerung daran lebendig – wenn du versuchtest, auf einen Baum zu klettern und furchtbare Anfälle der Höhenkrankheit bekamst, unter der du seit deinem Sturz littest.«

Túan hatte die ganze Zeit über still zugehört. Nach und nach hatte ihn jedoch ein Zittern befallen, zuerst nur an den Händen, doch bald ergriff es den ganzen Körper. Als Deluas Stimme verhallte, sank er im Stroh zusammen, zuckend und grauenvoll stöhnend, feine Schaumbläschen bildeten sich vor seinem Mund, und er knirschte mit den Zähnen.

»Dein Stirnband, schnell!« drängte Aigolf. Er riß Anadis das Lederband aus der Hand und schob es zwischen Túans Zähne.

»Was hat er?« flüsterte Anadis bedrückt. Túans

Augen waren so verdreht, daß nur noch der weiße Augapfel zu sehen war, und mit Händen und Füßen zuckte und schlug er unkontrolliert um sich.

»Der Schock löst sich«, antwortete Aigolf. »Es ist ein Schüttelkrampf. Eine Seelenheilerin hat mir einmal davon berichtet. Wir müssen aufpassen, daß er sich die Zunge nicht abbeißt. Kannst du ihn festhalten?«

»Ich denke schon...« Anadis legte sich halb auf den Jungen, hielt ihm die Arme fest und redete dabei ununterbrochen beruhigend auf ihn ein. Er hörte bald auf, um sich zu schlagen, und auch das Zittern ging allmählich zurück.

Delua saß kummervoll dabei, hielt die Hände an den Mund und biß sich die Knöchel wund. »Großer Kamaluq, was habe ich getan?« wimmerte sie. »Er wird wahnsinnig!«

Aigolf wandte sich ihr zu, nahm ihre Hände und zwang sie, sie ruhig in den Schoß zu legen. »Du hast das Richtige getan, Delua«, sagte er sanft. »Es ist gleich vorbei. Du mußt bedenken, daß er seit fast zehn Jahren mit der Krankheit und dem Verlust der Erinnerung lebt. Nun hat sich der schwarze Schleier vor seinem Verstand mit einem Schlag gelüftet und dem Schmerz freie Bahn gegeben. Aber er wird es schaffen, ihn zu besiegen. Danach wird er gesund sein, glaub mir.«

Die verstörte Frau schluchzte, und der Krieger nahm sie in die Arme. »Es wird alles gut«, raunte er. »Alles ist Wille der Götter. Holgons Tat durfte nicht ungesühnt bleiben, deshalb solltest du mit deinem Sohn hierherkommen.«

»Der Beschauer erkannte mich wieder, und er ließ mich hierherbringen, um auch Túan herzulocken«, weinte sie. »Ich habe mindestens zehnmal versucht zu fliehen; das letzte Mal, als der Mantikor und seine Meute uns überfielen, aber sie haben mich immer wieder eingefangen... Und nun bin ich wieder hier...«

»Er kommt zu sich«, erklang Anadis' Stimme, und Delua kroch hastig zu ihrem Sohn.

»Túan«, hauchte sie, »Túan, mein geliebter Junge, es wird alles wieder gut... wenn du mir nur verzeihst...«

Der Junge schlug die Augen auf und starrte Delua einen Augenblick lang blind an, dann wurde sein Blick klar. »Mutter?« flüsterte er. »Was – was ist denn geschehen?« Er richtete sich langsam auf und hielt sich stöhnend den Kopf. »Alles tut weh«, ächzte er. »Ich habe...« Er unterbrach sich und zögerte. »Ich habe von meiner Mutter geträumt«, sagte er dann leise. »Es war nicht dein Gesicht, das ich sah, und nicht dein Name, den ich als den meiner Mutter kannte. Ist das wahr?«

»Ja«, schluchzte sie. »Ja, das ist wahr. Ich habe es dir endlich gestanden. O Túan, verzeih mir...«

»Ich weiß es wieder...«, fuhr Túan abwesend fort. »Ich saß im Baum, als er kam, und er hielt sie am Arm fest und schrie sie an. Sie schrie zurück und schlug auf ihn ein, und er...« Sein Kopf ruckte zur Seite, seine Augen suchten und trafen Aigolf. »Er hat sie geköpft, Aigolf!« rief er. »Er hat eine wehrlose Frau erschlagen, die Frau, die er einst geliebt hatte, nur weil sie um die Freiheit und ihren Sohn gekämpft hat! Er war es, der mir das Zeichen des Jaguars gab, und *deshalb* nannten sie es ein böses Mal!« Er sprang auf, taumelte und griff sich an den Kopf. »Verflucht sollst du sein«, stöhnte er. »Die Zeit der Dunkelheit ist vorbei. Ich weiß alles wieder. *Ich weiß, wer ich bin!*«

15. Kapitel

Der Wanderer

Anadis spähte vorsichtig um die Ecke, dann huschte sie weiter, den Gang entlang.

Túan hatte sich schon in der Frühe, nachdem er sich wieder vollends erholt fühlte, auf den Weg in das Innere der Burg gemacht, um Rache zu nehmen. Aigolf begleitete ihn.

Aber Rache war nicht Anadis' Sache, sie hielt nichts von Blutfehden. Für sie gab es etwas anderes zu tun.

Sie stöberte auf der Wohnetage des Barons in allen Ecken und Winkeln herum, überall dort, wo sie geheime Schätze vermutete, doch hatte sie bisher keinen Erfolg gehabt. Mit dem ersten Gang war sie nun fertig, bis auf das letzte Zimmer. Bevor sie die Klinke niederdrückte, sah sie sich noch einmal um, aber alles war leer und still. Zum Glück war die Tür nicht abgesperrt, und sie schlüpfte durch den schmalen Spalt hinein, schloß leise die Tür und blickte sichernd um sich. Das Zimmer war offenbar ein herrschaftliches Schlafgemach: An der linken Wand stand ein gewaltiges Himmelbett mit zugezogenen Vorhängen, ihm gegenüber ein mächtiger Kleiderschrank mit intarsiengeschmückten Türen. Unter den schmalen Fenstern in der Nordwand standen silberbeschlagene Truhen, zwischen ihnen zwei reichgeschnitzte Armstühle.

Auf dem Frisiertisch an der gegenüberliegenden Wand stand ein Kästchen vor dem Spiegel, das Anadis' Augen geradezu magisch anzog. Darin befände sich bestimmt Geschmeide, passend für den Hals einer jungen hübschen Diebin. Mit drei schnellen Schritten war sie bei der Schatulle und fingerte aufgeregt daran herum. Das Mädchen war so vertieft, daß es nichts um sich herum bemerkte.

»Was tust du denn da?«

Zu Tode erschrocken fuhr Anadis herum, riß die kleine Truhe dabei mit, die auf den Boden prallte, aufbrach und ihren Inhalt freigab: ein paar Broschen, Ohrringe, juwelenbesetzte Ringe und Golddukaten. Die Bettvorhänge waren an einer Seite geöffnet, und der blonde Kopf eines jungen Mannes sah heraus.

»Wie kannst du mich so erschrecken?« keifte Anadis los, das Herz pochte ihr immer noch bis zum Hals. »Ist das eine Art, sich mitten untertags ins Bett zu legen, während andere ihrer Arbeit nachgehen?«

»Bitte um Entschuldigung, ich... äh...«, stotterte der junge Mann verwirrt. Er kämpfte sich aus den Decken und stand voll angekleidet auf, und sie stellte anerkennend fest, daß er groß und gutgebaut war und etwa in ihrem Alter. Auch sein Gesicht konnte das Herz einer Frau erwärmen.

»Welcher Arbeit gehst du denn nach?« erkundigte er sich. »Mir kamst du eher wie eine Diebin vor.«

»Nun, das ist ja eben meine Arbeit!« gab sie kratzbürstig zurück. »Und ich kann's auf den Tod nicht leiden, dabei gestört zu werden!« Sie bückte sich, raffte rasch Geschmeide und Goldstücke zusammen und legte sie in das Kästchen zurück. Als sie bemerkte, daß der junge Mann langsam näher kam, stellte sie die Truhe hastig auf den Tisch und zog ihr Kurzschwert. »Komm mir ja nicht zu nahe, du!« fauchte sie. »Der letzte, der das versucht hat, sucht heute noch seine Körperteile zusammen!«

»Ich tu ja nichts, ich tu ja nichts!« Der junge Mann hob erschrocken die Hände und wich einen Schritt zurück. »Aber wenn du erlaubst, möchte ich dir davon abraten, diese Truhe zu stehlen. Ich müßte sonst augenblicklich Alarm schlagen und dich verhaften lassen.«

»Stell dich nicht so an!« sagte sie barsch, steckte das Schwert ein und wandte sich wieder der Truhe zu, um den Inhalt in ihre Taschen zu stopfen, denn sie hatte eingesehen, daß sie zu groß war, um sie unbemerkt aus der Burg schmuggeln zu können. »Eine Hand wäscht die andere. Ich verrate dich auch nicht, daß du dich heimlich im Bett der Herrschaft schlafen gelegt hast.«

»Wieso... ich... das ist doch mein Zimmer...«, stammelte der junge Mann verdutzt. »Die letzte Nacht war lang, und da habe ich mir eben noch einmal ein kleines Nickerchen gegönnt...«

»Ja, ja, und nun erzählst du mir noch, daß du der Erbprinz oder so was bist und das Recht dazu hast.«

»Na ja, nicht ganz. Ich meine, ich bin nicht Holgons Sohn, aber sein Neffe Gelon. Und sein Erbe, wenn du's so nehmen willst.«

Anadis ließ die Truhe zum zweitenmal krachend auf den Boden fallen und gaffte den jungen Mann mit heruntergefallener Kinnlade an. »Ach du Schei... Scheirahzads heißglühendster Wunschtraum«, stieß sie hervor. Panisch schaute sie sich um; die kleinen Fenster boten den einzigen Fluchtweg nach draußen. Wahrscheinlich fiel sie tief, aber sie war geschickt wie eine Katze, und möglicherweise schaffte sie es, unten anzukommen, ohne sich alle Knochen zu brechen. »Nett, dich kennengelernt zu haben, aber jetzt muß ich weg, glaube ich.« Sie lächelte Gelon verwirrt an und rannte zum Fenster.

»Warte doch!« rief der junge Adlige, sprang ihr nach und packte sie am Arm. Sie stolperte zurück und prallte gegen ihn. »Lauf nicht weg«, bat er. »Ich verrate dich auch nicht, ich verspreche es dir.«

»Was willst du von mir?« keuchte sie. »Ich bin nur

eine harmlose kleine Diebin, nichts weiter, und bestimmt...« Sie verstummte, als er sie einfach küßte. Ihre Hand hob sich zum Schlag, dann wurde sie plötzlich weich in seinen Armen.

Aigolf verschaffte sich und Túan mühelos Zutritt zum Thronsaal des Barons. Als die dort aufgestellten Wächter sich auf ihn stürzen wollten, hob er nur kurz den *Feuerdorn*, der dunkelrot aufglühte und schrill zu pfeifen begann.

»Hinaus!« donnerte Aigolf. »Oder ihr verrichtet für keinen Herrn mehr eure Dienste.« Er wandte sich der Gestalt auf dem Thron im hinteren Bereich des Saals zu. »Gebt den Befehl, diesen Saal zu räumen, oder Ihr seid des Todes.«

»Zuerst nennt Euer Begehr«, erklang eine dünne heisere Stimme.

»Nur eine Unterredung, die für keine anderen Ohren bestimmt ist. Es ist in Eurem Sinne, Euer Hochgeboren, glaubt mir.«

»Wachen, laßt uns allein! Was soll einem alten Mann wie mir noch geschehen?« Er wedelte matt mit der rechten Hand. Die Wachmänner verbeugten sich und verließen den Saal, den Aigolf hinter ihnen schloß.

Túan trat langsam auf den Thron zu, sein Gesicht spiegelte den Sturm an Gefühlen wider, die ihn bewegten. Seine Augen weiteten sich zusehends, als er den Mann auf dem schmalen schmucklosen Thron näher in Augenschein nahm.

Nach Deluas Bericht konnte sein Vater nicht älter als Aigolf sein. Dieser Mann jedoch sah uralt aus, gezeichnet von einer jahrelang dahinschleichenden tödlichen Krankheit und von vielen Schmerzen. In seinem schütteren grauen Haar gab es viele lichte Stellen, unter denen die fahle kranke Haut zum Vorschein kam. Früher mochte er stattlich gewesen sein, doch heute saß er zusammengesunken da, ein lebendes Knochengerüst, eine Jammergestalt.

Langsam hob er den Kopf und betrachtete die beiden Eindringlinge aus trüben dunkelgrauen Augen. Als er Túan ansah, entzündete sich plötzlich ein Licht darin. »Túan ...«, begann er zögernd, fragend. »Du erinnerst mich an ... Ja, du bist es ... du *mußt* es sein ... Du siehst aus wie sie ... Aber wie ist das möglich ...«

»Ich bin hier, um meine Mutter zu rächen!« rief Túan. Er zitterte, und Tränen traten ihm in die Augen. Nein, so hatte er sich die Erfüllung seiner Rache nicht vorgestellt. Einem todkranken Mann gegenüberzustehen, der nicht einmal mehr die Kraft aufbringen konnte, ihm die Hand zu reichen, geschweige denn sich zu wehren.

»Ich verstehe ...«, hauchte der vorzeitig gealterte Mann. »Ja, ich verstehe dich wirklich. Praios sei Dank, daß du endlich gekommen bist, um mich zu erlösen. Und Praios sei Dank, daß ich dich noch sehen kann, bevor ich sterbe. Groß bist du geworden, ein schöner junger Mann ... Sie wäre sehr stolz auf dich, mein Junge ...«

»Du hast meine Mutter ermordet, also kann sie nicht stolz auf mich sein!« unterbrach Túan ihn verzweifelt. »Warum hast du das getan?« fügte er erstickt hinzu.

»Ich war grausam«, flüsterte der Baron. »Ich bin ein Narr gewesen, dumm und verblendet. Aber ich habe dafür gebüßt. Der Fluch der Götter kam über mich. Sieh mich an, Túan. Seit meiner Rückkehr nach dem Massaker sieche ich dahin. Ich sterbe unendlich langsam, seit fast neun Jahren, und ich habe die Hoffnung auf baldige Erlösung längst aufgegeben. Die Götter haben mich hart für mein Vergehen bestraft. Aber du, mein Sohn, du bist noch am Leben. Du bist frei. Geh fort und lebe in Frieden. Beflecke deine Hände nicht mit meinem Blut. Es ist deiner Rache nicht wert.«

»Ich bin nicht frei!« schrie Túan. »Ich wurde als

Sklave erniedrigt, und nachdem du meiner nicht mehr habhaft werden konntest, hast du Delua, die mich nach Sarinas Tod aufzog, als Sklavin zu dir bringen lassen! Und mich – mich hast du verfolgen lassen, damit ich nicht lebend hier ankomme!«

»Delua ...«, sagte der alte Mann erstaunt. »Sie ist Sarinas Freundin, nicht wahr? Die beiden haben dauernd zusammengesteckt, und Delua hat sich zumeist um dich gekümmert. Ja, mir ist noch alles so in Erinnerung, als wäre es erst gestern gewesen. Ich hatte all die Jahre über nichts anderes mehr vor Augen, seit mein Körper mich im Stich ließ. Aber daß Delua sich hier befindet, ist mir nicht bekannt. Seit wann ist sie hier? Und welche Leute soll ich hinter dir hergeschickt haben? Ich wußte doch nicht einmal, daß du noch lebst ... und das letzte, was ich mir heute wünsche, wäre dein Tod ...«

Túan stockte. »Du ... nicht ... aber wer dann?«

»Ich.«

Eine dunkle Stimme, die plötzlich aus den Schatten der Säulen erklang. Eine hochgewachsene, hagere Gestalt trat ins Licht.

»Erregt Euch nicht, Euer Hochgeboren«, fuhr der Fremde fort. »Ich bin hier, um Euch zu schützen. Dieser Junge wird Euch nicht länger bedrohen.«

Aigolfs Brauen zogen sich zusammen, und seine Augen wurden finster. Er wandte sich dem Mann zu, das Schwert leicht angehoben.

»Was hat das zu bedeuten, Gorn?« fragte Baron Holgon schwach. »Solltet Ihr als mein Kanzler nicht zuerst alles mit mir absprechen, bevor Ihr etwas unternehmt?«

»Ganz recht, ich bin Euer Kanzler«, unterbrach Gorn. »All die Jahre über, seit dem Massaker, bin ich Euer engster Berater gewesen. Euer Vertrauter war ich bereits in den Jahren davor. Ich war Euer treuester Diener, auch wenn Ihr meinen Rat oft nicht befolgt und dafür Unglück verursacht habt. Nachdem Ihr diese billige Sklavin in Euer Bett geholt und sie Euren Bankert geboren hatte, habt Ihr verfügt, daß der Junge niemals die Erbfolge antreten dürfe. Wißt Ihr noch, worüber wir damals gesprochen haben?«

»Ja... ich erinnere mich... würden mir standesgemäße Nachkommen versagt, erwähnte ich Euch als möglichen Nachfolger, solltet Ihr Euch weiterhin um das Land verdient machen...«

»Ihr stelltet mir in Aussicht, Baron zu werden, weil ich Eurer Ansicht nach ein besserer Herrscher wäre als Euer dünnblütiger Neffe!« rief der Kanzler. »Denkt Ihr, ich gebe nun alles auf? Ich habe damals nicht vergessen, daß Ihr den Jungen am Leben gelassen habt, und ich habe all die Jahre über ein wachsames Auge auf den Süden gehabt! Die Männer, die dort arbeiteten, wurden von mir bezahlt, bei jedem männlichen Sklaven, der im selben Alter wie Euer Bastard war, nach der von Eurem Dolch verursachten Narbe Ausschau zu halten. Ich war sicher, daß der Junge damals überlebt hatte und eines Tages nach Rache verlangen würde. Dies erschien mir eine größere Bedrohung zu sein als die Einsetzung Eures Neffen als Erben. Mit Gelon wäre ich rasch fertiggeworden – aber ich kenne die Waldmenschen. Eine Blutfehde endet bei ihnen nie. Doch alles schlug fehl, was ich geplant hatte, und nun ist der unwürdige Bastard hier, und Ihr... wollt auf einmal Frieden mit ihm schließen! Das kann ich nicht zulassen!«

Mit seinen letzten Worten lief er plötzlich auf den Thron zu, in der rechten Hand blitzte ein Dolch auf. Aigolf sprang ihm noch vor Túan entgegen und streckte ihn mit einem Schlag nieder. Aber der Kanzler war so von Wut und Haß erfüllt, daß er noch im Fall und bereits sterbend genug Kraft aufbrachte, um den Dolch zu werfen. Die Waffe traf den alten Mann mitten ins Herz; er stieß einen leisen Schrei aus und fiel in sich zusammen.

»Zu spät!« stieß Aigolf wütend und erschrocken hervor.

Der Kanzler rollte sich auf den Rücken, er war vom Tod gezeichnet, doch er verzerrte den Mund zu einem gepeinigten Lächeln; er hatte Aigolfs Worte noch verstanden, bevor der Mantel des Nichts ihn umgab.

»Onkel?« Vom Eingang des Saals erklang eine betroffene Stimme. Ein junger Mann stand dort – und neben ihm Anadis, ganz ungewohnt in einem eleganten Kleid aus Seide und mit echtem Schmuck an Hals und Ohren.

Aigolf blickte kurz auf die zusammengesunkene Gestalt des Barons. Ein Ausdruck des Friedens und der Erleichterung lag auf Holgons verwüstetem Antlitz. »Er ist tot«, sagte der Krieger. »Es – es tut mir leid, Euer Wohlgeboren ... Euer Hochgeboren«, verbesserte er sich. »Ich war zu langsam.«

»Euch trifft keine Schuld«, sagte Gelon. »Für meinen Onkel ist es so das beste, nun ist er endlich erlöst. Ehrlich gesagt, ich habe mich nie besonders gut mit ihm verstanden, aber da ich der einzige Anwärter auf den Thron bin, holte er mich vor einiger Zeit hierher. Ich habe schnell festgestellt, daß in Geistmark so manches im Argen liegt, und wollte ihn dieser Tage darum bitten, abzudanken. Außerdem vermute ich schon seit einiger Zeit, daß Gorn eigene Pläne verfolgte und etwas Hinterhältiges vorhatte. Ich danke Euch daher für Euer Eingreifen. Anadis hat mir im großen und ganzen schon berichtet, und ich kam hierher, um den Konflikt friedlich zu beenden.« Er sah den jungen Waldmenschen an. »Túan ...«

»Nein«, unterbrach der Verbannte. »Nein, sagt nichts, ich bitte Euch. Die Blutfehde ist beendet. Ich werde sie nicht mit Euch fortführen. Ihr wart damals noch ein Kind und habt nichts mit der Sache zu tun. Es ist vorbei.« Er sah bekümmert zu seinem Vater. »Ich ...

ich vergebe ihm«, sagte er leise. Dann wandte er sich wieder Gelon zu. »Und ich denke nicht im entferntesten daran, von irgendeinem Recht Gebrauch zu machen. Zum einen eigne ich mich nicht zum Herrscher, zum anderen möchte ich die Erinnerung daran, daß er mein Vater war, mit ihm begraben. Es steht also nichts zwischen uns.«

»Na siehst du, Gelon, dann kannst du ja doch Baron werden, und ich werde Baronin!« rief Anadis freudestrahlend. Sie hatte noch nie einen Sinn für schickliche Zurückhaltung oder Anteilnahme gehabt. »Seht mich an, was sagt ihr? Ist das Kleid nicht wunderschön? Gelon hat mir die Schätze des Himmels und der Erde versprochen und gleich mit ein paar Juwelen angefangen, nachdem ich ihm klargemacht hatte, daß ich teuer und anspruchsvoll bin. Ist das nicht eine großartige Laufbahn für eine Diebin?«

Der junge Baron lächelte, legte einen Arm um die schmale Taille des Mädchens und zog es an sich. »Aigolf Thuransson, ich bitte Euch hiermit ganz formell um die Hand Eurer Tochter. Ich habe mich vom ersten Moment an, da ich sie bei mir im Zimmer vorfand, unsterblich in sie verliebt. Sie ist eine wahrhaftige Amazone, und sie versteht eine Menge von Geld und wertvollen Dingen. Sie wird mir auch als Ratgeberin zur Seite stehen.«

Aigolf hob beide Brauen und starrte zuerst Gelon, dann Anadis entgeistert an. »Was immer Ihr wünscht...«, murmelte er, immer noch fassungslos.

»Ich werde morgen meinem Onkel ein würdevolles Begräbnis zukommen lassen und dem Volk anläßlich der Trauer einen Feiertag gönnen. Werdet Ihr noch bis zu meiner Inthronisation bleiben und an der prunkvollen Hochzeit teilnehmen?« fragte der junge Baron erwartungsvoll.

»Nein«, sagte Aigolf bestimmt. »Feiern liegen mir ganz und gar nicht. Wenn Ihr gestattet, werde ich Euch noch in diesem Augenblick verlassen. Meine Aufgabe ist beendet.«

»Ich komme mit dir«, erklärte Túan. »Auch meine Aufgabe ist nunmehr beendet. Ich hole nur noch meine Mutter.« Er trat zu Anadis, blieb kurz vor ihr stehen und sah ihr in die Augen. »Alles Gute«, sagte er aus der Distanz, ohne ihr die Hand zu reichen, und ging rasch weiter.

Aigolf drückte Gelons Hand. »Ich wünsche Euch viel Glück. Ihr werdet es brauchen.« Dann ergriff er seine Tochter bei den Schultern und gab ihr einen Kuß auf die Stirn. »Auch dir viel Glück, mein Kind. Wir sehen uns sicher wieder.«

Anadis nickte. »Laß dich nicht in die Knie zwingen, *Großer Berg*.« Sie lächelte verschmitzt über den zwergischen Beinamen, den ihr Vater nicht gern hörte – schon gar nicht in diesem Tonfall –, und winkte ihm kurz nach, als er ging. Dann wandte sie sich aufatmend ihrem zukünftigen Gemahl zu. »Und nun«, sagte sie strahlend, »nun wirst du mir zeigen, wie ich dein Geld am besten ausgeben kann.«

Zwei Tage später hielt Túan seinen treuen Ta Nadik auf einem Hügel an, stieg ab und schaute über das Land. Jeden Tag konnte er ein bißchen länger, ein bißchen weiter hinabschauen, ohne daß ihm dabei schwindlig wurde. Der Tag war nicht mehr fern, da er sich wie ein normaler Mensch würde bewegen können, ohne Ängste. Es war ein befriedigendes Gefühl. Ein wenig Trauer blieb noch in ihm, denn es würde seine Zeit dauern, bis er die so lange verlorenen und nun wiedergewonnenen Erinnerungen richtig verarbeitet hätte, aber auch darüber würde er hinwegkommen. Er wußte, daß er einen Platz hatte, zu dem er jederzeit kommen konnte, wenn er Ruhe und Erholung brauchte. Gelon hatte ihm versichert, daß er jederzeit willkommen sei. »Wir sind ja sozusagen

Vettern«, hatte der neue Baron gemeint. Delua hatte sich entschieden, am Hof zu bleiben. In den Wald konnte sie, so wie Túan, nie mehr zurück, nachdem sie ihren Tapam nun schon das zweite Mal verloren hatte, aber sie war es zufrieden. Gelon hatte sie aus dem Sklavendasein befreit und ihr eine gute Stelle mit einer angemessenen Bezahlung gegeben. Sie würde sich rasch an dieses Leben gewöhnen, dessen war sie sicher. So war es ihrer Meinung nach das beste für sie.

Und auch für Túan war es gut, von einem solchen Ort zu wissen, der wie eine Heimat war; eine Zuflucht, zu der er immer wieder zurückkehren konnte.

»Wie fühlst du dich?« fragte Aigolf, der neben Túan auf Kunaks Rücken saß. Nachdem die beiden Freunde ihre Pferde geholt hatten, waren sie übereingekommen, noch eine Weile gemeinsam weiterzuziehen, irgendwohin nach Norden, wohin die Wege sie führen mochten.

»Ein wenig traurig«, gestand Túan. »Plötzlich ist alles vorüber, und es ist ganz anders gekommen, als ich es geplant hatte. Ich fand meinen Vater und mußte erkennen, daß meine Rache sinnlos geworden war. Meine Mutter ist tot, und Delua, die ich für meine Mutter hielt, lebt nun bei den Weißen und ist es zufrieden.«

»Du hast dich ebenfalls dazu entschieden.«

»Ja. Ja, ich habe mich entschieden. Als M'nehta hätte ich die Blutfehde mit Gelon weiterführen müssen. Aber Túan der Verbannte starb zusammen mit seinem Vater, Holgon dem Verfluchten, und fand mit ihm den Frieden, den er brauchte. Ich verließ die Burg als Túan der Wanderer, zusammen mit allen Erinnerungen. Ich muß gestehen, ich bin neugierig auf dieses Leben, und ich freue mich darauf.«

»Es ist ein gutes Leben«, sagte Aigolf.

Die Gefährten wollten gerade weiterreiten, als sie

gleichzeitig drei kleine Punkte in der Ebene bemerkten, die auf sie zukamen und rasch größer wurden.

»Das – das kann nicht sein«, stotterte Aigolf.

Túan blieb die Luft weg.

»Was glotzt ihr so?« schrie Anadis schon von weitem, denn ohne Zweifel handelte es sich um die Diebin, auch wenn sie leicht verändert aussah. Sie ritt, als würde sie von Dämonen verfolgt; zwei weitere mit Gegenständen, Waffen und Vorräten vollgepackte Pferde zog sie an langen Zügeln hinter sich her. Das Mädchen war geschmückt wie ein Göttervogel und trug ein wallendes langes Kleid, das es über den Knien zurückgeschlagen hatte. Darunter wurde die gewohnte männliche Kleidung sichtbar.

»Habt ihr etwa gedacht, ich mache das mit?« fuhr die Diebin fort, als sie die dampfenden Pferde bei den Freunden anhielt. Bevor die beiden etwas erwidern konnten, sprudelte sie atemlos hervor: »Das hält doch keiner aus! Dieser Kerl liebt mich wirklich! Er will mich anbeten, mich jeden Tag mit Gold und Juwelen überhäufen und mir jeden Wunsch von den Lippen ablesen. Was soll ich denn damit anfangen? Ich bin eine ehrliche und anständige Diebin, die stets hart für ihr Auskommen gearbeitet hat, und nun soll ich fett und faul werden wie eine adlige Madam, wahrscheinlich zehn Kinder kriegen und einen hingebungsvollen Mann ertragen, der mich ständig anschmachtet und alles tut, was ich verlange! O nein, nicht mit mir, *so* etwas macht man nicht mit Anadis! Das habt ihr euch fein ausgedacht – mich auf diese Weise loszuwerden, wie? Wartet nur, das werdet ihr noch bereuen, das zahle ich euch fünffach heim! Wohin reitet ihr überhaupt? Ach, das ist gleichgültig. Ich komme sowieso bloß mit, weil ich dieselbe Richtung habe. Aber in der nächsten Stadt trennen wir uns, ist das klar? Versucht gar nicht erst, mich zu überreden.«

Nachdem Anadis diesen Wortschwall über ihre Gefährten ergossen hatte, trieb sie ihr Pferd wieder an und galoppierte den Hügel in Richtung Norden hinunter. »Nun macht schon, ihr halblahmen Maultiere, wir haben schließlich nicht den ganzen Tag lang Zeit!«

Die beiden Männer starrten verdutzt der Diebin nach, die bereits in der Ebene angelangt war und vergnügt und ziemlich falsch ein Lied trällerte.

»Wir sollten ihr lieber folgen, sonst müssen wir uns drei Tage lang ihre Flüche anhören«, meinte Aigolf dann. »Und hier gibt es keine Berge, von denen ich sie hinunterwerfen kann.«

»Wie du gesagt hast«, erwiderte Túan der Wanderer grinsend, während er Ta Nadik antraben ließ. »Ein gutes Leben.«

Anhang

Erklärung aventurischer Begriffe

Die Götter und Monate

1. Praios = Gott der Sonne und des Gesetzes (entspricht dem Juli)
2. Rondra = Göttin des Krieges und des Sturmes (entspricht dem August)
3. Efferd = Gott des Wassers, des Windes und der Seefahrt (entspricht dem September)
4. Travia = Göttin des Herdfeuers, der Gastfreundschaft und der ehelichen Liebe (entspricht dem Oktober)
5. Boron = Gott des Todes und des Schlafes (entspricht dem November)
6. Hesinde = Göttin der Gelehrsamkeit, der Künste und der Magie (entspricht dem Dezember)
7. Firun = Gott des Winters und der Jagd (entspricht dem Januar)
8. Tsa = Göttin der Geburt und der Erneuerung (entspricht dem Februar)
9. Phex = Gott der Diebe und Händler (entspricht dem März)
10. Peraine = Göttin des Ackerbaus und der Heilkunde (entspricht dem April)
11. Ingerimm = Gott des Feuers und des Handwerks (entspricht dem Mai)
12. Rahja = Göttin des Weines, des Rausches und der Liebe (entspricht dem Juni)

Die Zwölf = die Gesamtheit der Götter
Der Namenlose = der Widersacher der Zwölf

Maße, Gewichte und Münzen

Meile = 1 km
Schritt = 1 m
Spann = 20 cm
Finger = 2 cm

Dukat (Goldstück) = 50 DM*
Silbertaler (Taler, Silberstück) = 5 DM*
Heller = 0,5 DM*
Kreuzer = 0,05 DM*

* Neue DSA-Regeln sehen einen realistischeren Umrechnungsfaktor vor. Danach ist der Dukat ca. DM 250,– wert. Auch die anderen Münzwerte sind entsprechend anzuheben.

Unze = 25 g
Stein = 1 kg
Quader = 1 t

Himmelsrichtungen

Rahja = Osten
Efferd = Westen
Praios = Süden
Firun = Norden

Begriffe, Namen, Orte

Albernia, Albernien = westl. Küstenprovinz des Mittelreiches
Alveran = Wohnort der Götter
Angbar = Hauptstadt der Provinz Kosch
Angroschim = av. Wort für Zwerg
Answin = av. Graf, nach einem Staatsstreich für einige Monate unrechtmäßiger Kaiser des Mittelreiches
Answinisten = Anhänger des Thronräubers
Beilunker Reiter = av. Botendienst
Bornland = Land in Nordostaventurien
Darpatien = Provinz des Mittelreiches
Dere = die Welt

Difar = av. Dämon, außerordentlich flink
duglummäßig = Duglum ist ein av. Dämon
Ferdok = Stadt in der Provinz Kosch
Gareth = Hauptstadt des Mittelreiches
Golgari = der Totenvogel, Borons Bote
Götterlauf = poet. für 1 Jahr
Gratenfels = Provinz des Mittelreiches
KGIA = Kaiserlich Garethische Informationsagentur (Geheimpolizei des Mittelreiches)
Kosch = Provinz des Mittelreiches auf der Ostseite der Koschberge
Meskinnes = Honigschnaps
Mittelreich (Neues Reich) = größter av. Staat
Mopsendronning = Thorwalsches Wort für Frau mit großem Busen
Muhrsape = Sumpf bei der Stadt Havena
Nivesen = nordav. Volksstamm, mandeläugig, vorwiegend rothaarig
Noiona = av. Heilige, Schutzpatronin der geistig Verwirrten
Perricum = Hafenstadt in Ostaventurien
Praiosscheibe = Sonne
Satinav = Dämon der Zeit
selemitisch = Selem ist eine Stadt in Südaventurien
Shadif = Pferderasse der Tulamiden
Tobrien = Küstenprovinz in Ostaventurien
Tulamiden = av. Volksstamm, Wüstenbewohner
Weibel = militärischer Rang (Feldwebel)
Yaqirtaler = süße av. Weinsorte
Zwölf, die Zwölfe = kurz für die Zwölfgötter

Bisher erschienen oder in Vorbereitung in der Reihe

HEYNE SCIENCE FICTION & FANTASY

Das hat es noch nie gegeben!

Dreimal wurde die Autorin **Lois McMaster Bujold** *mit dem begehrten HUGO GERNSBACK AWARD für den besten SF-Roman des Jahres ausgezeichnet.*

Scherben der Ehre
06/4968

Der Kadett
06/5020

Barrayar
06/5061

Der Prinz und der Söldner
06/5109

Die Quaddies von Cay Habitat
06/5243

Ethan von Athos
06/5293

Grenzen der Unendlichkeit
06/5452

Waffenbrüder
(in Vorb.)

Spiegeltanz
(in Vorb.)

Heyne-Taschenbücher

Aventurien von **A'Layis Hiphon**
(Schloß der Seekönige) bis
Zzzt (Echsenmenschenstamm
auf der Insel Aeltikan):
das unentbehrliche Nachschlagewerk
für jeden DSA-Spielleiter und -Spieler.

AVENTURIEN - DAS LEXIKON DES SCHWARZEN AUGES

Völker, Sprachen, Regionen, Städte, Götter,
Personen aus Vergangenheit und Gegenwart
und vieles mehr - über 2.000 Einträge beschreiben
die gesamte bekannte Spielwelt auf einen Blick.
Zudem enthält das 368 Seiten starke Buch
eine komplette DSA-Bibliographie, eine Entwicklungs-
geschichte dieses Rollenspiels sowie Angaben zu
vielen wichtigen DSA-Autoren.

**Kunstledereinband mit Goldprägung,
reich illustriert,
24 stimmungsvolle Farbtafeln.**

Ab sofort im Buch- und Fachhandel oder direkt bei

Fantasy Productions GmbH,
Postfach 1416 in 40674 Erkrath

Einmaliges Angebot:
Limitierte Dark Force-Karten!

Zum Start der heißen neuen Spieleserie von Schmidt Spiel + Freizeit und der DSA-Roman-Serie des Heyne-Verlags haben die Spieleerfinder eine Reihe neuer DSA/DarkForce-Spielkarten entworfen, die es sonst nirgendwo zu kaufen gibt.

Schicken Sie einfach einen **adressierten** und **frankierten** Rückumschlag zusammen mit diesem Original-Coupon an:

> Fantasy Productions GmbH
> Abteilung: DFH
> Postfach 1416
> 40674 Erkrath

Dann erhalten Sie von uns **kostenlos** eine der limitierten Dark Force-Karten, die auf anderem Wege *nicht erhältlich* sind.

Dieses Angebot ist nur in der Bundesrepublik Deutschland gültig, und zwar bis zum 30.6.1996. Bitte rechnen Sie mit 4-6 Wochen für die Zustellung.

Coupon für 1 Dark Force-Karte
gültig für

Name: _____
Straße: _____
PLZ/Ort: _____